U0917029

鲁邦的女儿

Daughter of Lupin

[日] 横关 大 / 著
林南一 / 译

台海出版社

◇千本樱文库◇

◇前言 PREFACE

文库，原本是指收纳书物的仓库和书库，也指收纳书与记事簿，以及不常用物品的小箱子。以前者为例，京浜急行线的“金泽文库站”就是以前镰仓时代北条氏用来收藏汉书用的，“金泽文库”名字的由来便是如此。东京都的世田谷区也存在着收集着珍贵汉书的“静嘉堂文库”。后者则更多地被称为“手文库”。

江户时代以来，可以放入袖袂的小开本书籍逐渐流行起来，被称为“袖珍本”。明治三十六年（1903 年），富山房发行了小开本的丛书，起名“袖珍名著文库”。随后，明治四十四年（1911 年），讲述战国时代的猿飞佐助和雾隐才藏系列故事的讲谈社“立川文库”发行出版。讲谈是日本民间艺术，以口语化的方式讲述历史故事的形式。而“立川文库”则是将讲谈收录成册集中出版的丛书，据统计，当时刊行量为 200 册左右。从那时起，文库就脱离了原本的释意，逐渐演变成了现在的类书集丛。

文库说法借鉴了日本出版业界的传统说法。而千本樱源自日本奈良县吉野山樱花盛开的奇景，世人皆称“一目千本樱”来形容樱花美景。千本樱文库的纳入作品皆为日系作品，题材包括推理、悬疑、幻想、青春、文化等类型，正如千本樱满山盛开的绝景。

现代日本，以“文库”命名刊行的丛书系列有200种以上，所谓“文库本”只不过是统称而已。日本传统的“文库本”常用的是A6尺寸的148mm×105mm，也叫“A6判”。千本樱文库的所有书籍将在“文库本”的基础上提升，达到148mm×210mm的开本标准。追求还原的前提下，力图带给读者更清晰的阅读体验。

从20世纪70年代以来，日系推理小说逐步进入中国读者的视野。随着时代更替，涌现出了各种不同风格的作家。日系推理能够长久不衰的原因之一在于设立的各种新人奖，这些新人奖能为日本文坛输送新鲜血液，不断地创作优秀作品。以日本推理小说之父的名字命名的江户川乱步奖，毫无疑问是历史最为悠久的推理奖项。东野圭吾，池井户润，桐野夏生，藤原伊织等赫赫有名的人气作家都出道于乱步奖。另外，乱步奖还有一则趣闻，落选作品经常会比获奖作品更有名。其中最有名的就是改变了推理小说发展进程的《占星术杀人魔法》。

横关大堪称乱步奖的最强挑战者，本打算创作纯文学的他转向推理小说发展以后，连续八年投稿乱步奖，前几天没有结果，从2006年起三次进入最终候选。在他坚持不懈的努力下，最终获得了第56届江户川乱步奖，正式出道。本作是其第一次尝试写作系列作品，巧妙布局与人物个性受到了各方好评，被改编成了电视剧。原作小说有着不同于影视的独特魅力，期待各位读者的阅读体验。

千本樱文库编辑部

◇作家 WRITER

鲇川哲也奖作家系列

◇ 相泽沙呼

◇ 城平京

◇ 芦边拓

◇ 柄刀一

梅菲斯特奖作家系列

◇ 西尾维新

◇ 井上真伪

◇ 天祢凉

◇ 殊能将之

◇ 木元哉多

◇ 北山猛邦

其他作家系列

◇ 横关大

◇ 乙一

◇ 仓知淳

◇ 野崎惑

◇ 深木章子

◇ 三津田信三

目录

Concents

Chapter 1 嫁给警察的方法

还没做好心理准备，是肯定的。对女人来说，去正在交往的男性家中拜访，可是人生中的一件大事，当然需要做好心理准备。

“怎么办，我好像紧张得肚子都疼起来了。”

三云华颇有怨气地看着身旁并肩而行的男性。

他便是小华交往的对象——樱庭和马。

和马却笑着说道：

“不要那么紧张嘛。我已经和家里说过正在跟什么样的女孩子交往了。你不用特别在意，像平时一样就可以。”

现在，小华正往墨田区东向岛的住宅区走着。只听地名，小华还以为是有些破旧的街区，但走到这里才发现是十分普通的住宅区。

“阿和，你的父亲是公务员吧？”

“嗯。不只是我爸爸，妈妈和妹妹也是公务员。而且我的爷爷和奶奶退休前也是公务员。我们是公务员家庭。”和马说着，露出了清爽的笑容。

以前就听和马说起过他自己是公务员。但是小华只知道他好像在法律机关上班，并不知道和马具体的工作内容是什么。时间过得真快，与和马交往已经一年了。

因为今天是星期五，小华下班之后约了和马见面。两人在离小华上班地点不远的咖啡馆里碰面，简单吃了点东西。和马突然对小华说“来我家吧”。小华着实被这个突如其来的消息吓了一跳。她今天穿的是牛仔裤配黑色针织衫，朴素得不能再朴素，头发也只是随意扎在脑后。小华沮丧地想，如果和马能提前告诉自己，就可以装扮得更得体些。但她又在脑海中回想了一下自己的衣柜。事实上，似乎并没有适合穿去男朋友家的衣服。在前往和马家的电车上，小华委婉地告诉了和马自己的想法，然而他却笑着说：“现在的小华就很好啊，就算你今天打扮得很时尚，总有一天他们还是会见到你真实的样子。”

肚子疼，步伐也沉重起来。和马却一副并不在意的样子，走得飞快。终于他在一栋二层小楼前停下脚步。门牌上写着“樱庭”二字。和马打开院子的铁门，走到屋子门口。

“我们到啦。别客气，进来吧。”

和马一边说着一边打开屋门。小华挪着胆怯的脚步，眼神透过和马，打量着屋内。玄关正对着走廊，旁边则是通往二层的楼梯。房屋的内部似乎别有洞天。

和马朝着走廊尽头大声喊道“我回来了”，回头引小华进来。“我和家里说过你会来。别害怕，来吧。”

“打……打扰了。”

小华用几乎听不到的声音说出这句话，走进了樱庭家。鞋柜上陈列着几个奖杯。小华知道和马从小就在练习剑道，她猜测这是他在剑道大会上获得的。正要脱鞋的时候，她的视线被挂在墙上的一张照片吸引了。

“诶？这是——”

小华大脑一片空白，镜框中的大照片，似乎是樱庭家的全家福。刚脱完鞋的和马站在房间入口问道。

“怎么了？”

“嗯？啊，不好意思……”小华拼命掩饰自己的慌乱，但还是忍不住问出了口，“阿和你是公务员对吧？”

“啊，对啊。”

这时和马仿佛也注意到了小华正在注视着的照片，爽朗地笑着说：“我是一名警察。对不起啊，一直没有告诉你。不过警察也是公务员啦，我想着哪天跟你说清楚的，可总是错过时机。你不会生气了吧？”

这已经不是生气的问题了。不如说小华已经超越愤怒，惊讶到话都说不出来了。她恨不得直接转身回家，但还是努力克制住了。小华不知是出于越害怕越想看的好奇心，还是破罐子破摔的心态，此刻她的心情正如过山车即将出发前一般。

小华深吸一口气，再次向和马问道：

“不只是你，怎么你们全家人都穿着制服？”

没错。樱庭家的全家福中，每个人都身穿类似警服的制服，脸上露出自豪的表情，做出敬礼的姿势，英姿飒爽。和马站在正中央，由此看出，这应该是近期拍摄的照片。

“嗯，是这样。我们家是警察世家，现在我们家每个人都是警察，我的爷爷奶奶以前也是警察。好啦，快进来吧。”

随便吧。小华在心里给自己鼓气，脱了鞋进到屋内。

“这样啊，小华你在图书馆工作啊。难怪这么沉稳，又有气质。”坐在面前的五十多岁的男性笑着说道。

和马介绍说他是自己的父亲——樱庭典和。他的皮肤被太阳晒得黝黑，露出精悍的神情。虽然他是眼神锐利的现役警察，可是交谈之后，小华觉得他是位爽快的男性。

“就是啊！真想让我们家小香跟你学学。女孩子就该有女孩子的样子。”坐在典和旁边的妇人发着牢骚。

她是典和的妻子，也是和马的母亲，名字叫美佐子。她戴着眼镜，给人一种冷静的印象。不禁让小华联想到学校保健室的老师。

小华被带到和室，跟和马的父母打过招呼，做了简单的自我介绍过后，现在大家围坐在外卖的寿司边上。小华被劝了几杯酒，但是她都婉拒了。

小华低声地问坐在旁边的和马：“小香是谁？”

“是我妹妹，还没回家。她总是回来得很晚。”

“你妹妹也是警察？”

“是啊，小华。”典和喝过啤酒，脸已经通红，他插嘴道，“小香也是警察，她在杉并警察署的交通科工作。顺便提一句，我在警视厅警备部工作。和马的妈妈是鉴识科的不定期职员。跟我结婚之前她是定期职员，因为生孩子辞职了，现在是不定期上班。”

小华又小声地问和马：

“阿和你呢？”

“嗯？和马，你还没告诉小华吗？”典和又插嘴道，“小华，和马他是警视厅搜查一科的刑警。虽说在搜查一科，但他还只是菜鸟。以后你也要跟他好好相处哦。和马你要注意了，谎报身份是很明显的犯罪行为。”

“警视厅搜查一科”，只是听到这几个字，小华的头就痛得仿佛要炸开。

“快，小华，别客气，多吃点儿。”

“是啊，三云小姐，多吃一些。”

和马的父母都在劝小华吃东西，小华用筷子从寿司桶中夹起一个葫芦干卷，放进口中。在小华印象中，一家子都是警察的家庭，气氛可能会很严肃，但和马的家人既平易近人又直爽，非常和善。

“啊，还得向你介绍一位。”

和马说着站起身，拉开纸拉门，又打开外面的玻璃窗。这个位置正对着小华的背后。小华稍微转过身向后看去，窗外的屋檐下有一个狗屋，一只牧羊犬蹲坐在旁边。

“它叫东，以前是一只警犬，去年退役以后，就带回我们家来养了。它曾经也是非常出色的警犬呢。”

太彻底了，就连宠物都曾是警犬。小华想要起身仔细观察一番，却与它对上了视线。东突然朝着小华狂吠起来，样子十分凶猛。

“东，听话，安静！她是我重要的客人！”

尽管和马这样说，东也没有表现出要停止狂吠的样子，反而更加凶狠地吼着小华。幸亏它被锁链锁着，不然下一秒就要扑过来了。不会吧，小华心想，东仅仅凭借自己优秀的警犬本能，就察觉到我的真实身份了吗?

“欢迎你来，姑娘。”

一位年老的妇人推开隔扇门，走进和室。她身穿和式围裙，正卷着头上的束发带。和马急忙对进入和室的妇人说道：

“奶奶，你管管东吧。它好像太兴奋了，我没办法控制住它。它平时明明不会这样子的。”

她就是和马的祖母啊，小华心想。和马的祖母对屋檐下的东，用威严的声音说道：

“东，安静！”

令人难以相信的是，听到祖母的声音，东立刻停止狂吠，安静下来。它蹲坐着，抬头看着祖母，好像在等待她发出下一个命令。

“我是和马的祖母伸枝。”

祖母回过身向小华行礼，小华也马上起身，深深地鞠躬说道。

“我是三云华，请您多多关照。”

和马的父亲典和满脸通红抢先说道：“小华，我的老妈以前是警犬训练师，而且是日本第一位女训练师，年轻的时候很有名的。”

“这、这样啊。”

警察、鉴识、交通科、警犬和警犬训练师。接下来出现什么都不会惊讶了。

“我奶奶你也见过了，机会难得，我想把家人都介绍给你。小华，你跟我来一下好吗？”

和马说着便向走廊走去。小华向和室里的众人行礼之后，慌忙追上和马。

“等、等我一下，阿和。”

“我家很陈旧吧，这房子已经建了50年。”

小华抬头看向客厅。虽然谈不上整洁，但充满了生活气息，仿佛在宣扬着全家就是在这里生活着的。生活感非常真实，没有电视广告里呈现出的不自然感觉。

和马一边走上狭窄的楼梯，一边解释说：“爷爷住在这边，两个月前，爷爷不小心在外面摔了一跤，不小心大腿摔伤了。在这次骨折以前，他一次都没受过伤，对自己的身体引以为傲。所以这次受伤让他有点受打击，就一直窝在自己房间里，不怎么肯出来了。”

“你祖父多大年纪？”

小华问道。和马走到楼梯的尽头答道。

“76岁。希望他长寿啊。以前他是警视厅搜查一科的科长，大家都说他是能把坏人吓得尿裤子的魔鬼樱庭，很有名的警察。”

搜查一科的科长，不知道他手中握有多大的权力。小华只是在偶然读过的推理小说中见过这个名词，实际上是一知半解。但是警视厅搜查一科，算是搜查部门里比较有名的。

两人继续向走廊深处走去，直到走廊尽头的房间门口，和马停了下来。“爷爷，我进来了。”和马敲过门后，打开房门。小华也随和马步入房间。

房间中央有一张大床。这似乎是一张可以调整高度和角度的全自动护理床。床上躺着一位老人，身穿蓝色睡衣。老人头发剃得很短，近乎光头。虽然他躺着，却有一种难以言说的压迫感。

“爷爷，您醒着吗？”

和马问道。老人没有回答，只能听到他均匀的呼吸声。老人身材较瘦，胡子看上去也有几天没刮了，但从他沉睡的身体里却散发出一种看不到的气场，令人感觉此人绝非普通人。小华联想到了“武士”这个词。

“啊，茶没有了。”

老人枕头边装配有移动轮的桌上，放着一个500毫升的空塑料瓶。和马将它拿在手里，小声说道：

“既然睡着了，就别叫醒他了。我们下楼去吧，再待一会儿，我送你回家。”

和马说着，向屋外走去。正在小华准备离开的时候，她突然觉得自己的右手腕被人使劲攥住，小华下意识地回头看去。

抓住小华手腕的人，正是躺在床上的和马的祖父。难以想象这是一个七十多岁老人的握力。老人的这只手腕上，戴着一块颇有年代感的手表。

“小华，快来啊。”

听到和马在屋外叫自己，小华挣脱老人的手，走出房门，追上和马。小华一边下楼梯，一边抚摸着自己的右手腕，心里想着是我看错了吗，但是又那么真实，和马的爷爷好像有一瞬间睁开了双眼，用力地盯着自己。

“今天真不好意思，突然带你回家。”

和马手握方向盘，向坐在副驾驶的三云华道歉。车里光线很暗，看不清小华的表情，但和马能感觉到她不开心了。

“嗯，没事。”

小华似是心不在焉地点头，和马故作轻松地说。

“不过，太好了。我们全家都是警察，本以为带着普通的女孩子回家，他们的反应会很糟糕，但没想到他们还挺欢迎你的，我放心了。”

“普通的女孩子是什么意思？”

“就是说职业不是警察的女孩子。”

“我不太明白。”

她果然不开心了，语气里已经透露了出来。其实，和马是计划好今天带小华回家的。

这段时间，和马偷听到父母的谈话，得知两人在偷偷为他安排相亲。不用说，相亲对象是一名女警察。和马周围也有很多人与同为警察的同事结婚，其中将近一半是相亲结婚。因为警察的工作任务繁重，没有机会邂逅其他人。警察的圈子就是这样形成的。

虽然并不是要否定相亲结婚，但和马觉得结婚对象只能是小华。所以和马为了阻止父母，这才匆忙带小华回来见家长。

“对不起，”红灯亮了，和马刹住车低下头，“我对你隐瞒了自己是警察的事，对不起。但请你相信我，我是认真地在考虑我们的未来，这一点绝对没有骗你。”

“我没有在生气。”

明明就有，和马在内心吐槽。自己真的是伤她的心了。隐瞒自己的职业的确不对，但过去曾经有好几个女孩子，仅仅因为自己是警察就说了分手。和马生怕小华也会步她们后尘，才隐瞒了自己的职业，结果好像事与愿违。

“绿灯亮了。”

和马听到小华的提示，发动汽车。他偷偷瞥向副驾驶的小华侧脸，但小华只是认真地注视着前方。

认识小华是一年半前的事。两人初遇的地点是小华工作的图书馆。和马去图书馆还书，因此结识了做管理员的小华，有了几次交谈。

朴素、温顺的女孩子，这是和马对小华的第一印象。在此之前，和马没有与这种类型的女孩子交往过，反而让他觉得有新鲜感。大概一年前，两人开始交往。交往之后，和马发现，小华虽然看上去温顺，实际上她很有主见，她是比外表看起来更加强大的女孩子。她的性格有些古板，也很单纯，这样的女孩子现在相当罕见。

半年前和马就有了结婚的想法，但还没有正式向小华求婚。通过平时随意的聊天，和马感受得到两人心意是相通的，小华应该也有同样的想法，只是需要等待时机。

但是今天带小华回家，似乎是失败之举。和马想等她冷静下来，并在她原谅自己之前不停地道歉。之后，再正式地求婚。

“谢谢你，停在这里就行了。”小华说道。

和马将车停在路边。这里是月岛[1]的住宅区，与塔式大厦密布的区域有一些距离。小华拿起手提包，沉默着下了车。和马恋恋不舍地望着她的背影。

“下次再见，我会联系你的。”

“嗯。”

说着，小华关上了副驾驶位的车门，转身向一户独栋房子走去。小华打开大门，走进屋内。

小华是一个人住，她的父亲在一家大型房屋制造公司工作，因此小华的父亲需要频繁调动，家人也随之在日本各地搬来搬去。小华有一个哥哥，现在好像也在东京都内独居。

1．月岛是地名，位于东京都中央区。——译者注

和马将后背靠在座椅上，深深地吐了口气。平时小华下车以后，和马都会马上开车回家，但今天他有点郁闷，不想马上离开。

和马透过驾驶席的车窗，注视着小华进去的那栋房子。

小华屏住呼吸，从二楼的窗户观察着外面的情况。和马的车还停在路边。平时他很快就会返回，今天却完全没有要走的意思。

难道说——小华心中涌起不好的预感。如果和马觉得刚才的道歉不够，还要闯到家里面来，那该怎么办？小华以家里太乱为理由，没有请和马进过这个房子。其实这个房子哪里是乱，根本就是空无一物，空空如也，一个家具都没有，简直就像没人住的空房子。

小华耐心地等了一会儿，终于看见车的前灯亮了起来，准备发动。还好还好，小华抚摸着胸口，走下楼梯，来到玄关外面。她骑上玄关旁的自行车，消失在夜晚的街道。这个房子只是名义上的家，没有人住在里面。

小华蹬着自行车，向真正的家骑去。远处，一片由于城市再开发而建成的塔式公寓直入云霄。小华在其中一栋公寓前下车，将车子放在自行车停放处，在入口的自动锁上输入密码。入口的自动门无声地开启，迎接小华进了公寓。

入口大厅非常宽敞，就像高级酒店的前台大厅。这栋塔式公寓在两年前建成，因此每个角落都还是崭新的，金光闪闪。小华乘上电梯，按下了52层的按钮。电梯一下子升了上去。

虽然是55层的高层公寓，但其中50层以上的房屋面积更大，房价几乎达到两亿日元。小华的住所是四居室，附带阳台，面积大概在130平方米左右。

小华走出电梯，再次输入一个四位的密码，进到屋内。刚搬来的时候，感觉像是住酒店，心里不怎么踏实，现在也已经慢慢习惯了。

“我回来了。”

小华边说边向客厅走去。宽敞的客厅以白色为主色调，室内装饰风格统一。客厅中央的沙发上坐着一个男人，他身穿睡袍，矮墩墩的，肌肉发达。沙发是瑞典制造的高级家具。他一只手晃动着红酒杯，另一只手抚摸着膝头的猫。眼前的场景，活脱脱是某位独断专行的社长。

“爸爸啊，这只猫是怎么回事？”小华问面前的男人。

小华的父亲三云尊抬起了头。

“嗯？你说这个吗？我在银座的宠物店发现它的。实在可爱，不小心就抱回来了。”

“你知道吗？这个公寓禁止养宠物。”

“当然，我明天会放回去的，不用担心。话说小华，你要不要来点红酒？这是从隔壁的田中家里拿来的，可是木桐酒庄的红酒哦。”

“不要。”

小华干脆地拒绝了父亲，向自己的房间走去。在走廊上，小华与从浴室走出来的女人撞了满怀。裹着浴巾的女人看着小华，问道：

“哎呀，你回来啦。跟男朋友约会去了？”

小华没有回答。这个裹着浴巾的女人正是小华的母亲——三云悦子，她的脸上正浮现出妖艳的笑容。尽管面对的是母亲，悦子裸露出的胸口仍然让小华感到性感的意味。悦子今年 51 岁了，但说她 30 多岁也有人信，事实上，她确实经常谎报年龄。

“小华，你老穿这身土气的衣服去约会，男朋友会失去兴趣的。下次约会前说一声，我刚入手了一个十克拉的钻戒，可以借给你哦。”

“不要。”

我家这些人真是……小华的心情变得暗淡起来，快步向自己的房间走去，进入屋内。小华的房间面积只有八叠[1]，却显得很是空旷。房间里只有床和桌子。衣服都挂在衣帽间里，越发显得简单。唯一有存在感的，只有排列在墙角书架上的大量书籍。

小华把手提包随意地扔在桌上，然后在床上躺倒。今天真的累坏了。直到和马突然带自己去见家长之前，一切都还不错。以后的发展简直糟透了。小华此前从未想过和马全家都是警察，就连他也是一名警察。

等等，好像有些征兆。和马很少谈论自己的工作，很有可能是将工作和私生活完全分开的那种人。走进饭店的时候，和马经常用敏锐的眼神盯着那些看起来很粗犷的客人。现在想来，这都是警察特有的职业习惯。并且，和马从小就练习剑道，现在工作以后，仍然坚持每

1. 叠是日本常用面积单位，一叠相当于 1.62 平方米。——译者注

周去道场练习三次，风雨无阻，这也可以说是警察的特点。没有看穿这一点，真是大大的失误。

“小华，你在吗？”

小华听到门外有人呼唤自己，起身走到门边。开门一看，外面站着一位上年纪的妇人。她是小华的祖母——三云松。

“吃过饭了吗？”

听祖母这样问，小华按了按肚子说：“吃是吃过了……”

其实小华很饿。虽然晚上在和马家吃的是外卖寿司，也只吃了墨鱼和几个寿司卷。

“我就知道会这样，给你，这是晚饭没吃完的。”

小华接过祖母递过来的盘子，上面是用保鲜膜包住的豆皮寿司。

“谢谢奶奶。”

“快点吃完，去洗澡吧。明天也得早起呢。”

“嗯，我知道啦。”

三云松满意地点了点头，离开门口。她的步伐很轻，完全听不到脚步声，让人难以察觉。不愧是奶奶，小华每次见她都不由得心生敬佩。

小华揭下盘子上的保鲜膜，用手捏住豆皮寿司塞到嘴里。虽然知道吃相很不雅，也管不了那么多了。祖母做的豆皮寿司味道偏淡，很搭红姜，小华非常喜欢。一转眼，小华已经吃掉了四个，她舔了舔流到手指上的高汤，甜甜的，转身又躺回床上。

真是的，该怎么办呢……

小华叹了一口气。这已经不是全家都是警察的樱庭家和自己的三云家是否相配的问题了。父亲三云尊，母亲三云悦子，祖父三云岩，祖母三云松以及哥哥三云涉，三云家全家都是小偷。

三云家世代以偷盗为生，这一辈依旧继承着这个传统。父亲三云尊专门偷窃美术品，母亲三云悦子则是偷珠宝的行家。祖母三云松是开锁大师，祖父三云岩则是传说中的扒手之王。哥哥三云涉是一名黑客，兴趣是在网上窃取情报。阿涉每天都待在自己的房间闭门不出，虽然住在同一屋檐下，也几乎没有碰过面。

家中唯一从事正当职业，以等价的劳动换取报酬的，只有小华一个人。其他人都是通过偷取现金，或者将偷来的东西卖掉，交换金钱。小华觉得，自己是这群荒唐的不法之徒当中，唯一正常的社会人。

但小华并非没有掌握偷盗技术。小华三岁的时候，祖父便将自己做扒手的技巧和招数全部倾囊相授。十岁时，祖父称赞小华是超越了自己的天才，三云家没有比小华的偷窃才能更出众的人。俗话说，江山易改本性难移，小华现在也经常会无意识地偷走别人的钱包。比如，小华不能在电车上沉思太久，否则，她会出于小偷的本能去搜寻猎物，手会不受控制地伸过去。

小华从床上坐起。吃完豆皮寿司，喉咙有些渴了，她想去厨房里找点喝的，于是走出了房间。走廊上能够听到悦子哼着歌，声音是从浴室方向传出来的。悦子似乎在用吹风机吹干头发。

客厅里一个人也没有，三云尊也不在。只有刚刚趴在他膝上的猫咪，在沙发上伸开四肢，悠闲地躺着。小华坐到猫咪旁边，轻轻抚着它的后背。猫咪的喉咙里发出舒服的呼噜呼噜的声音。

猫咪的毛色像老虎和豹子一样漂亮，这是只孟加拉猫吧。小华将猫咪抱起来，放在腿上。她挠了挠猫咪的下巴，猫咪短促地“喵”了一声，像小宝宝一样，小华现在稍微能够理解父亲为什么情不自禁地把它抱回来了。

“小华，一起吃点吧。”

话音刚落，三云尊走进了客厅。他像是刚从外面回来，手里还拿着一个小瓶子，尺寸好像涂面包的那种果酱瓶。

“这可是鱼子酱哦，鱼子酱！”三云尊坐下来，打开瓶子。“这是从 49 层的铃木家的冰箱里顺来的。哇，这玩意儿真好吃啊。”

三云尊直接用手指捏起鱼子酱送入口中，发出了赞美的感叹。趴在小华腿上的孟加拉猫，“咻”地跳到他的膝头。猫咪和他已经很亲近了。三云尊捏了一点鱼子酱，拿到猫咪的嘴边。

“别喂它，爸。食物中毒了怎么办？”

“没事的，这可是在银座出售的猫唉，吃点鱼子酱有什么关系。话说小华，你不吃吗？”

“我才不要吃偷来的鱼子酱。”

“你这个孩子真奇怪，像谁啊……”

这栋塔式公寓里住着 300 多户人家。每一户都是密码锁，需要四位密码。物业公司大肆宣扬称安全性是万无一失的，但是这点程度的防范措施对三云家的人来说，简直就是摆设。想要知道区区四位的密码轻而易举。

“这里简直是天堂啊！”三云尊咕嘟咕嘟大口地喝着红酒说道，“有钱人根本不会在意少了一瓶红酒还是鱼子酱。这个公寓，就是小偷的天堂啊。”

“老公，给我也倒一杯红酒。”

悦子说着走进客厅。虽然她已经卸了妆，只是素颜，却依旧很美。悦子坐在丈夫身旁，脸靠在他的肩上，一口气喝掉了杯子中的红酒。两个人根本不像是夫妻，倒更像是社长和他的情妇。

“悦子，你说说，小华什么时候才能结束叛逆期？我好不容易拿到的鱼子酱，她一口都不吃。”

“没事的，老公。这孩子的确有点奇怪。”

拜托，奇怪的是你们两个好吗？小华在内心偷偷地反驳。

“小华，你听好了。”三云尊摩挲着孟加拉猫的后背，“我们从不去偷那些善良的人，我们只偷坏人的东西。我拿走红酒的这个田中家，他是个偷税成瘾的会计师。拿走鱼子酱的这个铃木家，是黑社会的法律顾问。你明白的。”

小华不是不明白，三云家的规矩之一就是“盗亦有道”。偷东西的时候，要直视对方的眼睛，在心里判断能不能偷这个人的东西。小华也掌握了这一点，但是，究竟什么样的人可以偷，很难用语言表达清楚，这是需要常年的修炼才能掌握的秘诀。

“好了，老公。”悦子边倒红酒边说，“我在她这么大的时候，也和她一样，曾经很苦恼的。过段时间，她一定会明白的。”

“要是这样就好了。”

“话说，老公，有个好消息要告诉你。青山的古董街上的珠宝店，好像被国外的偷盗团伙盯上了。”

“你打算横插一脚吗？有意思，说得详细一点。”

哎，哎。小华站了起来，走到厨房，从冰箱里拿出一瓶水，返回自己的房间，再次躺倒在床上。

小学五年级的时候，小华第一次意识到自己的家庭与众不同。跟班上的同学聊天的时候，她才知道，别人的父母是不偷东西的，他们在超市买东西会结账，在饭店吃饭也会好好付饭钱。小华的幼小心灵受到了很大打击。

那我就一个人正常地活着吧，年幼的小华在心中暗暗起誓。

这时，手提包里的手机响了，铃声是《鲁邦三世》[1]的主题曲。小华站起身来，从桌子上的提包中拿出了手机。原来是和马发来的邮件。“今天非常抱歉，下次我们再好好聊。”小华没心情回复，把手机扔在了桌子上。

---

1. 鲁邦三世是MONKEY PUNCH于1967年创作的漫画形象，角色设定是莫里斯·勒布朗的小说人物怪盗鲁邦的孙子，有时也被译作罗宾/罗平。如同福尔摩斯代表了侦探，鲁邦则是怪盗形象的代名词。——译者注

她在想着和马。和马个子很高，长得又帅，是个无可挑剔的男友。但是不行，他是警察，而且全家人除了现役，就是退休的警察，两人的未来绝不会有什么光明。

没有敲门声，房间门被打开一道缝，悦子在门缝中往屋内偷看。悦子带着妩媚的笑容问小华：

“小华，我入手了一套意大利的高级内衣，但是这个胸围，我穿着太紧了，你要穿吗？”

“我不要，内衣我自己会买。”

“啊，这样啊，那好吧。”

门关上了。小华不经意地瞥了一眼手提包，发现里面露出一条黑色的皮制带子，自己从未见过。小华拿了出来，原来是一只手表。

糟糕！小华拍了一下脑门，内心惊呼后悔。是那个时候没错。和马的祖父攥住自己手腕的时候，自己竟然无意识地把他手腕上的手表，以风驰电掣之势摘了下来，放入了包里。又犯老毛病了。

小华凝视着这块手表。这是一只老式的，需要上弦的表。表带已经褪色，但指针依旧走时精确。

门又开了。这次是父亲。

“喂，小华，我刚刚从46层的宫田家拿回一块霜降西冷牛排，是神户牛哦。我现在煎，你要不要吃啊？”

“我不要。还有，进门之前先敲门好吗？”

小华推着三云尊的后背，将他赶出了房间。

真是够了。小华双手抱头，苦恼不已。我家简直——糟透了。

和马给小华发过消息后，从玄关走进了家里。他从厨房的冰箱里拿出一罐啤酒。吃饭时，想着要开车送小华回家，所以没有喝酒。

和马走到走廊处，正打算回二楼自己的房间，突然在和室门口被父亲典和叫住："和马，你过来一下。"

走进和室，父亲、母亲、祖母都坐在一起。寿司桶中还剩几个寿司。

"怎么了？大家坐在这里干什么？"

和马喝了一口啤酒，从寿司桶中拿起金枪鱼寿司塞入嘴中，问道。

"你还问怎么了，"母亲美佐子不满道，"你这孩子可真是的，要带女朋友回家，也要提前告诉我们啊。"

"我不是发过邮件了吗？"

"回家半小时之前才发的邮件。还好我们赶紧叫了外卖寿司，要是寿司店打烊了，那可怎么办？"

"无所谓啊，不吃寿司也可以的。"

"不行的，和马，这是你第一次带女朋友回家。作为父母，一定要好好准备。"

看样子，母亲对突然带小华回来这件事颇有抱怨。但出其不意其实正是和马的策略。和马不希望双方都毕恭毕敬，他既想要小华看到自己家人真实的样子，也想要自己家人看到原本的小华。

"我回来了。诶？家里没人吗？"

走廊处传来了说话声，好像是妹妹回来了。“在这里呢，小香。”父亲喊道，妹妹小香拉开隔扇，走进和室。

“今天有客人来？还点了寿司。”

“算是吧，”父亲回答，“还剩了一些，小香你也吃一点，晚上没吃饭呢吧。”

“不用了，我晚上不吃碳水化合物。话说，是谁来了？”

小香盘腿坐到垫子上。真是豪爽的女子，和马在内心苦笑道。小香目前是在杉并警察署的交通科工作，但她的志愿是去机动搜查队，而且还是武斗派。下班以后，她还会去附近的健身房锻炼肌肉。小香是鹅蛋脸，长得像母亲，是个美女，但身上全是肌肉块。如果要掰手腕，和马都没自信能赢过她。

“哦？大哥有女朋友了啊，好想见见她呀。”小香听完母亲的说明，露出了意味深长的微笑。“所以，为什么大家都聚在这呢？”

小香看向众人，父亲典和回答说。

“开家庭会议。”

果然是这样，和马在内心叹气。这是家里的保留节目。不是调查会议，而是家庭会议。一旦发生什么事，全家就聚到一起开会，这已经是樱庭家的传统。今天会议的主题一定是……

“今天会议的主题呢，”典和咳了两声，“小华是否适合与和马结婚，对此我们要进行讨论。大家可以尽情说说自己的想法。”

“可是，我今天都没见到大哥的女朋友。所以今天我持保留意见。

爸，你先说说。”

“我？我嘛……嗯，算是赞成吧。”

“老公，你赞成？”

美佐子在旁边问道，典和点了点头：

“啊，怎么说呢，小华是好孩子，看起来很顾家。现在这种女孩子挺少见的，我挺喜欢她的。”

“证据呢？你怎么证明她是好孩子？”

这是鉴识科科员美佐子的职业病，十分注重视线内的证据。被美佐子如此逼问，典和语无伦次地回答道。

“没、没有证据。我靠的是直觉，当这么多年警察的直觉。”

“直觉根本靠不住。如果警察都凭直觉办案，还要我们鉴识科做什么？”

“那你是怎么想的？”

典和问道。美佐子回答说：

“我也持保留意见。确实，我也觉得她是个好孩子，但是现在做决定还太早。母亲，您认为呢？”

祖母伸枝端坐在窗边，正在小口啜着茶，听美佐子这样问，她抬起了头。

“我吗？我觉得可以啊。感觉她是个不错的孩子。但是我看人不准的，我只有鉴别狗的眼光，没有看人的眼光。”

不愧是前警犬训练师说的话。和马放心了，两票赞成，两票保留。

就算持保留意见的母亲和妹妹之后改投反对票，也是二比二的平局。和马顿感胜券在握。

“呀，不行，忘了件重要的事。”美佐子说着，打开了玻璃窗。东，这只上了年纪的牧羊犬，听到窗户打开，从檐下的狗屋里走出来。“东，你看见和马的女朋友了，你觉得她能嫁给和马吗？”

东没有应声。只是伸出舌头，看着美佐子的脸。

“那你是反对咯？”

突然，东吠了起来。看到这一幕，和马嘴里的啤酒都快喷出来了。

“等一下，妈，东的意见也能算一票？东是只狗啊！”

美佐子露出从容的微笑。

“东也是我们家的一员，它是你爷爷的代理人，哦不，代理犬。你知道吧，东曾经是一条优秀的警犬。没准它比我们人类的眼光还要准确。我说的没错吧，母亲？”

“嗯，没错。东是一条优秀的警犬。它获得过一次警视总监奖，其他奖也拿过 30 多次，是非常有名的警犬。”

听祖母这样说，和马无言以对。作为一个新人刑警，和马做梦都想拿警视总监奖。如此一来，增加了一票反对票，情况发生了改变。面对急转直下的局面，和马站了起来。

“哪怕你们都反对，我对小华的心意也不会改变的。”

说罢，和马走出了和室。给大家留下这样一句话，他的心里也很不安。他回想起车里小华的表情，一定是自己隐瞒了警察身份的事，让她变得不信任自己，脸上才会有那种苦恼的表情。

回到房间，和马从兜里掏出手机。小华还没有回复，他失望地坐到椅子上。

和马解开了领带。啤酒罐里已经没剩多少啤酒，只够沾湿嘴唇，和马咂了一下嘴。打开电视，他躺到了床上。

手机响了，铃声是《向太阳怒吼》[1]的主题曲。刚才迷迷糊糊睡着了。是小华打来的吗？和马一边这样想，一边将手机拿了过来。来电显示不是小华的名字。现在不是沮丧的时候，和马坐直按下了接听键。

“你好，我是樱庭。”

“是我，卷。”

打电话来的是和马的刑警前辈——卷荣一。他是和马的直属上司，负责教导和马。

“刚才，值班的同事打来电话，”卷荣一的口气十分严肃，今晚是和马所在的小组值班，其中的两名警察在搜查一科待命，一旦发生案件就会联系其他同事，“在荒川的河岸上发现了一具男性尸体，应该是他杀。我们待会在现场集合，地点是……”

和马用桌上的笔记本记下地址，回应了声知道，就打算直接赶过去。

---

1. 《向太阳怒吼》是1972年开始播放的日本电视剧，当时社会普遍流行以犯人为主视角的电视剧。本剧是以搜查一课的警察为主角展开的刑侦故事，奠定了日本刑侦剧的地位。——译者注

挂掉电话，和马急忙起身。已经将近晚上 11 点，要是出现了杀人这样的可疑案件，哪怕是半夜也要马上赶过去。如果成立了调查本部，连续几天都要待在当地警署，那才让人窒息。

和马又拿起了领带。

“我回来了。”

小华低声地说着，脱掉鞋子。走进客厅就能听到父亲三云尊的鼾声。70 英寸的液晶电视还亮着，正在播放着电影《海洋 12》。这是三云尊喜欢的电影，还拉着小华看了好多次。在 70 英寸的屏幕上播放这部片子，画面反而会看不太清。如果这么告诉父亲，他还会生气，明明电视和 DVD 都是偷来的。

小华将手里的便当盒放进冰箱里时，突然觉察到身后有人，回头看去是祖母。不愧是陪在扒手之王身边这么多年的开锁大师，依旧让人难以察觉。

“他在吗？”

三云松问道。小华无奈地叹气道：

“没有。今天可能住在别处了吧。”

放入冰箱的便当盒中，装着三云松做的豆皮寿司。小华洗完澡后，想要拿去给祖父尝尝，所以才装进去的。

祖父三云岩不常来这个公寓。他在东京都内四处飘荡，居无定所。偶尔他会去月岛的空房子住一晚，今天似乎没有去。

三云松开始准备泡茶，小华则坐到厨房的椅子上。不一会儿工夫，茶杯摆到了小华面前，是热热的焙茶。祖母还放上一个装着日式点心的盒子。小华虽然心里清楚这个时间不该再吃东西了，还是不自觉地伸手拿起一个点心。

“爷爷最近一次回来是什么时候来着？”

小华嚼着点心问祖母。祖母喝了一口茶杯中的茶答道：

“什么时候来着……好像上个月见过他。”

“爷爷真是的，到底在哪，做什么呢？”

“还用说吗，小华。他能做的，不就只有那一件事吗。”

没错，三云岩是扒手之王，今天也肯定在某个地方偷东西。尽管他今年已经是 76 岁的高龄，却仍在小偷界活跃着。就算把他的衣服扒光，扔到大马路上，30 秒以后，他就能偷到别人的钱包，再过 30 秒，他就能用偷到的卡在服装店里买衣服。

“但是奶奶，你不会孤单吗？”

“到了我这个年纪嘛，看不到他的人，也能凑合活着。”

小华很清楚，虽然嘴上这样说，但这么多年，祖母一直陪在祖父身后，舍弃自己，全身心地支持他。比如今天，祖母做了好多豆皮寿司，根本就吃不完，只是因为她猜到了小华会拿去给祖父。豆皮寿司是三云岩最喜欢的食物。

“奶奶，您为什么会和爷爷结婚呢？”

“怎么了，小华，突然问这个？”

“没什么，告诉我嘛。是谁求婚的？”

“我不记得了，都多少年以前的事了。”

说着，祖母的脸红了起来。小华觉得祖母的样子好像少女，有点可爱。父亲、母亲、祖父和哥哥——在这个全是怪人的家里，只有祖母像自己一样，是唯一的正常人。像这样两人一起喝点茶，聊聊天，每个星期都会有那么几次。

“差不多该去睡了吧，明天你还要上班呢。”

“也是哦。”

听祖母这么说，小华站起身来。对于几小时前第一次见到了和马家人的事，她还没有实感。将茶杯收拾进洗碗池之后，小华正准备回房间，突然发现自己装在毛衣里的手机不见了。小华回头道：“奶奶！”

三云松的脸上带着恶作剧得逞般的笑容，手里拿着小华的手机。在全家人都是小偷的环境里生活，真的大意不得，稍有懈怠便会如此。

“因为你在走神啦。还好是我拿了你的手机，要是你爷爷，你该被骂惨了。”

“哎呀，真是的……”

小华从祖母手里夺回手机，回到自己的房间。她坐在床边，打开了手机，还没有回复和马的邮件。

她拿着手机烦恼不已，回复什么好呢？毫无疑问，两人的关系已经笼罩上一层乌云。小华爱着和马，也是以结婚为目的与他交往的，但是，知道了他的家人，包括他自己都是警察之后，小华觉得这段恋情已经无法再继续下去。

可是突然说分手，只要和马不能接受分手理由，也不会答应的。我们一家人都是小偷——这种理由根本说不出口，而且就算说了，和马也不会相信，搞不好再把全家都抓起来。

小华轻叹一口气，在手机上打出“晚安”两个简短的字，按下了发送键，然后顺势倒在了床上。她的心仿佛在看不到出口的隧道中迷路了一般。

“樱庭，动作太慢了。”

“对不起，卷哥。”

卷荣一已在现场等候。和马正从出租车下来的时候，手机收到了一封邮件。原来是小华发来的，内容只是简短的“晚安”两字。尽管知道小华平时不发颜文字，但这条消息还是让和马有点难受，他把手机放回口袋，跑向现场。

“樱庭，不好意思，稍等我一下，我憋不住了。”

说着，卷荣一走进了旁边破旧的公共厕所。和马目送他进去后，开始观察起现场的周围情况。

现场位于江户川区小松川的公园里。公园建在荒川的河岸处，尸体是在公园一角被发现的。现在四下已经空无一人，只有停在河边的巡逻车，无声地闪着红色的车灯。

“久等了，我们走吧。”

两人一起向公园深处走去。当地警署的调查员已经齐聚在此。进了公园没走多远，就是河堤。黄色的封锁线已经将河岸圈了起来。尽管现在才十月初，晚上已经颇有凉意。

“不好意思，我来晚了。”

卷荣一说话间，走向穿着制服的那群人。其中一个五六十岁的男人回过头来，这是组长松永。

“来了啊，你们。在这边。”

为了不破坏证据，地上已经铺好了塑料布。微弱的灯光在树丛中模糊地闪着，鉴识人员们正在工作中。

尸体在河岸的树丛中，仰面朝天。和马不由得捂住了嘴。尸体已经面目全非，无法辨别，面部像是遭受了多次殴打。松永开始介绍情况。

“尸体的第一发现者，是居住在附近的一名三十岁左右的男性。该男性在慢跑途中，从这边经过时发现的。死者为男性，经判断，是位高龄老人。正如大家所见，面部已被残忍破坏，没有任何能够证明死者身份的物品。死因是脑挫伤，死者的后脑有明显遭受重击的痕迹。凶器还没有找到。”

和马观察着尸体。死者身穿藏蓝色套头衫和黑色裤子，不太起眼。难道是流浪汉？和马一开始这样想，但他看到死者穿了一双比较新的运动鞋，而且是年轻人喜欢的样式，和马推断死者应该不是流浪汉。

“对不起，我失陪一下。”

卷荣一捂着嘴，走出树丛。说实话，当刑警这么久了，看到尸体还是不太舒服，但是和马却没有什么反应。从儿时起，樱庭家就只看刑侦类的电视剧，剧中经常会出现尸体的镜头，久经战阵的和马早已有了抗性。不仅如此，就连吃饭的时候，家人都会在餐桌上滔滔不绝地说着验尸解剖，死亡时间推断等专业名词。不知不觉中，这些间接成了警察育成的初期教育。

“这个东西掉在现场了。”

一位不曾见过的调查员跑了过来。大概是小松川警署的人吧。他手里拿着一个皮制的长钱包，解释说道。

“已经查到这个钱包中的驾照所有者的身份。刚才与其通话得知，失主在龟户站内遇到了扒手，已经向车站的派出所提交了遗失申请。”

松永摸了摸下巴，观察着脚下的尸体，说道：“也就是说，这个男人是那个扒手？马上将他的指纹与数据库里有前科的名单进行对照，或许我们很快就能知道他是谁了。”

大家决定再调查下周围的情况，便散开了。说是调查，但现在已经过了夜里12点，能打听的地方也只有便利店以及营业到深夜的店了。尽管如此也不能等到天亮，错过最佳调查时间。和马当然知道初期调查的重要性。

“樱庭，你知道凶手是谁了吗？”

走出树丛，卷荣一问道。他嘴角虽挂着笑容，面色却很苍白。看来还没有完全从尸体带来的冲击中恢复过来。

“怎么可能这么容易。现在我要去调查，卷哥你和我一起去。”

“好，看样子，你这个传说中的名侦探，这次也没能一下子解决案子啊。”

名侦探是大家给和马起的外号。有好几个案子，和马都在转眼之间就解决了。其实这对和马来说再平常不过。成长在警察世家，和马从孩童时期起就被灌输了观察和逻辑思考的重要性。常年在鉴识科工作的母亲对他影响很大——通过物证去推理案情。

出了公园，路上已经没有行人，马路对面500米左右的地方有处招牌亮着灯，那是一家营业到深夜的家庭餐馆，他决定从这里展开调查。

和马和卷荣一并肩向家庭餐馆走去。

每天早上，全家人一起吃早饭，是三云家的传统。今天早上，除哥哥阿涉以外，大家都围坐在餐桌边。

今天的早饭是悦子做的。有培根煎蛋、沙拉和松饼。若是由祖母做，则是日式的早饭。不管是西式还是日式，小华都很喜欢。

“还是用地藏菩萨那招？”

悦子问三云尊，只见他往口中塞了一块松饼，说道：

“对方是国外的窃贼团伙，很有可能身上有枪。比起地藏菩萨，还是抓小鸟更好。”

“抓小鸟啊，太麻烦了。”

他们应该说的是青山古董街上的那家珠宝店的事情。两人计划把国外窃贼团伙从那里偷来的珠宝夺过来。这种偷盗计划的话题与清晨的餐桌虽然不搭，但早已经是三云家日常生活的一部分，小华已经完全习惯了。地藏菩萨、抓小鸟这些完全听不懂的词，指的是偷盗策略，小华并不了解它们的具体含义，也不想了解。

“要是父亲在的话，抓小鸟应该行得通的。”

悦子说着，悄悄看了一眼三云松的脸，而三云松只是面不改色地将切好的培根放入口中，若无其事一般。

“老头儿不行的，他岁数太大了。我做事的风格就是小心谨慎，不需要他这个马上要退休的扒手之王帮忙。”

三云尊说着，往第二块松饼上浇了大量的枫糖浆。父亲三云尊和祖父三云岩虽为父子，却脾气不合。祖父很少到公寓来，也是因为和父亲关系不睦。

三云尊专门偷美术品，他认为小偷小摸的偷盗方式已经过时。但在祖父三云岩看来，小瞧祖传技术的儿子，才更让人看不顺眼。两个人曾为此争吵不休，最后是祖父做出让步，主动远离了父亲。

“话说回来，那群家伙准备怎么偷袭珠宝店？”三云尊如此问道。

“他们准备在开店前一刻动手。先投放烟幕弹，再趁机抢夺一空。”

母亲悦子边喝着不明蓝色液体边回答。这是悦子特制的美容果汁，原料有苦瓜、菠菜等等，经榨汁机搅拌而成。

“这群外国的窃贼团伙，一点技术含量也没有。偷盗，是一种艺术，踩点，计划，执行，这三点缺一不可，都很重要。记住了吗？小华。”

突然父亲将话题转向自己，小华兴味索然地回答道。

“我不打算当小偷。”

“你敢跟爸爸对着干，太放肆了。悦子啊，我们的教育方式是不是在哪出了问题啊？小华也好，阿涉也好，空有一身技术，就是不肯利用起来。”

正在这时，一个男人走进了客厅，是哥哥阿涉，他很久没有和大家一起吃早饭了，难道今天是出来吃早饭的吗？小华心想，目光追随着阿涉的脚步。阿涉走到了电视前面。

“喂，阿涉，跟我们打声招呼啊！喂，阿涉。”

阿涉仿佛没有听见父亲说的话，拿起了电视的遥控器。阿涉头发散乱地披在肩上，脸色苍白。他个子高高的，身材纤细，瘦得似乎一阵风都能将他吹走。他穿着高中时期的运动衣，衣服上还缝着号码布，上面写着姓氏“三云”。

阿涉打开电视，不停地换台。可能是想找到要看的频道，阿涉像要钻进电视一般死死地盯着屏幕。父亲在阿涉的背后说道：

“理我一下不行吗，阿涉？”

屏幕里的女主播正在播报新闻。昨天夜间，位于江户川区小松川的公园内，发现了一具男性尸体。从指纹可以断定，死者是住所不定的无职业者，立岛雅夫，75 岁。警方判断，他杀的可能性很大，目前警视厅已开始调查。

阿涉手中的遥控器，掉落在地板上。他回过头来，脸色愈发惨白，表情似哭非笑。他拖着沉重的步伐走进餐厅。父亲母亲好像注意到他的样子有些反常，一言不发地看着他。

“是、是爷爷。”

阿涉挤出几个字，他的嘴唇哆哆嗦嗦地，像是冻坏了一样，不停颤抖。

“老头儿？你在说什么胡话。”

三云尊反问道，阿涉摇着头回答。

“是爷爷。”

“别说胡话！不是说死的人叫立岛吗？怎么可能是老头儿？”

“就、就是爷爷……”

阿涉好像努力想要说些什么，但因为头脑混乱，他无法说出一句完整的话。从阿涉的语气里，悦子察觉到事情可能没有那么简单。她走到阿涉身边，抚摸着他的后背说道。

“冷静一点，别激动，阿涉，组织好语言再说。”

“我是说，那是爷爷啊！”阿涉的情绪喷涌而出，眼里蓄满泪水，“死的那个人，是爷爷！你们相信我！”

小华咽了下口水。哥哥究竟在说什么？她感觉耳朵后面的血管剧烈跳动起来。

“大概两个月之前吧，我一个人在家的时候，爷爷突然来了，他说有事要拜托我，就进了我的房间。”

三云岩的请求不是一件易事，需要先黑进警视厅的数据库，将其中一个犯罪人员的指纹和照片换成三云岩的。阿涉虽然不知道爷爷为什么要这么做，但他觉得入侵警视厅的数据库也挺有意思的，就答应了祖父的请求。

“我一开始试的时候，没有成功，需要在职警察的 ID 和密码。然后不知道爷爷从哪儿搞来了 ID 和密码，我试了一下真的进去了。接下来的工作就简单多了，虽然花了将近八个小时，最后我还是完成了爷爷的要求。”

“也就是说，”三云尊打断道，“老头儿让你换掉的，就是这个叫立岛什么什么的人的指纹和照片吗？”

“没错，立岛雅夫。我确认过好几遍，就是他，不会有错。爷爷被杀害了，他被杀害了啊。”

小华只觉得口干舌燥，她的心脏突突跳了好一阵子，现在特别难受。她不敢相信，爷爷被杀害了。

突然一声巨响，原来是父亲猛地站起身，椅子向后倒去的声音。三云尊一把抓起阿涉的衣领，一脸“如果你撒谎，我绝不轻饶你”的表情。

“阿涉，你开玩笑的吧。喂，为什么要开这种玩笑？”

“别这样，老公，”悦子慌忙拉住他，“阿涉他没有说谎。”

“悦子，就连你也……”

三云尊松开阿涉的衣领，双手无力地垂下来。爷爷死了？怎么会……小华无法相信眼前发生的事，明明几分钟前，还像平常一样，只是再普通不过的清晨。

“我也相信阿涉没有说谎。”

祖母三云松开口道。祖母可以说是受打击最大的人也不为过，但现在，她挺直了腰板，毅然决然地说道。

“那个人总是跟我念叨自己是个小偷，大概会很凄惨地死去。到了要死的时候，不想给任何人添麻烦。”

“老、老妈……你……”

三云尊嘴里嘟哝着。三云家是小偷世家，狐狸尾巴是藏不住的，不管发生什么事，都不能让警察盯上。三云岩只是提前为自己选好了不引人注目的死法。

“所以说，我相信阿涉的话。”祖母继续说道。父亲和母亲都安静地听她讲下去，“可能他是为了以防万一，准备了一个替代的身份。就像新闻里播的那样，警察是通过指纹来断定死者身份的。”

警察能够通过比对指纹来确定死者的身份，也就说明，这个名叫立岛的男人，是有犯罪前科的。那现在，真正的立岛在做什么？

“不过，我虽然相信阿涉说的话，但我并不相信他已经死了，除非有确凿的证据。”

祖母说完，父亲突然冲出了客厅。“老公！”悦子喊道，并追了上去。

小华感觉自己放在膝盖上的手好像被什么包裹住，传来一阵温暖。低头一看，是祖母将手搭在了自己的手上。

“奶奶……”

小华没能说下去，她在心里默念着，绝对不可能，爷爷绝不可能死，一定是哪里搞错了。

听到脚步声，小华抬起头来。父亲穿着像要去钓鱼的人穿的那种马甲，带有很多口袋，是父亲的工作服。三云尊只简短地说了一句：

“我出去一趟。”

“去哪？”

“还用说吗？当然是去拜谒一下死者的面庞了。除非我亲眼看到，不然我是不会相信的。”

小华看了一眼祖母，她正狠狠地点头。再看向母亲，悦子站在父亲身边，也无言地点着头。

“我也去。”

说着，小华站了起来。三云尊皱起眉头。

“你去了只会碍手碍脚的，不要去了。”

“我一定要去。一定是搞错了，爷爷不可能会死。”

三云尊耸耸肩，淡淡地说道：“擦干眼泪，要去的话就在两分钟以内准备好，不然我可不等你。”

说罢便向玄关的方向走去。小华这才注意到自己不知不觉中，早已泪流满面。擦掉眼泪，小华回到自己的房间更换衣服。

面包车的副驾驶席坐着小华，父亲则在旁边的驾驶席上。这辆白色小面包车是平时三云尊工作时开的，可以根据作案时的情况，在外车身贴上不同的贴纸。这种类型的车最不会引人注意，停在哪都不觉得奇怪。外车身上还贴着“蒲田南土木工程公司”几个字，是上次行动的时候贴上去的。

小华从副驾驶席向外抬头看，是一栋古色古香的建筑。这里是江户川区的一家大学附属医院门口，20 分钟前，三云尊把车停在了这里。根据同行帮忙探听来的消息，三云尊猜测，三云岩，不，立岛雅夫的遗体极有可能被存放在这家医院。

车后座上散乱地堆着三云尊脱下的衣服，以及一个波士顿包。他早已经变装成医生，下了车。假扮成医生潜入医院，对三云尊来说小菜一碟。

小华已经联系过自己工作的图书馆，说住在大阪的亲戚去世了，要请三天假。电话那头的领导没有丝毫怀疑，准了小华的假。回去上班的时候，还得准备大阪的特产。

“小华，能听到吗？”

耳机里传来三云尊的声音。“嗯，听得到。”小华回答之余，打开放在腿上的笔记本电脑，注视着屏幕。画面中是附属医院里的男厕所。

“我成功进来了，现在正前往存放老头儿遗体的房间。”

“注意安全。还有，还没确定那就是爷爷呢。”

小华靠近耳机的麦克回复道。屏幕中出现的画面，是通过装置在三云尊的眼镜上的微型摄像机实时传送过来的。灵活运用这些高科技产品，对三云尊来说同样是小菜一碟。

“喔，在此之前呢……”

耳边响起三云尊的声音，画面向男厕所内部深入，小华有种不好的预感。图像变成了厕所的墙壁，能听到解开腰带的声音，画面突然向下拍去。

“爸，都这个时候了，你在干吗啊？”

“我也没办法啊，这是生理需求。对了，小华，你小的时候，我们还一起泡过澡呢。我们是父女啊，害羞个什么啊？”

“算我求你了，不要向下看。”

小华把脸扭向另一侧。过了一会儿，她再看向屏幕，三云尊已经完事，可以看到洗手台的镜子。镜子里反射出穿着白大褂，假扮成医生的三云尊。他的脖子上还挂着姓名牌，不知道这身行头是从哪偷来的。

“那我去了。”

三云尊走出厕所，屏幕上可以看到他在走廊里走路的样子。路过的护士们并没有怀疑他，纷纷点头致意，然后走开了。偌大的大学附属医院，护士们也很难记得清楚每个医生长什么样子。

在走廊尽头的大门处，站着一位穿制服的警察。三云尊走近道了声辛苦，警察确认过姓名牌之后敬了个礼。看来没有被怀疑。

三云尊的视线有一秒停留在大门正上方的金属牌上，牌子上写着“太平间”三个字。他打开大门，走了进去。里面并不宽敞，只有一张床。鼓起的白布下面，躺着一具遗体。小华听到了自己心跳的声音，抓住笔记本电脑的手也渗出汗来。

三云尊走向那张床。遗体的脸上盖着一块白布，三云尊捏起白布的一边，慢慢地掀开。突然，画面剧烈地晃动起来，时而面向天花板，时而面向墙壁。

“怎么了，爸爸？”

“啊，对不住了。”

三云尊的声音充满紧张的情绪。

“怎么样？是别人，对吗？我就说不是爷爷。”

“我不知道。”

“不知道……”

“我看不清他的脸，被弄坏了。”

被弄坏了？小华不太明白三云尊的意思。画面晃动是因为父亲被吓到了？不，应该是不想让自己看到。

“左、左手……”

听到小华的声音，三云尊问道。

“什么？”

“看爷爷的左手。”

三云尊再次向遗体走去。他绕到遗体的左边，稍微掀起一点白布。一只惨白的男性的手出现在画面中。小华倒吸了一口气，她认得无名指上的戒指，那正是祖父的结婚戒指。

“不要，不可能，我不相信……”

小华脑海一片空白，爷爷确实死了。为什么——她用力捶着自己的大腿，一次又一次，在车里放声大哭。

“小华，冷静点，你冷静一点。”

听到父亲的声音，小华也无法应声。滚落的泪水滴在电脑键盘上。为什么？为什么会死？爷爷——

“小华，我现在回车上去，等着我。”

“戒、戒指。”

“你说什么？”

“至、至少把戒指带回去，我想拿给奶奶。”

一阵沉默之后，三云尊回答道。

“不能这样做。”

“为什么？爸爸你是小偷啊！偷一个戒指不是轻而易举的吗？我想留作纪念。”

“你糊涂了，小华，”三云尊尽力压低声音，“这个戒指不能拿走，这是他们夫妻一场的证明，老头儿要戴着这个戒指，被我们埋葬到墓里。”

话音刚落，信号中断了。小华吸着鼻涕，擦掉满脸的泪水。可不管怎么擦，泪水还是不停涌出来。

天亮了，调查丝毫没有进展。虽然查明了被害人的身份，但没有找到任何关于凶手的目击情报。小松川警署成立了调查本部，由和马所在的小组负责。

和马与卷荣一两个人在锦系町的闹市中走着。有一家旅馆联系到警方，提供了一条线索，称曾有一个很像被害人的旅客在该旅馆住宿过。

“樱庭，你不觉得很诡异吗？”

听卷荣一这样说，和马反问道：

“什么意思？”

“你看啊，我感觉就算查到了被害人的身份，好像也不会再有任何线索浮出水面，这种案子有时会拖得很久。”

经过与数据库中有前科的人员数据进行比对，已经查明了被害人的身份。被害人立岛雅夫住所漂泊不定，没有工作，他这些年的经历可以说完全是谜。立岛没有家人更没有远亲，住民票的记录早在 15 年前就被消掉了。

“是这里了。”

卷荣一停下了脚步。旅馆名叫“竹屋旅馆”，更像是一个简易的小旅店。和马和卷荣一走进去，上了岁数的老板正坐在狭窄的房间里看报纸，看样子这个小屋是前台。玄关处摆着大量的鞋子，应该是旅客的鞋。

“我们是警视厅的，您是老板，对吧？”

卷荣一出示了警察证，坐在小屋里的老板放下报纸，抬起了头。

“感谢您和我们联系。您说立岛雅夫曾经在这里住过，是吗？”

卷荣一问道。老板一边拿出旅客登记簿，一边回答。

“啊，应该是。这里写着他的名字。今天早上我看新闻的时候，就觉得这个名字好像在哪看到过，一翻登记簿，果然是他。”

登记簿上确实登记有立岛雅夫的名字，还写着他的住址和电话。和马把这些记在了笔记本上。卷荣一问老板，

“立岛是什么时候住在这里的？”

“三天前，他预付了一周的房费。”

墙上贴着住宿价格表，住一晚是1800日元。这里应该是面向做日工的劳动者和外国来的背包客的低价住宿设施。老板带二人来看立岛雅夫住过的房间。房间没有安装门锁，老板推开了木板做的拉门。

房间不大，里面只有一张床，除此以外没有任何家具。卷荣一回头问老板。

“房间没有打扫过吧？”

“嗯，一点没动过。我们这里都是旅客自己动手打扫。”

尽管如此，这个房间真是什么也没有。和马本来还以为能留下立岛雅夫的一些物品，期待完全落空了。他问老板。

“老板，你和立岛雅夫说过话吗？”

“啊，说过，他开始来付钱的时候。”

“是这个人没错吧？”

和马拿出一张照片给老板看。这是保存在警视厅数据库里的，立岛雅夫 20 年前的照片。

“嗯……是不是呢？”老板努力回想，“当时他戴着口罩，我记不太清了啊。”

“立岛有没有卷入什么麻烦的迹象？”

“这个嘛，不太清楚。我不干涉客人的隐私。有什么事儿再叫我吧，我在那边等你们。”

老板说完便离开了。没有任何进展，和马叹了口气。一个有前科的 75 岁的男人被杀害了，他没有任何随身物品。乍看他只是在车站偷了别人的钱包，但为什么脸会被毁得面目全非呢？如果不是恨之入骨，没有必要做到这一步。而且，根本还原不出被害人生前的行动轨迹。虽然找到了他住过的旅店，却没有找到任何线索，也没有和他要好的朋友。

卷荣一弯下身子，观察床上的枕头和床单，没能找到毛发。

两人最后一次无一遗漏地找遍了屋内每个角落，没有找到被害人留下的任何物品。在前台向老板道谢后，两人离开了旅店。

“被害人在这里至少住过三天，这点是毫无疑问的。我们调查一下这周边的情况吧，没准会找到什么线索。”

卷荣一说着，向旅店对面的便利店走去。和马边追，边说道：“卷哥，被杀害的真的是立岛雅夫吗？”

“你说什么呢，这么突然？”

“你不觉得奇怪吗？证明死者是立岛雅夫靠的是数据库里的指纹。只凭这一点，就能证明他的真实身份吗？”

“那还用说，指纹哎，还有比这更有力的证据吗？立岛有过前科，不敢活在阳光下，想要还原他的人生轨迹，恐怕不太容易。”

是我想多了吗？和马这样想着，并加快了步伐，两人走进了便利店。

“为什么？为什么连葬礼都不能办？爷爷会死不瞑目的。”

“我也没办法啊。老头儿是用别人的身份死掉的，没有遗体，我们不能随便办葬礼。小华，你想想，三云岩可还活在这个世界上。”

父女二人回到了月岛的公寓。遗体确认是祖父了。全家听到这个消息以后，都变得郁郁寡欢，沉浸在压抑的气氛中。祖母在自己的房间里闭门不出，阿涉回了自己的房间以后也没再出来。悦子坐在客厅的沙发上，垂头丧气。快到中午了，没有人准备做午饭，就算做了饭，恐怕也是食不下咽。

“可能您说的没错。但是，连葬礼都不办，爷爷也太可怜了。”

“我和你是一样的心情，但是葬礼不能办。三云岩还活着，先避过这阵风头再说吧。”

小华反驳道：“那爷爷的遗体怎么办呢？就这样以那个立岛什么什么的身份下葬吗？这也太奇怪了吧。”

小华是爷爷带大的，对她而言，不能接回三云岩的遗体，内心无法接受。决不能以别人的身份下葬，一定要把遗体接回来。

“你听我说，小华，我没有说就这样不管老头儿的遗体了。等外面的议论平息下来，我打算伪造一份假的死亡诊断书交到区政府，让别人以为三云岩死了。然后，我再去把老头儿的骨灰偷回来，虽然到时候可能不知放在哪个寺庙里。我可是一流的大盗，从寺里偷个骨灰，根本不算什么。”

“不要啊，爷爷会难过的。”

“不要再闹别扭了，小华。”三云尊加重了语气，“我和你爷爷都是犯了罪的人，下场注定会很惨。从我第一天开始行窃，就已经做好心理准备了。老头儿的想法肯定和我一样。”

有人走进了客厅，是祖母。祖母径直走到厨房，站在调理台前，用一口大锅烧起了水。

“奶奶，你在做什么？”

祖母准备在案板上切葱。听到小华的询问，也没有转过头来，她回答道。

“我想，做午饭。”

“奶奶，别做了，大家都没胃口。”

祖母好像没有听到小华的话，开始横切起大葱，厨房响起悦耳的咚咚声。

“好像还剩了一点挂面，吃挂面行吗？我现在就做，小华你等一会儿。”

“奶奶，真的不用做了。”

“唉，小华，”祖母没有停下手里的动作，“不吃饭怎么行？人是铁，饭是钢。我们还要活下去。死去的人已经吃不到了，我们要连他的份也一起吃。”

祖母的背影看上去比平时更瘦小了，仿佛后背都在哭泣。祖母是最难过的，因为她失去了丈夫。没把结婚戒指拿回来做遗物也许是对的，那枚戒指，戴在遗体的手指上，是两人夫妻一场的证明。

小华回到客厅。三云尊坐在沙发上，旁边坐着悦子。悦子自言自语道：

“是谁杀了父亲？”

“谁知道，大概是寻仇的吧。要说仇家，那是多得数也数不清，不过我也没资格说老头儿了。”

“我也一样啊。”

悦子像是自嘲般，笑了一声，她的脸看上去很憔悴。虽然去世的是自己的公公，看得出来，悦子也同样悲痛欲绝。

“为什么爷爷会被杀掉呢？”

三云尊回答道：

“对方是来寻仇的，也只有这一种可能了吧。”

“真的是这样吗？爷爷可是扒手之王啊，绝不会在行窃的时候暴露自己的长相。”

“那是全盛时期的老头儿，他年纪也大了，没准在哪个阴沟里翻了船。凶手总会抓住的。”

“我们来找出凶手吧，我们来抓住杀了爷爷的凶手。”

“这是警察的工作，小华，我们是小偷，怎么能去抢警察的活。”

“而且，小华，”悦子附和道，“我们不能轻举妄动。被警察盯上，我们就完了。要找杀害父亲的凶手，就意味着我们要踏入警察的地盘啊。”

我又不是小偷，小华暗暗想道。母亲说的没错，三云尊和悦子、祖父和祖母并不是通缉犯，是因为他们一直谨慎行事，拥有好几个假名字，从未被警察发现自己的真实身份。为了查明祖父被害的真相而轻举妄动，实在是很冒险。

“饭做好了。”

听到祖母的声音，三云尊和悦子站了起来。悦子让小华去叫阿涉。小华正要去阿涉的房间时，他好像已经听到了祖母的呼唤，走出了房门。

三云家的五个人围着餐桌而坐，只有祖父三云岩不在。大家沉默地吃着挂面。小华注意到，坐在对面的父亲流泪了。

“我没有在哭，我没有在哭哦，是因为芥末太呛了。”

三云尊流着眼泪，吃着碗中的挂面。坐在他旁边的悦子，以及坐在小华旁边的阿涉，也一边泪如泉涌，一边咽下食物。只有祖母一个人没有落泪，反而令人感觉她已经悲伤到了极点。

拭去眼泪，小华拿起了碗，用筷子夹起挂面。

一个星期后，小华回到了图书馆。她还是没有胃口，没有完全从悲痛中恢复过来。但与刚发生事件的时候相比，已经好了一些，也不会再不自觉地流泪。

这一天，小华下班以后，从图书馆出来，乘坐电车前往墨田区的东向岛，她要去拜访和马家。这次不是因为事先约好了，而是想把手表——从和马的祖父那里不小心偷来的手表归还回去。但是怎么还呢？小华没有特别的计划，但她有自信，只要能进去玄关，总会有办法。避开樱庭一家人的视线，悄悄地把手表放在某个地方就行，藏在玄关摆着的鞋子下面也行。

小华本来担心自己会迷路，没想到很轻松就找到了和马家。小华把手伸进手提包，确认了手表放在了最容易拿出来的地方，然后向大门口走去。正要按门铃时，她突然听到几声狗叫。

“东，安静。”

房子旁边出现了一位女性的身影，她手里牵着一只老牧羊犬。是和马的祖母，名字好像是伸枝来着。小华看到伸枝的额头，下意识地移开了视线。上次见面时，伸枝缠着束发带，挡住了额头，原来她的额头上有一条巨大的伤疤，相当显眼。

“哎呀，那个，是小华，对吗？”

“您好。”小华慌张地鞠了一躬，“我是三云，三云华。之前承蒙款待，不好意思，过了这么久才来拜访。”

说着，小华将一个装有点心套盒的纸袋递给伸枝。这是她在车站前的和式点心店里买的。

“这是我的一点心意。”

“你不用这么客气。”

“哪里，哪里，请您收下。”

“那我不客气啦，”伸枝接过纸袋问小华，“对了，你今天过来有什么事吗？跟和马约好的？”

“不是的，我只是碰巧从附近经过。”

“这样啊，但是现在只有我一个人在家。我正准备去遛遛狗，顺便买点晚饭要用的菜。对了，如果你方便的话，和我一起去，怎么样？”

“诶？我吗？”

小华事先没有预想到还要遛狗，内心有些退缩。东现在虽然停止了吠叫，却用一种充满敌意的眼神盯着自己，是自己的错觉？

“东也说想和小华一起去呢，我们走吧。”

不，它肯定没有这么说。伸枝不顾小华内心的想法，把装有点心的纸袋挂在门口的把手上，然后压低头上的帽子，牵着东走了。小华看着挂在把手上的纸袋，想着太缺少警惕性了吧，难道向岛这边没有小偷吗？要是我的家人在这里，三十秒以内就可以把点心都拿走，再把空纸袋挂回去。

“小华，这边。”

“啊，来了。”

小华本能地答道。没办法，她背起手提包，追了上去。伸枝右手抓着东的牵引绳，小华走在另一侧，也就是伸枝的左边。她想尽可能地离东远一点。

“东是警犬对吧？”

“是的，而且是非常出色的警犬。但我没有训练过它，是我的后辈问我说东要退役了，想不想养它。我们俩都上了岁数，互相做个伴儿吧。”

“警犬真的能看出谁是犯人吗？”

“倒是没有那么厉害。但是绝不能小看它们的嗅觉，和它们看人的眼神。”

小华很在意伸枝额头的疤，很少见到那么大的疤。伸枝本人应该也很介意，所以才戴帽子，或是绑束发带什么的来遮挡吧。伸枝仿佛看穿了小华的心思，将帽子掀起一点，露出了额头的疤痕。

“你很在意这个吧？这个啊，是我年轻的时候，在海里遭遇了事故，留下来的疤。我很感激我的丈夫，我感激他愿意和我这样一个脸上有这么大的疤的女人在一起。”

小华不知该怎么回复。对女人来说，脸上的伤疤，和其他地方的伤疤完全不是一个概念，这一点，小华作为女性也能够理解。

“小华，别发呆呀，一会儿该跟丢了。”

“啊，不好意思。”

小华和伸枝并肩走在商店街上。东在这一带好像很有名，路过的行人会叫它的名字，或是摸摸它的头。邻近车站，伸枝停下脚步。

“我要去这个超市买东西，平时的话，我都把东拴在那根柱子上。”小华顺着伸枝的眼光看去，有一个彩票站，旁边是支撑商店街顶棚的支柱。

“今天就交给你啦。东，你要乖乖的啊。”

“请稍、稍等一下。”

伸枝把牵引绳的一端塞到小华手中，消失在超市的人海里。今天超市搞促销，扎着头巾的店员手拿着扩音器，不停地招揽客人。出站的人一波接一波地涌进店内。

伸枝刚进超市，东就开始发出呜呜的低吼声。它的肚皮贴住地面，仿佛做好了准备随时要扑上来。小华察觉到了危险，慢慢地后退，但东一直在逼近，那双眼睛，正是瞄准猎物的警犬的眼睛。

没办法，小华下定决心，手伸进了包中。东以为她要掏出武器，吼声一下子响亮起来。正在这时，对面走过来一位提着购物袋的老婆婆，小华故意轻轻地向她肩膀撞去，老婆婆失去了平衡，趔趄几步。

“对不起，您没事吧？”小华跑到老婆婆身边，深深鞠躬道歉道，

“我刚才在看别处，没注意到您。您没受伤吧？”

“没事儿，我没事儿，不用担心。”

老婆婆面露微笑，离开了。小华看了一眼手提包。相撞的时候，她从老婆婆的购物袋里拿走了一个红豆馅面包，此时面包正静静躺在自己的手提包里。这绝不是盗窃，小华暗示自己。拿走面包的同时，她将自己钱包里的五百日元硬币悄悄放到了老婆婆的购物袋里。买走的红豆馅面包不见了，代替它的是五百日元硬币，这对老婆婆来说不算亏。

小华急忙打开手提包，拿出面包，撕成两半，拿到东的眼前。“乖，吃点心。”

刚刚东的眼神中还充满了警惕，现在似乎是败给了眼前面包的诱惑，大口咀嚼起来。一转眼的工夫，半块面包吃完了，小华把剩下的一半递了过去。

“心情有没有好点呢？”

说着，小华想要伸手抚摸东的头，东突然抬起头来，咬向小华的手腕。东的速度快如闪电，一般人遇到这种情况，被咬也很正常，但天生反射神经极强的小华，竟躲过了东的利牙。真是的，难道还没吃够吗？

小华叹了一口气，准备重施刚才的伎俩。这次，她撞到迎面走来的一位中年妇女，看上去是位家庭主妇。下一秒，小华的包里多了一袋德国香肠。小华当然没有忘记把钱放到对方的购物袋里，因为没有零钱，她放进了一张1000日元的纸币，这次是血亏了。

“吃吧，这下满足了吗？”

撕开包装袋，小华把香肠递给东吃。7根香肠一根接一根地进了它的肚子。吃完以后，东伸出舌头，不断地舔小华的手，仿佛在说：“没有吃的了吗？是不是藏起来了？”过了一会儿，东用前爪抱住小华，舔着她的脸。小华感觉很痒，不由得跪在地上。“别这样，东，别这样嘛。”

“看来你们关系变得很好嘛。”

抬起头来，伸枝正站在面前，手里拎着购物袋。小华站起来，想把牵引绳还给伸枝，但伸枝没有接。

“如果可以的话，你来带它走走吧。”

“我来吗？”

“对呀，还能有谁？好，我们走啦。”

伸枝迈出步伐，小华只好左手牵着东，跟在后面。东看看小华的脸，跟着走了起来。

“哎呀，太新鲜了。”伸枝露出赞叹的表情，说，“这孩子，虽然不认生，但是自尊心很强，除了我以外，它从来不肯让第二个人牵。”

“这、这样啊。”

牵着东，两人在商店街又逛了一会。红豆馅面包和德国香肠的威力，让东的心情不错，一直摇着尾巴。其实以前小华就和狗狗很有缘分。父亲三云尊喜欢狗，从各处偷来了养在家里。不论大型犬还是小型犬，三云家总是充满了各种各样偷来的狗。

“小华，留下来吃顿饭吧？”

伸枝突然问道，小华惊慌失措地说：“不了，您别这么客气。”

“没事的，上次来我们家，你根本没怎么吃嘛。今天我们吃咖喱，不要拘束，留下吃个便饭吧。就这么说好了啊，说好了。”

“我，那个……”

“除了我以外，没有第二个女性能牵着东去散步。你，合格了。”

“‘合格’是什么意思啊？”

伸枝没有回答，继续向前走去，看起来心情比东还好。这算什么事啊？怎么事情变成这个样子？又要去樱庭家吃晚饭？小华抬头望天，责怪自己太不小心。

“我回来了。”

和马在玄关喊道，并脱下了鞋子。他已经一个礼拜没有回家了，小松川河岸发生的杀人案没有侦破，调查陷入僵局。这一个礼拜，和马都住在小松川警署办案子，今晚组长命令大家都回家去住。然而，第二天还是要一大早回去开搜查会议。

厨房飘来咖喱的香味。和马想先冲个澡，警署的洗澡间很小，没有浴缸。他正经过厨房时，突然发现了一个熟悉的身影，和马怀疑自己的眼睛出了问题。

小华居然在厨房里，而且穿着围裙，站在祖母伸枝旁边。父亲母亲坐在餐桌旁，父亲典和已经喝得脸通红，他看到和马便招呼道。

“喔，和马，怎么回来这么晚？我已经先开始喝了。快去，洗完手过来这边坐。”

小华看向和马，没有出声，摆出了“不好意思”的唇形。站在一边的伸枝说：

“小华是为了谢谢我们前几天招待她，送点心来的，所以我请她留在家里吃晚饭。”

伸枝看起来似乎心情很愉快，小华在一边拘谨地笑着。和马慌忙跑到洗手间，解开领带，洗了把脸。镜子里的自己止不住笑意。没有比这再开心的事了，他心想我的眼光果然没错，小华真是好女孩儿，还特意送点心来，现在这样的女孩子太少见了，小华就是我的唯一。

和马擦过脸回到厨房。他刚坐到父亲对面，典和已经拿起了瓶啤酒。

“怎么样，来一杯？”

和马端起杯子，典和往里面倒入了啤酒，和马一口气喝干了。空腹喝冰啤酒果然很爽。

“老妈，小华，你俩也过来坐啊，大家一起吃。”

餐桌上摆好了对应人数的咖喱饭，今天吃的是猪排咖喱。小华摘下围裙，坐到和马旁边，仅仅如此，和马已经感到非常开心。

“我开动了。”

大家异口同声说完之后，开始吃咖喱饭。看小华有些拘束，伸枝连说“快吃呀，小华”，小华只好半推半就地拿起勺子。

“怎么样？好吃吧，和马？今天是小华帮我做的。”

听伸枝这样说，和马不停地点头。

“难怪今天的咖喱有些口重。”母亲美佐子将勺子里的饭送入嘴中，说道。

“母亲，您太夸张了。咖喱谁都会做。”

“是吗？可是切蔬菜的手法都会影响口感哦。”

“重点在于调味，母亲。用超市里卖的咖喱块，谁都能做出好吃的咖喱。”

为什么总觉得阿姨的话中带刺？还是我的错觉？小华稍稍低下头，吃了一口咖喱。

“对了和马，”典和喝着啤酒问道，“你好像很忙啊，最近在忙什么案子？”

“小松川，河岸上发现了一具尸体，找不到什么线索，现在难以进展。”

“那个案子啊，是面目全非的那个吧？听说被害人是有前科的盗窃犯啊。”

和马听到勺子掉在桌子上的声音，往旁边一看，小华的勺子没有拿住，表情也僵住了。看到这一幕，和马对典和说道：

“老爸，别再说了。在小华面前谈论案子的事，不太合适。”

“是啊，但咱们家已经习惯了。对不起啊，小华，原谅我月代头[1]。”

典和夸张地弯下腰，一个人爆笑起来。从和马年幼时起，家中晚餐时的话题一般都是案子的事情，他本以为这再平常不过，直到小学低年级的时候，他才意识到自己家和其他人家不同。讨论案情、筛选证据、推测犯人……在晚饭的时间聊这些的，只有樱庭家。

“我回来了。”

话音未落，妹妹小香走进了厨房。她今天也有去健身房挥洒汗水，所以是素颜。小香看到坐在椅子上的小华，笑嘻嘻地说道：“这位，是大哥的女朋友？”

“没错。”和马冷漠道，“反正你也不吃晚饭，快回房间去吧。”

“今天上午指挥交通，时间延长了，我连午饭都没吃呢。再说了，我最喜欢咖喱了，我要吃。奶奶，给我也盛一份吧。”

伸枝站起身，给小香盛咖喱。接过盘子，小香抱怨道。

“诶？为什么我没有猪排？”

母亲美佐子回答道。

“没办法啊，小华吃掉了你的那份。”

“嗨，无所谓啦。”

说着，小香坐在椅子上。只是多了小华一个人，餐桌就显得分外拥挤。平时一家人也很少凑齐了吃饭。

1. 日语中“月代头”和“原谅我”音近，此处为双关冷笑话。——译者注

“趁其不备！”

小香说着，将和马盘中的猪排分成两半，夹了一块到自己盘子里。

“没有一点大人的样子，你真该学学小华的沉稳。”父亲典和似乎也有同样的想法，边喝啤酒边说道。

“小香啊，你能不能有点成年人的样子？不像话。看看人家小华，整个气质都跟你不一样。”

“真是对不起啊，我这么没规矩。不过，小华，你和大哥交往之前，有过几个男朋友啊？”

“白痴啊，”和马差点喷出口中的啤酒，“你、你说什么呢？就没有更符合气氛的其他话题可以聊吗？”

“怎么了嘛，大哥，这种事情还是提前问清楚比较好，这也是为了你好嘛。”

是这样的吗？和马自问道。关于小华以前的异性关系，和马几乎一无所知。别说异性关系了，小华都很少讲自己的事，尤其是自己的家庭。小华的父亲工作需要频繁调动，现在也是丢下小华在其他地方生活。和马单方面认为，小华童年不停地转校，没有什么美好的回忆。

但是既然要结婚，还是要稍微了解一下比较好。可以的话，还要拜见一下小华的父母。

“好奇怪啊。”伸枝歪着头，一脸不解地站起来，“东今天好安静。平时到了这个时间，早就肚子饿得开始汪汪叫了。”

“母亲，东也上年纪了，偶尔没胃口很正常的。”

“对啊，老妈，别管它了。对了，小华，下次要不要一起喝酒啊？附近有一家又好吃又便宜的烤串店。”

“是啊，小华，下次一起去吧。”

“所以，小华，你交往过几个男人呢？”

小华似乎有些不舒服，缩着肩膀，眼中含泪，快要哭出来了。刚才没有聊到会惹她哭的话题啊，是我多心了吧，和马心想。

“哟，有客人啊？”

祖父走进了餐厅。和马曾接到母亲的短信，大约三天前，祖父不再每天躺在床上，开始下床活动了。现在看来，祖父脚步还有点拖拉，但气色不错，和马也放心了。

“爷爷，我给你介绍，这是我的女朋友，三云华。”

小华匆忙站起来，鞠了一躬。

“我是三云，平时承蒙和马的照顾。”

“我是樱庭和一，请多关照。我的孙子就拜托你了。”

看到老人眼角略带笑意，和马长舒了一口气。尽管祖父退休了，他依旧是樱庭家的一家之主，只要祖父喜欢小华，结婚的事就八九不离十了。

“爷爷你也尝尝咖喱吧？是小华做的。”

和马兴奋不已地塞了一口咖喱，果然比平时的咖喱好吃。

“今天谢谢你。我们全家都很开心。”

穿过商店街，和马送小华去车站。晚上九点多了，很多店铺已经打烊，但小酒馆之类的饭店，接下来才正要门庭若市，人声鼎沸。

“咖喱也很好吃，我不是在恭维你哦，我说的是真心话。”

“谢谢。”

小华平淡地回道。不知是否因为刚才在家里和家人聊得太热闹，一出家门，小华突然变得沉默寡言。可能在自己家人面前要处处留意，她累坏了。和马这样想着，又像是要打破沉默一样，自顾自地说起来：

“对了，我刚才看你好像哭了，是我看错了吗？希望是我看错了啊。”

小华没有回答，反而问和马道：

“阿和，你在负责调查小松川河岸的那个案子，是吗？”

“啊？嗯，是啊，是我们小组负责的。怎么了？”

“没什么，只是今天早上在电视节目里看到，觉得很可怜……死者没有家人吗？”

“是啊，调查陷入僵局了。虽然查到他曾经在锦系町的小旅馆过夜，但之后再没能查出什么。”

“锦系町……”

小华自言自语道。和马心想，小华对案子还挺感兴趣的，果然一般市民们或多或少都会好奇警察是怎么办案子的。和马希望小华能更加了解自己，如果不能理解刑警的工作，恐怕也无法顺利组建家庭。

不知不觉中，两人走到车站入口。正好刚驶入一辆电车，回家的上班族们从台阶上走下来。和马怕小华被人潮挤走，抓住了她的手腕，拉到路边。

“送到这里就行了，我自己可以回去。”

小华说。和马笑道：“别和我客气嘛，都到这里了，把你送到检票口吧。”

“真的不用了，而且我想去趟卫生间。”

“那好吧。”

小华转过身，向车站的台阶走去。和马本想站在原地目送她走，突然想起自己还有话要说，追上小华。“小华，等等。”

小华停下脚步，回头看着和马，和马面向她说道：

“小华，下个星期，我们去吃个晚饭吧，我会再给你发消息的。”

“嗯，知道了。”

“今天谢谢你，我很开心哦。”

小华点点头，转身离开。和马目送她走到台阶最上层之后，才准备回家。

和马想下次见面的时候正式求婚，然后再和小华的家人打招呼。小华的父亲是房屋制造商，听说现在正在石川县的金泽市工作。和马可以请假去一趟金泽，这次旅行肯定会很愉快。

“你一个人在偷笑什么啊？”

和马回头一看，原来是妹妹小香。她穿着运动服，应该是在慢跑。她在原地不停地颠着脚踏步，对和马笑道：

“哥，那个女孩，有点不太妙哦。”

“小华吗？不妙是什么意思？”

“我不清楚，但总感觉她好像隐瞒了什么。话说，妈妈也和我有同样的想法，爸跟奶奶还蒙在鼓里呢。”

确实，见到小华之初，母亲就有些冷漠。小香怎么想无所谓，但是和马很在乎母亲美佐子怎么看待小华。

“哥，你不是搜查一科的名侦探吗？”小香突然说，“大家都是警察，八卦传得很快的。的确你从小就在接受锻炼，成为优秀的刑警也不奇怪。但是，哥。”

小香停止踏步，稍稍靠近了和马的脸：

“虽然你在搜查一科是个优秀的刑警，但个人生活是两码事。特别是关系亲近的人，你反而可能瞎了眼，辨别不出呢。都说爱情让人盲目嘛。”

小香吐了下舌头，继续笑着说：

“我已经给你提过意见了，不用太感谢我啦。”

小香跑步离开了，留下一个背影。她的速度很快提了上来，不一会儿就消失在商店街的另一端。这速度，都跟专业运动员有一拼了。

瞎眼？小香的话也有道理。只不过，这不是小华的错，而是自己不好，一直对小华隐瞒了自己是刑警的事，也是无可辩驳的事实。对待小华的态度，也多多少少表现出了自己在隐瞒什么，小华可能也隐隐感觉到了。不管怎么说，以后要和小华开诚布公地谈一谈。

明天开始，又有很长一段时间需要在搜查本部随时候命，今天就好好地睡一觉吧。和马伸了个懒腰，赶忙向家里走去。

小华坐上了总武线的电车。时间已接近深夜零点，快到末班车的时间了。

从和马家所在的东向岛，小华原本乘上了东武伊势崎线，半路突然改变主意，改去锦系町方向。和马的话一直回荡在脑海中，她不得不在意，自己也是第一次听说爷爷在锦系町的小旅店投宿过。

小华在锦系町下车，但自己并不知道旅店的名字，无奈只得又坐上了总武线的电车，并在锦系町的前后两站，两国站和龟户站之间不断往返。

刚才在和马家吃晚饭的时候，居然不小心流泪了。眼尖的和马似乎察觉到了。流泪的原因，是想起来小时候的事情。

三云家的晚餐，就是战场。哪怕是面对家人，也决不能放松警惕，要互相抢夺对方的菜。不是偷，就是被偷，不停地重复。稍微松懈一下，本来在盘子里的汉堡肉就会不见，或是味噌汤就少了一半。只要对方发现不了，抢谁的都可以，这就是三云家吃晚饭的规矩。

最可怜的是哥哥阿涉。对于从小学低年级起就得到祖父真传的小华来说，阿涉是再合适不过的目标。几乎每天，小华都会趁阿涉专心看电视的时候，从他的盘子里把菜全抢过来。因此祖父觉得小华很有出息，却对阿涉格外严厉。目睹了刚才小香从哥哥和马的盘子里夹走猪排的瞬间，童年的回忆浮现在小华的脑海里，历历在目，所以才不知不觉中掉下眼泪。

到龟户站了。小华走下电车，坐上了停在对面站台的电车，准备继续往复。下行电车挤满了刚出公司的上班族和刚下酒桌的醉鬼，与此相比，上行电车还算空旷。小华坐到座位上，把手提包放在膝上。

电车发车后，小华注意到一个男人，年纪在六十岁左右，身穿灰色的宽松夹克，很不起眼，头上的黑色棒球帽压得很低。尽管车内有很多空位，这个头戴棒球帽的男人依旧站着，手里抓着吊环。在他的斜前方，坐着一个男性公司职员，像是刚喝完酒，头上下摇晃，打着瞌睡。

车内广播道即将进入锦系町站，电车慢慢放缓了速度，驶进了锦系町的站台。正在电车将停未停的时候，戴棒球帽的男人假装被绊了一跤，故意靠近那个男性职员，又瞬间调整好站姿，钻出了刚刚打开的车门。

终于让我找到了。小华从座位上站起来，走到了月台上。她一路小跑跟踪着戴棒球帽的男人，追下台阶。在快要走到出站口的地方，小华叫住了他。

“那个，打扰一下可以吗？”

戴棒球帽的男人停住脚步，一脸诧异地瞥了一眼小华，打算走掉。

小华对他的背影喊道：

“这个，要怎么办呢？”

小华手里拿着一个黑色钱包。男人回过头来，眼珠转了一下，立刻堆出一个敷衍的笑。

“那个，是我的钱包，不小心掉的。”

戴棒球帽的男人伸手要拿，小华咻地将钱包藏到另一只手里。

“你干什么啊？还给我。”

“这是你偷的吧？刚才在总武线的电车上，我都看到了。”

“你别找茬儿，就是我的钱包。”

“那我们去警局，请警察来查清楚。”

戴棒球帽的男人厌烦地咂了下嘴，准备纵身逃走。小华从手提包里又拿出一个钱包，问道。

“这个，是你的钱包吧？”

“你、你这家伙，什么时候……”

下台阶的时候，小华从男人的口袋里拿走了两个钱包。一个是他偷的，另一个是他自己的。

“还给我，喂！”

男人伸手便抢，小华抢先一步把钱包塞到手提包里。男人气得面红耳赤，喘着粗气，像是要动手了。小华蹲低身体，准备迎接攻击。男人的右直拳扑了个空，下一秒，男人的关节被小华反扣住，推到墙上。这种初级的防身术还是祖父三云岩教的。

“你干这行几年了？”

小华在男人耳边问道。男人大口喘着气，回答道。

“什么玩意儿？干什么？你是警察？”

“快点回答我。”小华使劲捏住男人的肘关节，“你什么时候开始干这行的？告诉我。”

“疼！我投降、投降。30 年了，行了吧，算我求你，饶了我吧。”

小华放开了男人的手。男人揉着自己的胳膊肘，靠在墙上。他抬眼问小华。“你究竟是什么人？”

“你知道三云岩吗？”

听到这个名字，男人表情一变。他的喉结剧烈地滚动，吞着口水。“你、你……怎么会知道这个名字的？”

三云岩的大名在小偷界无人不知。三云岩从昭和时代就活跃在第一线，一次也没有被警察抓住，姓名和真实身份也从未被警方查到。这就是扒手之王，一个真实存在的传说。

“我是三云岩的孙女。”

“啊？”男人瞪大了双眼，嘴巴张得大大的，足足停顿了五秒，盯着小华的脸。突然男人跪了下来：“对、对不起，我曾经有幸见过岩大师一次，没想到小姐您就是岩大师的孙女……”

路人在看向这边，小华慌忙抓住他的胳膊，强行拉他起来。

“有人在看，我们先出去吧。”

说着，小华向车站外走去。男人缩着肩，像一条顺从的忠犬，跟在她的身后。

男人叫近藤。小华不知这是不是他的本名，但也没有追问。走出锦系町站，小华停了下来。车站前面挤满了醉汉。

“近藤，你认识我的祖父？”

小华问道。近藤摘下棒球帽，回答道。

“是，岩大师对我来说就是神一般的存在。前不久我还看到他了，不过我没有上前搭话。”

三云岩是被谁杀害的？小华太想知道了。为此，她要弄清楚祖父生前的行动轨迹。警察是靠不住的，一旦发现死者其实有另一重身份，再想要查明真相，只会难于登天。正所谓，同行知门道，内行知内幕，向同行打听情况应该是最快的，所以小华几次坐总武线，往返在以锦系町为中心的两站之间，就是为了找到同行的扒手。

“你在哪儿看到了我的祖父？”

“小酒馆，就这附近的。”

三云岩很喜欢酒。有个常去的小酒馆，小华也不奇怪。她看了眼手表，马上要深夜零点了。

“你能带我去那个小酒馆吗？”

“啊？现在吗？”

“对，不可以吗？”

“哎，可以倒是可以，”近藤眨着眼说，“只要是大小姐您的要求，我都答应，谁让您是三云岩的孙女呢！这边。”

从锦系町站出来，往两国站方向走十分钟左右，就到了那家小酒馆。门口挂的红灯笼上写着店名“小松屋”。走进店内，小华不由得退了一步。这家店是站着喝酒的，只有吧台处设有几个座位。夜深了，店里生意十分红火，像是上班族的男客人们吵吵嚷嚷。两人找到最里面的空地，并肩站着。

“大小姐，喝啤酒行吗？”

“嗯。”

近藤叫来店员，点了菜。小华偷瞧了一眼菜单，被实惠的价格吓了一跳，所有下酒菜都是100日元或200日元。

啤酒很快端了上来，同时，近藤点的毛豆和柳叶鱼也端了过来。毛豆和柳叶鱼都是100日元。

“哎呀，我真是太荣幸了，”近藤的嘴边挂着啤酒的泡沫，“我竟然能和岩大师的孙女一起喝酒，这简直像做梦一样啊。那什么，我还有几个同伙，今天和大小姐一起喝酒的事，我回去以后，能跟他们炫耀吗？”

“不可以。”

“也是。对了，大小姐也是干我们这行的？”

近藤弯起食指给小华看，这个手势意味着扒手。

“我不是，我是个正经的社会人。”

“但是刚才，你从我这里偷走了钱包。别看我这样，在这附近也算小有名气。想从我手上偷走钱包，没有点技术，可是做不到的。”

“祖父也算是教过我一些。”

“果然是这样啊，”近藤打了个响指，“这才是三云岩的孙女嘛，基因果然是无法改变的。大小姐，能否问下您的芳名？”

“我叫华，华丽的华。”

“真是个好名字，华丽的华啊。很符合您的气质。”

小华自己并不喜欢自己的名字，她觉得不起眼的自己根本配不上这个名字。要是长得花容月貌的富家千金也就罢了，小偷世家的女儿怎么能用这样的名字呢？

“你还知道祖父的其他事情吗？”小华想起自己原本的目的，问近藤道，“什么都行，比如有谁恨他什么的，类似的事情你听说过吗？”

“岩大师发生什么事了吗？”

小华想先按下祖父去世的事情不说。毕竟死在小松川河岸上的，是立岛雅夫，不是三云岩，世人都这样认为。

“没什么事儿，最近我家被闯了空门，我想会不会是和祖父有仇的人干的。”

“那家伙真牛啊，竟敢去江洋大盗三云家闯空门，胆子够大。但是，我猜他应该不知道那是三云家。真是太搞笑了，居然去三云家偷东西，太没规矩了。大小姐，这件事，我能讲给同伴听吗？”

“不可以。”

小华干脆地拒绝了他，捧起啤酒杯。这时，酒馆的门开了，一位老人弯腰从门帘下走了进来。老人走路有些拖地。小华看清楚了老人的脸，手中的啤酒杯差点滑落，慌忙躲在近藤的身后。

“怎么了，大小姐？”

“别动。”

小华从近藤的肩膀处偷偷盯着刚刚进店的老人，老人被服务员带到吧台。不会有错，老人正是樱庭和一，和马的祖父。但是和马的祖父为什么会在这里呢?

“我看出来了，”近藤的语调有些许紧张，“大小姐你在躲着坐在吧台的那个人吧。这人一看就是个狠角色，我这种三流扒手都能感受到他身上的杀气，平时的话，尽量不跟这种人打交道。我猜，他不是个有骨气的黑道，就是个有手腕的警察。”

是什么理由，能让樱庭和一从远在东向岛的家中，跑到锦系町的这家小酒馆？而且现在已经过了半夜十二点。小华悄悄地观察着吧台。

樱庭和一点好了单。他的面前端上来两大杯酒，其中一杯放在旁边没人坐的空位前。他像是在和原本应该坐在这个位子上的人干杯一样，碰了下杯。

“大小姐，我们走吧？”

近藤说道。小华在桌上放下现金，为了不被坐在吧台的樱庭和一发现，悄悄地挪出了小酒馆。刚走出十米远，近藤说道：“大小姐，以前我很崇拜你的爷爷。我在上野那片偷东西的时候，偶然碰见了你的爷爷，他还请我喝了一杯呢，这差不多是20年前的事了。那时候的岩大师太帅了，还给我讲了很多有用的话。这可算得上是我人生中最值得吹嘘的事之一呢。”

讲这些话时，近藤一脸认真。小华没有打断他，静静地倾听。

“大概是半年前吧，我有一次偶然在刚才那家店碰到了岩大师，我高兴得不得了，虽然他老人家可能已经不记得我了，但我还是想上前去搭话。可是最后我也没能跟他说上话，感觉当时那种气氛，我过去也不合适，因为刚才坐在吧台的那个男人，当时就坐在岩大师旁边。”

警察爱上小偷

和马掰开一次性筷子，往拉面里撒了点胡椒。为了调查，他来到北千住的一家拉面店。坐在对面的刑警前辈卷荣一说道：

“事情的发展越来越奇怪，当地警署的警察们都说我们走入迷宫了。”

“事情发生一周没到，就说进入迷宫，也太早了吧。”

卷荣一叹了口气，开始狼吞虎咽地吃起炒饭。如卷荣一所说，调查几乎没有进展。

尽管之前查到了被害人生前曾住在锦系町的简易旅店里，但很快又陷入了僵局。被害人立岛雅夫生前在哪里生活，和马他们一概不知。

现在，和马找到了二十年前，曾与立岛雅夫在同一家报纸配送站共同工作的前职员。二十年前，立岛被判缓刑，释放出狱，这家报纸配送站是他出狱后第一个工作的地方。这家配送站位于浅草，现在已经倒闭，两天前警方找到了配送站的前社长。立岛只在这里干了一个多月就辞职了，所以前社长对他没有任何印象，幸好还保留有当时的职员名单。职员名单上记录着 20 几个姓名，和马所在的小组分别去找名单上的人问话。

吃完午饭，两人走出拉面店。根据笔记本上记录的地址，两人向目的地的公寓走去。从北千住站步行十五分钟左右就到了。他们要找的人名叫小森博光，年龄七十岁。

这是一栋由水泥建成的二层公寓。在一层的一〇五房间敲了几下，一位老人打开了门。老人个子不高，肌肉紧绷绷的，看不出有七十岁。卷荣一出示警察证之后，老人露出纳闷儿的表情。

“我们是警视厅的，您是小森博光，对吗？”

“呃，啊，我是。”

“我们想问问您，有关二十年前浅草的报纸配送站的事情。因为当时的职员名单上有您的名字，所以找到了您。”

“哦，是这样啊？你们居然能查到这么久以前的事。不过，还挺怀念的啊。”

小森说着，眯起眼睛。两人一起行动的时候，通常是卷前辈提问，和马在后面观察对方的表情和动作。和马的视线穿过卷荣一，观察起小森的房间。房间有六叠大小，一室一厅，有些简陋。

“如果您记得当时的事，我们想问几个问题。”

“当然记得，怎么会忘记呢？配送站突然就倒闭了，糟心死了。”

与语气相反，小森的嘴角露出了微笑。似乎比起经受的痛苦，还是怀念的成分更多。经过卷荣一的问话得知，当时几个关系很好的职员，现在也会定期聚在一起喝酒。报纸配送站关门以后，小森去了保安公司，一直工作到退休。

“这个男人，您有印象吗？他的名字是立岛雅夫，二十年前也在那家配送站工作。”

卷荣一拿出立岛雅夫的照片，这是记录在警视厅的数据库里的照片。小森目不转睛地盯着看了一会，苦思冥想起来。

“不认识啊，算上兼职的那些，人员流动还是很频繁的。我没见过这个人。”

两人并不感到意外，上午也问过两个人，他们的反应跟小森大同小异。和马他们拿到手的名单只登记了正式工，也就是说那些临时工、兼职的配送员的名字并没有登记在册。

“这个叫立岛的男人，不会有前科吧？”

小森说道，卷荣一紧接着问：“您知道什么吗？”

“也不是，感觉好像最近听谁说起过。就我们那群老家伙聚在一起的时候。你稍等我一下啊。”

小森回到房间里，拿起桌子上的手机开始拨号。屋里传来了小森的声音。“喂，小美，是我啦，我。警察现在到我家来了……不是，我像是会做那种事的人吗？是这样……”

小森拿着手机，继续说道。

“池袋？你在池袋看见了？嗯——这是几年前的事了？两年前，确定是两年前吗……西口？池袋西口。谢谢你啊，小美，再联系！”

通话结束，小森面向二人说道。

“我刚才打给我们之前的经理，她叫小美。这个人记性特别好。我刚才想起来，之前我们在一起喝酒的时候，她提到过那个立岛，所以给她打了电话。”

“那么，她是怎么说的？”

卷荣一问道。小森用稍显得意的语气答道。

“嗯，两年前，小美在池袋看见过那个立岛。他好像成了流浪汉。”

一小时后，和马出现在池袋一栋公寓的房间里，卷荣一也在一边。两人在一个像是接待室的地方等候了片刻，一位女性走了过来，和马连忙起身。

“抱歉让二位久等了，我叫西胁。”

面前的女性递过名片，和马收下后，递给她自己的名片。女性名叫西胁早智子，头衔是“NPO 法人向日葵协会・副董事”。

“请坐。那个，我们想了解下池袋西口的一位流浪汉的事情。”

卷荣一边出示警察证，一边对西胁早智子说。

“嗯，没错，他的姓名是立岛雅夫。”

想要找到一个池袋的流浪汉，仿佛大海捞针，和马二人先去了丰岛区政府，从区政府得知了 NPO 法人向日葵协会——这是一个帮助流浪人员的组织，经常会免费施饭给他们——收集了池袋区域的流浪汉的信息。因此，和马二人才找上了区政府告知的 NPO 法人向日葵协会的事务所。这是一栋十分普通的公寓的其中一个房间。

“这是他的照片，因为是很久以前的了，不知道能不能认得出来。”

西胁早智子歪着头看着卷荣一拿出来的照片。

“我们会帮助和接济一些生活困难的人，但说实话，没有办法掌握所有人的情况。不过，对于来过我们的公益施饭餐厅的人，我们制作了一个简单的名册，记录着他们的名字，以方便我们为他们介绍工作。”

解释过后，西胁早智子打开桌子上的笔记本电脑，点着鼠标操作起来。过了一会，她抬起头来。

“找到了，是立岛雅夫，没错吧？我们的名册里确实有这个名字。”

和马和卷荣一对视一眼，终于捉到立岛雅夫生前的行踪了。卷荣一语速不由得加快道：

“那个名册，能否给我们看看呢？”

“嗯，没问题。”

西胁早智子将笔记本电脑的屏幕转向这边。这是一个Excel表格，上面记录了姓名和籍贯等信息。根据名册，立岛雅夫的年龄是七十五岁，家人和户口所在地是空白的，备注栏显示从今年六月开始便行踪不明。

“我们可以见见这个的负责人吗？”

卷荣一指着电脑屏幕问道，负责人一栏的姓名写着“中藤恒雄”，如果可以的话，想直接找中藤当面了解情况，卷荣一应该是这样想的。

“真的不好意思，”西胁早智子抱歉地说，“中藤老师现在出差，他去仙台参加一个研讨会，后天回来。”

两人又打听了一些负责人中藤的情况，原来中藤正是NPO法人向日葵协会的董事。他本是区政府的工作人员，退休后创立了NPO法人向日葵协会，现在将全部精力投入到帮助流浪人员的事业中。

“没能帮到你们，真是过意不去。”

西胁早智子目送和马二人离开。走出公寓之后，二人又返回了池袋站。接下来要拜访的人住在大塚，从池袋站坐山手线只需一站。

“刚才的女孩子，看着不错啊。”

听卷荣一这么说，和马问道。

“你喜欢那种类型的女孩？”

“看起来她有二十多岁吧，这么年轻就在帮助流浪汉，我很佩服她啊。要结婚的话，选那种女孩最好。樱庭，你呢？”

“我就算了吧。”说着，和马脑海中闪过小华的脸。昨天晚上，在东向岛的车站前分开以后，还没有联系过。“倒是卷哥你啊，怎么样？那女孩可能还会再联系我们的。”

“我也算了，反正最后还是逃不过相亲结婚。”

卷荣一与和马一样，出生在警察世家。卷荣一的父亲和哥哥属于国家一类公务员，也就是要走上仕途的人。“谁让我是吊车尾呢？”这句话是卷荣一的口头禅。他的父亲非常严厉，卷荣一在家里常常会抬不起头。

马上看到JR池袋站的时候，和马兜里的手机响了。和马拿出手机，屏幕上出现了一个未知的电话号码。他按下接听键，将手机放到耳边。

“喂，我是西胁，刚才您来过我们向日葵协会的。”

“刚才谢谢你了。”

“是这样的，您两位刚走，我就联系了正在出差的中藤老师，然后中藤老师说想要看立岛的照片，我就把刚才用手机拍的照片发给了他。不好意思，擅自做了这些。”

“不会不会，没事的。那中藤怎么说？”

人行横道的信号灯此时刚刚变成红灯，和马停下了脚步，手机里传来西胁早智子的声音。

“中藤老师说，不是他。那张照片上的人不是立岛雅夫。”

在自家的院子里，七岁的小华紧张地站在祖父三云岩的面前。那时，三云家住在中野区的一栋独户平房中，装修是和式风格，院子宽敞。

小华刚刚放学回家，等待着她的是祖父的训练。她每天都要学习偷盗的技术和规矩。比起在学校上课，祖父的训练可有意思多了。

“小华，准备好了吗？”

站在小华五米远处的三云岩说道。小华点点头，将绑在额头上的方巾拉下来，遮住了双眼，她感觉到三云岩也同样用方巾盖住眼睛。

“预备，开始。”

三云岩发出指令，与此同时，小华慎重地向前迈开步子。她的眼前一片黑暗，伸出双手，在黑暗中摸索。小华努力让感官变得敏锐，试图去发现祖父。但是，祖父仿佛隐匿了气息，根本不知道他在哪里。

一缕极其细微的气味刺激了小华的鼻腔。小华知道，那是祖父用的发胶的气味。原来在这呢，爷爷。小华想着，面向气味传来的方向。比想象中距离要近，小华感觉到祖父近在咫尺。下一秒，小华的指尖触到了什么。胜负已分。

小华全力以赴，将迄今为止三云岩传授的技术毫无保留地发挥出来。不到三秒的时间，结果已经出来了。听到祖父说“停止”，小华摘下了眼上的方巾。她看到祖父站在面前，正在摘下方巾。

“小华，你拿到几个？”祖父问道。

小华张开了手掌，四个玻璃球躺在掌心里：“四个，爷爷呢？”

“老夫是三个。”

“太好啦！我赢啦！我赢了爷爷！”

小华高兴得跳了起来，这是她第一次胜利，在此之前两人一直是平局。

这是玻璃球训练，两人分别有五颗玻璃球，可以藏在自己的口袋里或袜子里，然后蒙上眼睛。经过一段时间的对峙，在接触到对方的瞬间，偷取对方身上的玻璃球。这门训练考验技术的精度和速度，以及如何发现藏匿之处，是一种能够锻炼扒手综合能力的训练方式。

三云岩认真地数过小华手里玻璃球的数量，以及自己手里玻璃球的数量，说道：

“没想到，胜过了老夫……”

三云岩无限感慨地一边自言自语，一边向屋檐下走去。他坐在走廊上，弯起一条腿，大声说道。他的神情并没有懊恼，反而有些许欣慰。

“老太婆，哎，老太婆，你听我说，小华赢了我。她才七岁，就赢了老夫。”

祖母从屋内走过来，脸上带着如平时一样的柔和笑容。她跪坐在走廊边说道：

“你不用那么大声嚷嚷，我都看到了，是场势均力敌的较量。小华主要胜在她的速度，她的手刷刷地，很快。了不起呀，小华。”

小华满脸开心地笑，点头说：“嗯！谢谢奶奶。”

“话说回来，”三云岩盘起腿坐下，说道，“再怎么遗传了我的基因，小华的才华也太过出众，前途不可限量。她爸爸十五岁的时候才赢过我，阿涉直到现在还是平手，小华七岁就赢了老夫。喂，阿涉，你不要总是玩游戏了，学学小华，多把精力放在训练上吧。”

在里面的房间里，阿涉坐在电视机前，手里紧握着游戏手柄，入迷一般地玩着游戏。他似乎没有听到祖父的话，眼睛丝毫没有离开电视屏幕。

“阿涉这崽子，都不听老夫讲话。”

说着，三云岩叹了口气。三天前吃晚饭的时候，阿涉抱怨道自己也想要一个游戏机，同学们都有，只有自己没有，太可怜了。看到阿涉如此闹别扭，家人都感到束手无策。祖父和父亲都不同意，是溺爱阿涉的母亲悦子不知从哪弄来了游戏机。

“爷爷，小偷是坏人吗？”

小华天真地问道。她回想起学校的小朋友曾经说过小偷是坏人。三云岩略带严肃地说道。

“啊，小偷是坏蛋，不能抬头挺胸、堂堂正正地走在大街上。但是呢，小华，你记住这一点。偷盗或许将会改变时代。”

小华一头雾水，七岁的她实在不懂三云岩说的话。看到小华摸不着头脑的表情，三云岩笑道。

“今天的训练就到这里，但是训练并不会结束。”

“这是什么意思？”

“你把刚才的玻璃球都给老夫。”三云岩数了数小华递过来的玻璃球，从中拿出五个又放在小华的手上。“把它们装在口袋里，我也装在口袋里。从现在到晚上八点的四个小时之内，你需要找准时机从老夫这里偷走玻璃球，我也会偷走你的。吃饭的时候，写作业的时候，甚至洗澡的时候也不能放松警惕。到晚上八点为止，拿到玻璃球多的一方获胜。你听明白规则了吗？”

“嗯！”

小华大声地回答道。她立刻伸出手，想要从祖父手里抢走玻璃球。三云岩敏捷地躲开，向屋内跑去。小华内心雀跃不已，笑着脱掉鞋子，爬上了走廊。

“怎么了小华？看起来没精神啊。”

小华抬起头，图书管理员同事站在面前。现在是午休时间，小华在自己的座位上吃便当，还剩下一半。虽然很对不起做便当给自己的祖母，这段时间自己没什么胃口，总是剩下。

“没事儿，我挺好的，我在减肥呢。”

为了缓解尴尬，小华笑道。“喔，我要不也减个肥好了。”同事说着便走开了。小华看着掌心闪着光的玻璃球，小华想把它当作祖父留下的遗物，于是从家里带了出来。那之后，她一直随身装在兜里。

在锦系町遇到扒手近藤已经是前天晚上的事了。为什么祖父会与和马的祖父樱庭和一坐在一起喝酒呢？小华一直很好奇。难道是偶然吗？但若不是偶然，又意味着什么呢？自己很想知道答案，但又害怕知道答案。小华感到恐惧，她有种不好的预感，如果知道了真相，自己的世界将会摇摇欲坠。

小华收起没吃完的便当，突然看到桌子上的手机亮了。打开手机，是和马发来的邮件，内容是“明天白天可以见面吗？”

明天是星期一，图书馆闭馆，小华没有特别的安排，和马似乎也休息。小华简短地回复“好，那明天见”，然后拿起牙缸和牙刷，离开座位。

小华并没有讨厌和马，现在依旧喜欢他。但是自从知道和马是警察的那一刻起，小华心中的某个地方崩塌了。曾经在脑海中描绘的未来，全部烟消云散。小偷世家的女儿和警察世家的儿子根本不可能在一起。

说分手还是太早，小华最害怕的是，被和马知道自己的真实身份。和马的家人已经看到过自己的长相了，暴露身份也是迟早的事。在此之前，必须从和马面前消失，但是用什么理由才能让他接受呢？小华一直在苦思冥想，却没有想到好主意。

小华慢步在图书馆的走廊上。星期天的读者很多，特别是周末会有很多小学生。进入十月以来，自习室里多了许多高考生的身影。

小华已经在四谷的这家区立图书馆工作两年了，她拥有图书管理员的资格证，但却是以派遣员工的身份在打工。想要成为公立图书馆的正式员工简直是龙门难登。不过，派遣员工的工作内容和正式员工没有什么区别，小华感到很满意。今天下午小华负责给小学低年级的孩子们朗读儿童书籍。

“三云。”

小华正要进洗手间，被人从后面叫住。回头一看，是位资历很深的女管理员。她平时戴着眼镜，像一位学者。

“三云，有客人找。”

“找我吗？”

“嗯，我请他在借书柜台前面等你，快去吧。”

“好、好的。”

究竟是谁呢？小华心想，快步沿着走廊向外走去。借书柜台人很多，拿着绘本的妈妈们一边照顾小孩子，一边排队。离柜台稍远的地方，站着一个男人，小华疾步赶到他身边。

“近藤，你在这里干什么呢？”

扒手近藤笑眯眯地，抬眼看着小华。

“你好啊，大小姐，不好意思啊，打扰你工作。你穿围裙也很合适啊。我就是路过这附近，过来看看。”

“别说谎了。”小华抓住近藤的胳膊，拉到墙边，她担心会被同事看到，“你怎么会知道我在这里工作？我没有告诉过你吧。”

“大小姐，回去的时候你不是说了吗？你说自己在四谷的图书馆上班，四谷只有这一家图书馆哎。之前的事……”

近藤的表情突然认真起来。

“我也稍微调查了一下。就是在锦系町的酒馆里遇到的那个男人，我看大小姐你很在意。”

小华的确很在意，为什么樱庭和一会和祖父坐在一起？

“我暗中调查了一下。昨天晚上我又去了小酒馆，问了店员。”

“你问出了什么？”

“嗯，”近藤得意地挺起胸膛。近藤个子不高，穿着破旧又不起眼，与图书馆显得格格不入。

“店员说，两个人是很多年的常客了，但是感觉他俩不熟。”

果然是偶然的啊，小华放下了心，那样的两个人有接触，根本是天方夜谭的事。近藤只是偶然看到他们坐在一起，仅此而已。

但是听了近藤接下来的话，小华哑口无言。

“但是奇怪的是，岩大师好像和那个男人约好了一样，每个月总有一次，坐在相邻的位子喝酒，店员也有好几次看到他们两个在谈话。这其中果然有隐情啊，大小姐。”

晚上八点刚过，和马正要回家时，手机响了，是不认识的号码。和马一边觉得可疑，一边接了起来。听筒传来一位男性的声音。

“这是樱庭先生的电话吗？”

“啊，我就是樱庭。”

“我叫中藤，NPO 法人向日葵协会的中藤，我是从西胁那里知道您的电话号码的。”

拜访池袋的 NPO 法人向日葵协会的事务所已经是昨天的事情。由于西胁的协助，和马了解到被害人有可能不是立岛雅夫，而是另有他人。卷荣一与和马立刻回到搜查本部做了报告，但是上级说由于缺少决定性证据，现在先搁置不提。和马打算等正在出差的中藤回到东京以后，再问问详细情况。

“感谢您的来电，我是警视厅的樱庭。中藤先生，您回东京了吗？”

中藤本该是明天回来，和马听电话那头很吵闹，像是在车站里，而且是个大车站。

“是的，没错。我实在挂心立仔，啊不是，立岛雅夫的事情，所以我提前一天赶回来了。”

中藤说自己在 JR 上野站，想要尽快地见到和马，现在也没问题。和马立刻奔赴上野站，搭档卷哥已经回家了，明天再向他报告即可。

两人约在上野站的中央检票口见面。和马走出检票口四下环顾，一个穿着西装的男人上前问道。

“您是樱庭先生吗？”

“是我，初次见面，我是警视厅搜查一科的樱庭。”

虽然从西胁早智子那里听说，中藤已经从区政府退休了，但他看上去只有五十多岁的样子，很年轻。和马本以为他会是公务员类型的外表，实际上更有活力一些。

走进车站内的咖啡店，两人点了咖啡。交换过名片后，和马立刻切入正题。

“我从西胁那里听说了，我们掌握的立岛雅夫的照片是这个。”

和马将记录在警视厅数据库里的立岛雅夫的照片摆在桌上。中藤拿到眼前，摘掉眼镜，凑近了用力地看，然后说道。

“真的不是，不是我认识的立岛雅夫。”

中藤斩钉截铁地说。究竟是怎么回事？只有两种可能，在小松川的公园里发现的遗体不是立岛雅夫，或者中藤认识的流浪汉用了假名字。

服务生端来了咖啡。时间已经过了晚上九点，店里仍是爆满，有很多年轻的情侣。和马想起，和小华约好了明天见面。案件发生以来，已经过了九天，和马还没有好好地休息过，明天是因为换班才能休息一天。

等服务生走开后，和马继续问道：

“以您的了解，立岛雅夫是什么样的人？”

“第一次见他是三年前吧，我那时候刚成立了 NPO 法人。在免费施饭的现场见过几次，然后就开始有交流了。他在池袋流浪了很多年，大家都叫他立仔。他不太对别人敞开心扉，属于比较拘谨的类型，我个人觉得他过去可能犯过罪。”

可能因为年纪偏大，立岛没有工作的意愿。成为流浪汉之前，他各处做日工，过着有上顿没下顿的日子。他的老家在山梨县甲府市，十多岁的时候来到东京，再没有回去过。和马想起来了，立岛雅夫的原籍倒是山梨县甲府市。

“如果是五十多岁的人，我们还能够帮着找工作。但是立岛这样年纪比较大的人，就很难帮他了。而且他没有住民票，很难办成低保。最关键的是他本人的意愿。也就是说主要是他有没有干劲儿了，帮助那些根本不想被帮的人是极为困难的。”中藤喝了口咖啡，继续说道，“我们每个月会办一次免费施饭的活动，立岛每次一定会来，也经常陪我闲聊。但是我们的员工当中，只有我和立岛有接触，可能大家觉得他有点危险，或者说很难接近吧。话说回来，警察先生找他有什么事吗？”

“是这样的，”和马点头道，“九天前，江户川区的河岸上发现了一具男性遗体，我们查明死者正是立岛雅夫，决定性线索是他记录在警视厅数据库里的指纹，立岛在 20 年前曾因盗窃罪被逮捕过。”

“怎、怎么会……”中藤瞪大了双眼，一口气喝光了玻璃杯里的水，说道，“我不相信立岛雅夫被杀了。”

“您这么想的依据是什么呢？”和马问道。

中藤坐正了答道：

“我正是为了说这件事，才急忙回来的。大概四个月前，立岛雅夫从池袋消失了。”

“人不见了？”

“也不能完全这么说。应该是六月上旬的时候发生的事。我从别的流浪人员那里听说，立岛雅夫的身体不太好，不管白天还是晚上都在他的根据地，也就是地下通道的一个角落里睡着。

“立岛本人说是由于换季引起的感冒。他的同伴很担心，拿来了食物和水，可他一口不吃，一直躺着。同伴想带立岛去医院，可是他没有医保，何况他根本付不起医药费。

“立岛雅夫躺了三天，完全没有好转的迹象。有一天晚上，同为流浪汉的伙伴，一个年轻的男人，不知从哪里弄来一瓶一升装的酒，打算去看望立岛雅夫，结果他的身体已经冷了。”

“是、是死了吗？”

和马脱口而出。中藤摇着头回答：

“据那个男人说，他慌忙打电话给了我。可能他觉得比起叫警察和救护车，还是先联系我比较好吧。深夜时候，我急忙赶到了池袋，走到地下通道，那个男人正呆呆地站着。他看到我说：‘不见了，刚才他的身体还是冷的，立仔，不见了。’

“那个男人为了给我打电话，离开了十五分钟，再回来的时候，立岛雅夫就不见了。立岛当被子盖的硬纸箱，他经常戴的棒球帽，都掉在了地下通道的角落里。”

“那个人——年轻的流浪汉确认立岛雅夫死了吗？”

“他当时吓到了，没有摸立岛的脉搏。据他本人说，立岛身体是凉的。如果那天立岛雅夫就死在池袋了，在荒川的河岸上发现的遗体怎么可能还是立岛雅夫呢？警察先生，您不觉得奇怪吗？”

中藤直直地看向自己，和马无言以对。

小华走在青山的古董街上，自己平时很少来青山，小华觉得这里并不适合自己。虽然是工作日的下午，走在街上的人们衣着时髦。和马走在小华的身旁，似乎在想事情，表情有些出神。

两人和平时一样，约好在月岛站见面，之后和马开车载小华来到青山。和马为什么要选在青山约会，小华并不清楚，是他发现了好喝的咖啡店吗？小华这样想着，却也没有问什么。两人在车上也没怎么对话，和马一直认真地握着方向盘，可能在想案子的事吧。要是这样的话，想知道和马在想哪个案子，有可能是祖父三云岩被害的案子呢。小华很想知道调查有了哪些进展，同时又在犹豫要不要主动提案子的事。

小华也同样在想事情，她很想知道祖父与樱庭和一的关系。根据扒手近藤的消息，两人就像事先说好一般，每月都有一次，在锦系町的小酒馆，坐在相邻的位子上一起喝酒。两个人究竟是什么关系？小华很是在意。她也想过问问和马，但又打消了这个念头，决不能让他知道祖父的事情。

“哎呀！小华，这是怎么回事？”

听和马问道，小华看向自己的右手。糟糕！不知何时，小华的右手中攥着一个绑气球的绳子。气球上印着店铺的名字，好像是哪个饭店庆祝开业送给路过的行人的。

小华听到背后有小男孩在哭，回头一看，小男孩紧紧拉着自己的母亲，号啕大哭。因为刚才小华在想事情，无意识中拿走了那个小男孩手里的气球。

“这、这个是，刚才那个孩子松手了，我抓住的。我去还给他。”

说着，小华拿着气球向小男孩走去。“给你。”小华边说边递给小男孩。他的母亲很过意不去，低头道谢：“谢谢你。你看，我说过好多次不能撒手的，快跟姐姐说谢谢。”

小男孩抓着气球的绳子，抬头看着小华，哭声更大了。他甩开母亲的手，用食指指着小华的脸，仿佛在说，刚才就是这个姐姐偷走的。

“不可以这样子，快跟姐姐说谢谢。”

男孩没有停止哭泣，依然用指着小华，让人难堪。和马也在身后惊惶失措地说道：“要不，我去买果汁吧？”

这时，有几个很像男公关的人从远处走进了小华的视线。他们一共三人，手里拎着便利店的塑料袋。盯着三人的眼睛，小华判断可以偷他们的东西。

小华看向和马，和马正注视着大哭的男孩，注意力不在自己身上。这几个像男公关的人走过小华的背后，两秒后，小华的手提包里多了一件东西，那是从其中一人拎的袋子里拿走的巧克力味的零食。

“如果可以的话，吃这个吧。来，给你。”

小华掏出零食，小男孩胆怯地接了过来。虽然没有完全止住哭声，但是能看得出他心情好了很多。

“谢谢你了，还给他零食。”

“没事的，不用客气。”

母亲牵着男孩的手走远了。男孩不停转过头来用责难的眼神盯着小华，对不起啦，小华在心中道歉道，继续与和马并肩向前走去。

“小华。”

走了一会，和马停下来，严肃地看着小华。小华心头涌起不好的预感，自己偷零食的时候应该很谨慎啊，莫非被他看穿了？果然不该在刑警面前行盗窃之事，刚刚还是太草率了。

“小华，我们去这家店看看吧？”

和马指着一家很高级的珠宝店说道。太好啦，没有被发现，小华心里舒了口气。但是为什么要去珠宝店呢？小华心想，脚下随着和马的步伐走进店内。

珠宝店内整洁明亮，天花板很高，古典音乐的声音恰到好处，不会让客人感觉很吵。店里有三对顾客，边听店员的介绍边看商品。

小华与和马并排走着，看着柜台中的珠宝。里面陈列着漂亮的戒指，个个价值不菲，小华根本买不起，和马也是吧。但是，和马为什么会来珠宝店逛呢？莫非——

“你好，我想问一下。”

和马叫住了身旁的一位店员，她个子高高的，露出稍显做作的笑容，牙齿整齐得像模特一样。

“客人您要看哪一款？”

“这个，可以拿出来看一下吗？”

和马指着一个铂金戒指问道。戒指上镶嵌着一小颗钻石，价格超过三十万日元。戴着白手套的店员小心地从柜台里拿出戒指，放在铺有毛毡的台子上。

“小华，你试试看。”

“我？”

“不然还能有谁呢？”

听和马如此说，小华战战兢兢地拿起了戒指，戴在左手无名指上，尺寸刚好。“很适合您呢。”店员恭维地笑着，并问道：

“是送给这位女士的礼物吗？”

和马咳了一声，认真地说道：

“是订婚戒指。”

“阿和，这是怎么……”

和马阻止小华继续说下去，在她的耳边轻声道："我没有在开玩笑，我是认真的。我真的想和你结婚。"

小华很为难，她不是不开心。如果放到以前，或许她会喜极而泣，但如今她知道了和马是刑警，已经无法再高兴起来。小华隐隐感觉到，自己与和马之间有一个巨大的障碍，而且这个障碍无法跨越。

"可以再给我们看看其他款式吗？我不太清楚流行什么样的。"

和马说道，店员点头说："那么，您看这款怎么样呢？这是今年秋天的新款。"

店员从柜台里取出另一个戒指，钻石比小华手上的更闪。店员继续介绍道。

"这是本店原创的新作品，以四叶草为原型进行的设计，每个叶片上都嵌有一颗二十五分的钻石，一共四颗，相互辉映。"

一看价签，要一百多万日元，这么贵的戒指，让人都不敢试戴了。正在小华不知如何是好的时候，身后传来一个声音。

"小华？"

听到这个声音的瞬间，小华的身体僵硬了。什么情况？为什么会在这里？为什么是现在？小华的脑海中满是问号，这个声音却不停地传入耳中。

"小华？真的是小华呀，你在干什么呢？"

是母亲悦子。她戴着玳瑁框的墨镜，身穿白色套装，像是某个公司社长的情妇，或是银座俱乐部的老板娘。小华急忙跑到悦子身旁，将她拽到墙角。

“别和我说话，我求你了。”小华低声说道。

悦子笑着说道：

“我们是母女啊，为什么不能说话？话说小华，那个男人是你的男朋友吗？那我更该去打个招呼了。”

“不用和他打招呼。对了，你在这里做什么？”

“当然是来踩点了，说是踩点，要抢劫这里的可不是我，是外国的窃贼团伙。”

小华叹了口气，原来是那件事，没想到会在这里碰到母亲。回头看向和马，他正用诧异的表情看着这边。

“喂，小华，你不会是让男朋友给你买戒指吧？你忘了我说过的话了吗？珠宝不是用钱来买的，是要用偷的。”

完蛋，头好疼。悦子的眼神在墨镜后闪着光说道：

“小华，偶尔你也偷一次嘛，我帮你望风，‘假装试试’，我教过你的呀。”

“假装试试”是在珠宝店偷戒指时的惯用手法。首先假装有钱的顾客走进店里，让店员从柜台里拿出戒指，戴完这个戴下一个。最后将其中一枚戒指戴在手指上，若无其事地走出店门。缺点是每次只能偷一枚戒指，并且去过一次的店绝不再去偷第二次。

“我怎么可能做这种事？为什么我要偷戒指啊？”

身后传来脚步声，一回头，和马站在自己面前。

“小华，这位是……”

悦子上前一步，满面笑容地低头行礼：

“我是小华的妈妈，三云悦子。谢谢你平时照顾小女。”

“这位是阿、阿姨吗？”

和马保持着立正不动的姿势，瞪大了双眼看着小华。完蛋了，小华心想。不知为何，她的脑海里浮现出这样的画面。一个拳击手被追到拳击台的角落里，马上就要被 KO 掉。拜托了，有没有谁快点儿丢毛巾进来，停止这个比赛！[1]

“不好意思，让你久等了。”

三云悦子弯腰坐在和马面前的椅子上，旁边坐着小华。小华的表情有些僵硬，这也是无可奈何的事，刚才偶然在珠宝店碰到母亲，小华也不知所措了。

“我要一杯咖啡，小华，你也喝一样的就行吧，那个……”

“我、我也要咖啡，谢谢。”

服务生在单子上记好之后，走开了。这家咖啡店距离刚才的珠宝店很近，刚一进来的时候，三云悦子和小华先去了洗手间。

“很抱歉这么晚才跟您打招呼，我叫樱庭和马。”

和马低下了头。三云悦子点着头说。

---

1. 在拳击比赛中，向台上扔毛巾表示投降、终止比赛。——译者注

“你好，我是小华的母亲，三云悦子。”

面前的这位女性散发出妖艳的气息，不知是不是妆容的关系，看起来非常年轻，说是三十几岁也有人信。但小华今年二十五岁，她母亲的年纪可能在四十到五十岁之间。比较之下，小华则更加朴素，和马很是开心。不愧是母女，长得几乎一模一样，和马确信，如果小华也认真化个妆，绝对是大美女。

“话说，和马，你是做什么工作的？”

“是公务员。”小华急忙回答，“而且他的父亲母亲都是公务员，和咱们家不太相配吧。”

“没有的事儿，小华。那个……我听说小华的父亲在房屋制造商公司工作，现在暂时住在金泽，为什么您回东京了呢？”

“我爱人提前退休了，这个月回东京，不过是瞒着小华的。我们现在住在都内的酒店，顺便看看房子。”

“您二位不回月岛的家住吗？就是小华一个人住的那个房子。”

“嗯，那个房子有些旧了，我和爱人商量过，想借此机会买一套公寓，正好他也发了一笔退休金。”

咖啡端了过来，三云悦子伸手拿过咖啡杯，喝过一口之后，擦掉了沾在杯沿的口红印。这个动作让她看起来越发妖娆，和马猜测，莫非她做过陪酒的工作？由于工作关系，和马经常和陪酒女郎打交道，他觉得自己的猜测不会有错。但是为什么，小华的母亲会去陪酒呢？

“我们一找好公寓，就打算接小华过来一起住。对不起呀，小华，吓着你了。”

说着，三云悦子像恶作剧得逞的小孩子一样吐了一下舌头。这个动作也很惹人怜爱，女性魅力完全压过女儿小华。

是这样啊，和马的脑中灵光一闪。和马的父母都要工作，而且祖父母也是在警视厅工作到退休，才能保证和马生活充裕无忧。虽说小华的父亲在房屋制造商公司上班，果然只靠父亲一个人的收入养活一家人还是很辛苦的，所以母亲才会在晚上出去陪酒赚钱。和马感觉自己窥探到了三云家的另一面，内心深受震动。

“我真的很开心，”三云悦子看着和马说道，“这孩子，也不知道像谁，特别晚熟，一直没有交男朋友，我之前担心得不得了。但是能找到和马你这么优秀的对象，我对女儿也稍微改观了。和马，她是个不成器的孩子，以后就拜托你了哦。”

“不会，我才是一直被支持的那个人。虽然我的工作很危险，但总是能被小华的笑容治愈。”

“危险的工作？公务员是危险的工作吗？”三云悦子歪头道。小华连忙插嘴道：

“那个，最近社会不太安定嘛，公务员也很危险的。新闻不是播过吗？妈，不知道是哪的，有个男的拿着匕首闯进了市政府呢。”

看到小华拼命地解释，和马察觉到了小华的想法。警察这个职业的确会给人带来一种压迫感，想起小华第一次来家里的时候，也受到了相当大的冲击，回家时候，坐在车里一言不发。小华一定想亲自给家里解释自己的职业吧。

“对啊，阿姨，社会挺不太平的。”

说着，和马给小华使了个眼色，意思是好好跟家人解释哦。小华看到后，轻轻点了下头。

“刚才你们在店里看戒指是吧，你们是以结婚为目的在交往吗？”

三云悦子看看和马，又看看小华，问道。和马挺直上身，认真地回答：“嗯，我是这么想的。我相信小华也是这么想的。”

“真是可喜可贺啊。”三云悦子双手握在胸前，“小华，跟妈妈还这么见外，怎么不早点告诉我呢？日子选的哪一天？结婚会场定了吗？可以的话，我们去夏威夷办？”

“阿、阿姨，还没有聊到细节。”

听和马这么说，三云悦子双眼放光，向前探身说道：

“俗话说好事不宜迟嘛，真是的，没有我就是不行。”

三云悦子从手提包中拿出手账本，翻着日历说道：

“我看啊……这周的星期五是个黄道吉日。和马，星期五晚上你有时间吗？不光是你，也叫上你的父亲母亲一起，我和爱人也会去的。”

“等一下，妈！”小华慌张地说道，“你突然说什么？阿和——不是，和马的父母也许早就有约了呢，不要自作主张好不好？”

“不，小华，阿姨说的对，星期五晚上应该有时间的。”

母亲应该没问题，就算父亲和自己可能没空，从工作中抽两个小时也是可以的。和马的内心有点小雀跃，双方父母见面，这就意味着结婚可以被提上日程了。三云悦子劝小华说道：

“就是啊，小华，又不是订婚仪式那种正式的见面，就是两家人在一起吃个饭而已啦。”

再没有比这更高兴的事了，和马端起冷掉的咖啡，一口气喝干。小华好像并不怎么开心，以小华的性格，她可能不喜欢被人强迫，但如果不这样的话，就没法向结婚进展了。

对不起，小华，和马在内心道歉，并暗暗发誓，虽然戒指没有买成，但我一定会让你幸福的。

当晚，和马回到家，吃晚饭时告知了家人星期五双方聚餐的事，樱庭家随之混乱起来。全家人难得都在，和马也说明了在青山遇到小华的母亲的事，问父母星期五晚上是否方便。

“当然方便了，和马，就算有别的什么聚会，我还是会赶来这边的。哎呀，真是可喜可贺。美佐子，再给我拿一瓶啤酒吧。”

父亲典和喝得脸涨红，说道。母亲美佐子不情愿地站了起来。

“老公，你喝多了。和马，你这也太急了，要好好准备才行啊，现在距离星期五就剩四天了。”

“妈，星期五是大吉的日子，而且又不是订婚仪式，你不用那么正式。就只是两家人见面，吃个饭而已。”

“话是这样说啊，可……”

美佐子一脸提不起劲头的表情，从冰箱里拿出啤酒，放到典和的面前。正在洗碗筷的祖母伸枝停下手中的活，说道：

“好可惜啊，我也想一起去。”

“奶奶，还有机会的，小华还会来咱们家玩的。”

“那就好。”

“对了，”父亲典和仿佛想起了什么，“美佐子，我那套西装你收到哪去了？和马成人礼的时候定做的那套，我要穿那身去。”

“我不知道。再说了，老公，和马的成人礼是在八年前，这八年你都胖了多少斤了？腰粗得都穿不进裤子了。”

“不试试怎么知道嘛。哎，老妈，你记得放哪了吗？我在和马的成人礼那天穿的西服。”

“我记得好像在二楼的壁橱里看到过。”

“拜托了，老妈，你现在找出来吧，我想试一下。”

伸枝不乐意地用毛巾擦了擦手，走出厨房。美佐子问和马说：

“话说，和马，吃饭的地方定哪里好呢？还是寿司店比较好吧。‘寿司政’的包间的话，现在预约还来得及。”

“寿司政”是樱庭家宴请客人时一定会去的店，位于商店街上。它家的菜品味美价廉，有很多回头客。之前小华来的时候就是叫的他家的外卖。

“那个，妈，其实对方已经预约好餐厅了。是银座的一家日料店，说是创意菜，不是传统的日料。五年前有个曾在法国餐厅担任过厨师长的人开的。”

“银、银座的……日料店？”美佐子脸色一变，“你怎么不早说啊？哎呀，怎么办呐？要去银座，还是得穿和服，而且要预约一下理发店，真是忙糟糟的。”

美佐子说着走出了厨房。祖母伸枝这时走了过来。

“典和，西服找到了，我放你二楼的寝室里了。”

“哦，多谢！那我去试试。尺寸应该不会差太多吧。”

典和站起身来，走上二楼。

“母亲，京友禅的那件和服，放在哪儿了来着？”

美佐子的声音从二楼传来，伸枝又马不停蹄地返回了二楼。

餐桌上只留下和马和小香二人。小香的晚餐只是用水冲开的蛋白粉。

“咱家人真是太能闹腾了。”小香缩着肩说道，“大哥，你是认真的吗？你是真心想要跟那个女孩在一起吗？我之前也说过，她一定有什么隐情。”

“那你说说是什么隐情？”

“我不知道，这是女人的直觉。”

“那你纯粹是嫉妒。不甘心的话，你也带男朋友回家啊。我的记忆里，自从高中和棒球部的队长交往过三个月之后，你就再也没交过男朋友了吧。”

“才没有。”

“去健身房锻炼身体固然重要，找男朋友也很重要哦。”

“啊，气死我了。”小香一口气喝光了冲开的蛋白粉，粗鲁地把杯子扔在桌子上，“没有男人强过我罢了，我去跑步了。”

说着，小香把毛巾围在脖子上，走了出去。餐厅只留下和马一人，他把餐具收拾好，放在水槽里，准备去洗澡。在走廊上，他听到二楼父母在大声地说着什么。家里很久没有这么热闹了。

“真够闹腾的啊。”

回过头来，祖父站在身后，好像刚从洗手间出来。虽然他的右脚走路时还有些拖地，好在复健进行得比较顺利。

“叫小华的那个孩子，要和她父母见面了啊。”

和一停下脚步，用尖锐的目光盯着和马。直至今日，只要和马被祖父从正对面盯着看，身体就会变得僵直。祖父似乎全身都在散发出一种压迫感，压倒和马。用剑道比喻的话，就像跟一位具有压倒性力量的，比自己段位更高的人对峙一样紧张。

“是的，爷爷，这周的星期五。可以的话，本来也想请爷爷去的，下次还有机会。”

“和马，你是认真的吗？”

“啊？”

和一突然这样问道，和马露出困惑的表情。和一的眼神非常严肃。

“让自己爱的人幸福，这话说起来简单，做起来可不容易啊。你做好准备了吗？”

“做、做好准备了。这还用说吗？”

“那就好，走你自己的路吧！”

和一转身向走廊走去。什么意思啊？和马摸不着头脑，站在原地望着和一的背影慢慢远去。

“我绝对不去，死也不去。”

父亲三云尊说着，将杯中的红酒一饮而尽。果然啊，小华在心中叹气道，就知道父亲会这样。但也许是件好事，与和马的父母一起吃饭，简直是噩梦啊！

“老公，小华好不容易才交到男朋友，你帮帮她的忙不好吗？”

“不行，不行就是不行。而且她男朋友的父母是公务员啊，我最烦公务员了，他们和我这种天性自由的江洋大盗怎么可能聊到一起啊。”

小华切了一块牛排，用叉子叉起放入口中，好吃到下巴差点掉下来。今天的晚饭轮到母亲做，估计又是从哪个高级酒店偷来的吧。虽然小华内心有些抗拒吃偷来的东西，但如果不吃，三云家恐怕就没有能吃的东西了。

“真让人火大，”三云尊喝了一大口红酒说道，“我要睡了，明天还要早起呢。悦子，你准备好了吗？只许成功，不许失败。”

明天上午，外国的窃贼团伙好像要去抢劫青山的那家珠宝店。时间应该是开门营业的同时。虽然不确定他们要用什么手段，但还是准备要去给那个团伙来一个措手不及。

“等一下，老公。”

悦子的语气十分严肃，三云尊原本抬起的屁股又坐回沙发上。“怎么了？还有什么事？”

“听我说，老公，这是一个转折点。如果你不来，我就不得不说谎了，就当你已经死了吧。”

“死了？喂，我还活得好好的呢。”

“没办法嘛，只能撒谎说你死了，这样以后也会比较好说。只是这样一来，你能想象将来会怎么样吗？如果小华与和马两个人交往顺利，结婚典礼、外孙出生、七五三节[1]、外孙的运动会和学校演出……这些你都要留在家里了。但我相信你能忍住的，毕竟你已经死了嘛。”

“外、外孙，莫非……”

三云尊张口结舌地看着小华的腹部。真是麻烦，小华毫不客气地赶紧澄清。

“没有外孙，我没怀孕。”

“是吧，我就说嘛，别吓我好不好。”

“老公，你有没有认真听我说啊？怎么样？你来吗？还是不来？”

三云尊慢慢地从怀里拿出手机，一通操作之后放在耳边。过了一会儿，电话接通。“哎呀，大晚上的打扰你休息了。星期五那件事呢，我这边突然有点事，走不开……嗯，好，我一定会补偿你的，挂了。”

1．每年11月15日，日本家庭庆祝7岁女孩、5岁男孩、3岁小孩的节日。——译者注

挂掉电话，三云尊用十分强硬的语气说道：

“我本来星期五要陪横滨的美术品商人打高尔夫，然后晚上在中华街吃饭的。我刚才已经拒绝了，这样可以了吧？”

这算怎么回事，小华原本满心期待三云尊会拒绝出席，结果最后的城池也被攻破了，看来这顿饭是非吃不可了，太丧心病狂了吧。小华心想要不到时候推说肚子疼，临时放鸽子好了。不，不行，我不在场的话，就没人能阻止这两个人了。

“既然他们是公务员，肯定都很朴素吧。事先说好，要是无聊的话我是会提前回来的啊。”

“你的设定是从房屋制造商公司提前退休的职员，直到上个月都住在金泽，现在住在东京的酒店里，准备在附近买公寓。要记住哦。”

“等会儿，房屋制造商是怎么回事？而且我从来没在金泽生活过啊。”

“没办法嘛，难道你要跟人家介绍自己是专门偷美术品的大盗吗？随便应付一下就好啦，反正他们也不会发现我们的真实身份。”

“千万不要放松警惕。”

小华边在法式面包上涂黄油边说道。三云尊发出轻蔑的一笑。

“哼，公务员有什么了不起的。小华，可别小瞧我和悦子的演技，骗人是我们的工作。”

“就是，小华，你爸说得对。和马他是个善良的孩子，一定会顺利的。”

放松警惕会没命的，对方可不是普通的公务员，而是在警视厅工作的现役警察。

不管怎么说，星期五终究会到来，小华不由得感到胆战心惊。三云尊和悦子完全没有察觉到小华的心事，喋喋不休地聊着。

第二天，小华像平时一样来图书馆上班。因为是工作日，图书馆人流不多，时间非常宽松。小华坐在借书柜台，翻阅还未归还的书目名单。如果长期没有归还，需要查找读者留下的电话号码或是邮箱，打电话或发邮件催促还书，为此需要做好名单。

借还书的管理系统是两年前投入使用的，是一家大型通信机械公司面向地方政府开发的软件。在检索页面输入姓名和出生年月日，就会跳出读者的姓名一览。点击需要查找的读者姓名，就能看到他的登录信息和借书记录等。

“三云，我去一下参考资料室。”

说着，坐在小华身旁的女管理员站起身，走出柜台。现在借书柜台只剩下小华一人，但从目前馆内的情况来看，一个人也可以应付得来。她目送女管理员去参考资料室后，小华看向手边的键盘，试着在检索栏输入“YINGTING HEMA”几个字。她没有特别的想法，只是随便输入看看。

但是检索结果是零。怎么回事？小华吃了一惊，自己与和马就是在这个图书馆的借书柜台相识的啊。和马来还过好几次书，并以此为契机才能跟坐在借书柜台的小华搭话，有了几次交谈。这是一年半以前的事。

突然有一天，和马像往常一样来还书，神情有些紧张。平时两人会聊些闲话，比如天气和最近很火的电影什么的，那一天和马的表情极其认真，什么也没说便离开了。小华目送和马离开后，发现他刚还的书里面夹着一封信。小华怕被别人看到，慌忙把信藏到自己围裙的口袋里。下班以后小华读了这封信，虽然不是情书，但上面写着“如果可以的话，可以一起吃个饭吗”。第二周，两人去吃饭了，几次约会之后，开始交往。

所以，居然没有和马的检索结果，太奇怪了。和马确实来还过书，而且小华亲眼看到过好几次和马还书的场景。这是为什么呢？小华忽然想到了什么，再次敲下了几个字。这次她在检索栏只输入了姓氏“YINGTING”，检索结果为三个。

小华看到结果之一的姓名为“樱庭和一”，是和马的祖父。上个星期，去樱庭家吃咖喱的时候，曾和他打过照面。他很瘦，让人感觉难以接近。

小华点开了樱庭和一的借书记录，其中很多是历史小说，从书名来看，多为江户时代的推理小说。不愧是曾经的警察，就连看的书都是这一类的。

也就是说，和马是受祖父拜托，才到图书馆还书的。回头想想，和马每次都是快要闭馆的时候过来，或者是夜间延长开馆的时候。

“那个……”

“啊，你好。”

小华赶紧关掉检索页面，看向声音传来的方向。一位中年男性站在柜台前，想要预约一本书。小华接过他的借书卡，询问了他想要预约的书目名称，在电脑上登记了预约信息后，将借书卡还给了对方。

但是……小华看着中年男性离去想，和马的祖父住在东向岛，为什么要特意到四谷的图书馆来借书呢？答案似乎只有一个，但小华心里并不想承认。

理由就是我，因为我在这里上班。小华不知道是不是自己的思维太跳跃了。但是和马的祖父找我有什么事呢？

想到这里，小华恍然大悟，一下子从椅子上站了起来。还好，周围没有人发现，她又默默地坐下了。

为了让和马遇到我吗？让自己的孙子帮忙还书，和马才会光顾这里，然后结识了图书馆的女管理员，与她交谈。

虽然可能是自己想多了，但事实摆在眼前，让人不得不这样想。樱庭和一的借书记录，也在自己刚与和马交往的时候戛然而止。

小华突然觉得后背泛起一阵凉意。虽然他们谈不上命运的相遇，但小华很感谢上天能让自己认识他。没想到，两人的相遇竟然可能是被他人安排的，心里不舒服也是理所应当。

恐怕和马还不知道这些，他只是听祖父的话，帮忙跑腿来还书的。只有樱庭和一知道事情的真相。

话说自己还没有归还手表。小华想见樱庭和一，将自己一大堆的疑惑问个清楚。除了和马的事情，还有他和祖父三云岩的关系。看来只能下班之后去樱庭家一趟，小华打定了主意。

“小华，你这就跑不动了？才跑了三公里呢。”

“三、三公里？我已经跑了三公里了吗？”

“看一下不就知道了，那边有显示你跑了多远。”

“求你了，我到极限了，这个跑步机，怎么停下来啊？”

小华原本到东向岛来是想见樱庭和一，不知为何却出现在健身房的跑步机上。樱庭香在旁边的跑步机上若无其事地跑着。

小华下班之后到了樱庭家，可是按了几遍门铃，都没人出来开门。小华绕到后院，趴在狗屋里的东跑出来，摇着尾巴欢迎小华。毕竟也不能向东问话，小华和东玩了一会之后，便返回车站。走在半路，偶遇了樱庭香。“你有时间吧，陪我去个地方。”听她这样说，小华还以为要去喝个茶，就满不在乎地去了，没承想居然被带到了健身房。小华被强行换上租来的运动服，回过神来，已经在跑步机上跑起来了。

“求你了，小香。这个跑步机，怎么停下来啊？”

“真拿你没办法。你太缺乏锻炼了。”

小香伸过胳膊，按下了小华跑步机面板上的一个按钮。机器慢慢地放缓速度，终于完全停了下来。小华从跑步机下来，双手撑在膝盖上，喘着粗气。多久没有这样跑过了？好像上班之后就再没有了吧。

“你这样不行啊。”听到上面传来的声音，小华抬起了头。小香也从跑步机下来，双手叉腰道，“这样怎么能做警察的妻子呢？体力太差了。”

“我觉得这和体力没有关系。”

“有关系！想和我顶嘴，还早了一百年呢。”

健身房的机械区旁边就是打拳的拳击台。拳击台上现在没有人，有几个戴着拳击手套的男人在拳击台下面打着练习手靶。看到小香的视线落在拳击台上，小华有种不妙的预感。

“喂，你和我打一场吧。”

果然。小华拼命地拒绝。

“不行，绝对不行，我从来没有打过拳击。”

“凡事都需要历练嘛，来，快点。”

小香推着小华来到了拳击台边上。在小华惊慌地挣扎的过程中，两只手已经被套上了拳击手套，头上也被戴好了拳击头套。头套散发出一股男人的汗味儿，让小华忍不住地反胃。

“快上来啊。”

小香已经站在拳击台上，颠着小步，对空气挥拳。呃，管他的呢。小华做好准备，上了拳击台。脚底传来的触感比想象中柔软。

“好，放马过来吧！”

“就算你这么说……”

“好啦好啦，你的拳头，我压根没有放在眼里。”

戴着拳击头套的小香不屑地一笑，紧身裤和T恤勾勒出她肌肉的曲线，整个轮廓仿佛运动员一般。尽管她是穿衣显瘦的身形，胳膊上的肌肉还是比小华想象中更发达。

小华上前一步，轻轻用拳头碰了一下小香的额头。小香惊呆了，发出一阵大笑。

“什么啊，花拳绣腿，我还以为吹过来一阵风呢。”

这不是你逼我的吗，小华在内心反驳道。祖父三云岩教给自己的只是防身术，其中并不包括攻击的要素。

“那我要出拳了。”

为什么，为什么要攻击我？小香完全不顾小华的心情，连出了几个刺拳，但是，都没有打到小华。小华的上身向后仰去，躲过了小香的每次攻击。她一心不想被打中，只是闪躲，却完美地展现出拳击中的防御基本动作——后仰躲闪。再加上小华天生动态视力极佳，小香的拳头根本没能擦到她身体分毫。

“你动作很敏捷嘛，躲得倒是够快。”

说着小香抿嘴一笑。后背好像撞到了什么，小华回头一看，自己被逼到拳击台的角柱。怎么办？没有回避空间了。

小香不断逼近。不行了，小华心想，闭上眼睛。这时，拳击台外传来了一个声音。

“小香？是小香吗？好久不见啊。”

拳头没有落在身上。睁开眼睛，挥起的拳头停在半空，小香直勾勾地盯着场外。她的姿势保持不动，看起来有些紧张。

“学、学长，好久不见。”

拳击台外站着一位穿运动服的男性，个子很高，是个清爽的运动型男。他从台子下面抬起头看着小香。

“我最近工作太忙了，没怎么来，大概每周来三次吧。下次再好好聊啊。”

“好、好的。”

男性走向了健身房的机械区。小香一动不动，一直盯着他远去的背影。

“小香，”小华胆怯地碰了下小香的肩膀，“刚才那位是谁呀？好帅啊。”

“跟你没关系吧。”

小香的脸变得和她头上的拳击头套一样红。真是好懂的人。

“难道，你以前喜欢过他？”

“不是，不是那样的。快，我们继续打。”

“不打了。”

小华摘下了拳击头套。“我不能再陪你打下去了。”她把拳击头套塞到小香的胸前，摘下手套。小香看着这一幕，问道：

“你要逃跑吗？”

“嗯，我逃跑了。”

小华将拳击手套放在长凳上，一溜烟地跑进了更衣室。

河岸上发现的遗体不是立岛雅夫。NPO 法人向日葵协会的代表中藤恒雄提供的信息，并没能将调查向前推进太多。

首先，池袋的流浪汉立岛雅夫是不是真正的立岛雅夫，还需要进一步确认。像流浪汉这种生活困难的人，经常会谎报自己的姓名，甚至会出售自己的身份，因此搜查本部的结论是，中藤的信息没有太大价值。

此外，警视厅已经将被害人是立岛雅夫这一条件作为破案的前提。要推翻这一前提，需要充足的证据，仅凭中藤的证词还不够。

根据中藤的工作日志，自称立岛雅夫的流浪人员于今年 6 月 5 日从池袋消失。和马询问过都内的各个医院，没有一家医院在 5 日深夜里接到像立岛的患者。

那么，6 月 5 日深夜，年轻的流浪汉说的身体已经变冷的立岛雅夫去了哪里了呢？和马问过中藤，他说在那之后就再也没见过那个年轻的流浪汉了，可能是漂泊到其他地方了吧。流浪汉一般不会只停留在一个地方，经常四处漂泊，恐怕很难追查到那个年轻流浪汉的行踪。和马的调查再次触礁搁浅。

“喂，大家听我说。”

组长松永走进了房间。正值晚上七点，和马他们在小松川警署的一个房间里吃着晚饭。NHK 的整点新闻正在播报今天上午在青山发生的珠宝店被抢劫的头条新闻。

“搜查本部要缩减人手，需要我们小组撤出这个案子。准备撤吧。”

大家对松永突如其来的通知茫然不解。和马身边吃着炸虾盖饭的卷荣一问道：

“组长，怎么回事啊？还不到两个星期，就要解散搜查本部了吗？”

“不是的，本部不会解散，还会继续调查，不过主要由小松川警署的搜查员去办。我们被调去查别的案子，这是上面的命令。”

说到这里，松永的目光停留在电视上，朝屏幕扬了扬下巴。

“就是这个，我们被派去协助调查这个案子。好像出现了伤者，涉案金额也相当巨大。吃完饭赶快去赤坂警署参与调查。就这样啊。”

话毕，松永走出了房间。一位同事拿起遥控器，调大了电视的音量。卷荣一轻声道：

“这叫什么事啊？不过就影响力来说，还是青山的案子更大啊。”

和马没有回答，专心致志地看着电视画面。一位女记者在现场连线，手拿麦克风介绍案件的情况。“被运往医院的伤者有 3 人，目前没有生命危险，需要进一步的治疗。”

女记者的身后，是一栋被黄色警示带围起来的楼房。和马觉得一层的镶着玻璃窗的店铺十分眼熟，正是昨天和小华一起去逛的珠宝店。

“怎么了，樱庭？突然站起来。”

“呃，我昨天去过这家店，这也太巧合了。”

“真的假的？还好你不是今天去的，太幸运了，不然现在送到医院的就该是你了。但是我很好奇，你和谁一起去的啊？你不是说自己没女朋友吗，樱庭？”

“啊？呃，不要在意这些细节嘛。”

居然要去昨天去过的店查案，太巧合了。但是要从小松川的案子抽手，和马感到无法释怀，他总觉得还另有隐情。这件案子绝不是一个有前科的人被杀这么简单，背后一定隐藏着更深的秘密。

并不是不想浪费自己努力搜集的线索，只是和马越来越确信被害人不是立岛雅夫，所以他不想抽手不管，他心中有个很强的信念，希望能坚持到调查结束。

“咱们走吧。”

一位警察前辈站起身，将餐具摆在桌子的一角，走出房间。和马也站起来，收好餐具走了出去。他的心里仍对这个案子牵肠挂肚。

“真是群丧心病狂的家伙啊。”

和马旁边的卷荣一说道。从赤坂警署出来之后，他们赶往青山的古董街案件现场。搜查一科的其他小组已经在现场等候，并向和马他们解释了事情经过。大家同在搜查一科，彼此都算熟识。

“就是说啊，有一半人认为外国人作案的可能性很高。现在我们正在调查外国人窃贼团伙。”

事件发生在上午 11 时，珠宝店刚开门营业。身穿迷彩服的四个男人闯入店内，投掷了催泪弹。当时仅有店长和三名店员在店内，三名女店员因催泪弹昏迷，男店长在店铺内部的办公室里，他察觉到事情不对，准备拿起电话报警，被闯入办公室的一名嫌疑人猛击后脑，当场失去知觉。

四名嫌疑人把店内的柜台悉数砸碎，劫走全部的珠宝商品后，乘坐停在店门口的面包车逃之夭夭。涉案金额达到数亿日元，因催泪弹昏倒的三名女店员仍在医院接受救治。

“搞清楚他们逃跑的路线了吗？”卷荣一问道。

其他小组的搜查员回答，

“有目击消息称，他们沿六本木大道逃至霞关方向，之后的路线就不清楚了。车牌号已经查到了，现在正在对照，很有可能是被盗车辆。”

店门前仍聚集着大量媒体，还停着几台转播车。案子闹得这么大，媒体自然不会放过这块肥肉。

珠宝店的名称是“Brimarry”，是一家老字号的珠宝店。几天前，和马浏览过这家店的主页。和马在搜索引擎输入“订婚戒指、老字号、店铺”三个关键词，便查到了这家店的主页。他认为要买戒指还是选有信誉的老店比较好。

“我们先回去吧。”

组长松永说道，大家走出了店外。犯人已经逃跑了，再打听周围的情况也没什么意义。目前，搜查的重点主要是收集现场遗落的物品，查明被盗珠宝的交易方，找到过去曾犯过类似案件的嫌疑人名单。

“喂，樱庭。”卷荣一用胳膊肘戳和马，“你到底是跟谁来的啊？你就是有女朋友对不对？跟我还藏着掖着。什么样的女孩？可爱吗？”

“我说了没有啦。”

手机响了，和马从兜里掏出手机，走到离众人有些距离的地方。

“警察先生，是我，我是中藤。”

“啊，中藤先生，之前多谢您了。”

中藤虽然提供了很重要的信息，但却没能在调查中派上用场，和马心里也不是滋味。

“是这样，警察先生，我找到立岛的照片了。”

“真的吗？”

“嗯，虽然不是特别清晰，但能够看清他的脸。”

和马又询问了一些细节。中藤他们都会为流浪人员施饭，每月一次，主要发放一些猪肉汤和饭团。每次他们会拍一些照片作为活动记录。中藤将照片全部看过之后，从中找到了拍到立岛的照片。

“刚才我让西胁用她自己的手机拍下了那张照片，现在就给您发过去。”

电话挂掉了。大家分别乘坐两台伪装成普通车辆的警车前往赤坂警署，和马与卷荣一并排坐在第二辆车的后座上。车子刚开出不久，和马上衣内兜里的手机响了，是来邮件的铃声。

“女朋友发来的？”

“不是啦。”

和马应付着开玩笑的卷荣一，打开手机。点开邮件附件中的图片，是一张男人的照片。照片中的男人坐在公园的长椅上，穿着工作服一样的藏蓝色夹克，戴棒球帽，胡须浓密，像是很多天不曾刮过，倒是可以辨别出长相。

给以前认识立岛雅夫的人看看这张照片，或许会有什么新发现。中藤一个人不行，一定要是立岛雅夫成为流浪汉之前就认识他的人。

“怎么了，樱庭？表情这么吓人。”

“卷哥，有件事想拜托你。”

和马靠近卷荣一，在他耳边窃窃私语。

“再来一杯乌龙茶兑烧酒！快点儿！”

小香将喝光的空啤酒杯放在桌上，她的眼神已经呆滞了。不知为什么，两人从健身房出来之后决定去喝酒，走进了站前的这家烤鸡肉串店。小香好像酒量不行，喝了两杯乌龙茶兑烧酒就醉了。小华喝着生啤，捏起一串烤鸡肉串。

“那个人啊，他是我的初恋。当时，他是棒球部的队长，帅惨了。是他向我告白的哦！我没有骗你，骗你对我又没什么好处。然后，我们交往了三个月，他毕业了，我们就自然分手了。你，有没有在听我说话啊？”

“我在听，我在听。”

这已经是小华第三遍听这个故事了。小华还知道了那个人姓松田，在名古屋上的大学，毕业之后，他回到东京工作，现今在银行上班。

“太慢了，我等了好几分钟呢。”小香说着，从端着乌龙茶兑烧酒的店员手里抢过酒杯，“再来一份烤鸡肉串的拼盘，快点上。”

“小香，我已经饱了。”

“没关系，我吃。果然食量小的女孩子比较受欢迎吗？”

“没有这回事。啊，小香，你已经删了那个松田的联络方式吗？”

听小华这样问，小香从包里拿出手机，打开翻盖屏幕。盯着手机找了一会，小香抬起头说：

“我没删。”

“给松田发一封邮件吧。”

“为什么？为什么我要给他发邮件？”

“因为你还喜欢他呀，喜欢就主动点嘛，不主动的话就不会有开始哦。”

小华为自己感到可笑，没什么恋爱经验的自己哪有资格给别人提建议。但也说明，小香的感情十分纯粹，就连自己这个旁观者都想要支持她了。

“怎么可能给他发？我不要发。”

说着，小香板起面孔把手机放回包里。小华发现自己的啤酒杯是空的，用胳膊肘轻轻碰倒了它。

“哎呀，糟糕。”

小华看准小香的注意力集中在倒掉的啤酒杯上的时机，将手伸到桌子下面，从小香的包里顺走了手机。这是她的拿手好戏，小香从始至终也没能察觉。

“我好像有点喝多了，去下洗手间。”

“不许偷偷跑回家啊，这才刚开始呢。”

“我不回家，放心吧。”

店内生意异常火爆，几乎每桌都坐满了，吧台的烤串架子上已经冒起了滚滚浓烟。小华来到里面的洗手间，打开小香的手机。虽然知道偷看他人手机是侵犯隐私的事情，但小华不停地告诉自己这是为小香着想。她打开邮件的界面，在收件人的位置填上松田发送出去，内容如下：“今天见到你很开心。可以的话，下次我们去喝个茶吧。”

小华在文字的最后加了一个心形符号。她本来犹豫了很久，担心会不会有点过分，但是又想到这种女子力很强的方式似乎与小香平时的男性气质形成对比，反而具有反差萌，就决定保留了。按下了发送键后，小华就删掉了发件记录。完美。

小华走出洗手间，正往小香等待的那一桌走去的时候，突然有人叫住了她。

“小华？这不是小华吗？”

四个男人围坐在铺着席子的座位上。其中一人是和马的父亲——樱庭典和。典和站起身，开心地走到小华身边。

“小华，你怎么会在这里？”

怎么回事？这家店是樱庭家的休息室吗？小华慌乱地回答道。

“呃、嗯，我和令爱一起来的。”

“小香？”典和惊讶得很夸张，用手扶着额头说道，“我太开心了，眼泪都快流出来了，没想到你和小香的关系这么好，小华你真是个好孩子！”

典和强行握住小华的手。能看出来，他是打心底高兴，眼中已然隐约泛起了泪光。只是，他呼出的气息有一股酒臭味，应该是喝了不少。

“哎，大家听我说。这个孩子，是我家和马的女朋友，叫三云华，她就要和和马结婚了，马上要成为我们家的儿媳妇了。”

“等、等一下，叔叔，还没有决定……”

“没关系，小华，我心里已经认定了。”

典和说着，像是要给座位上的同伴介绍一样，从小华身前挪到一边。小华感觉到大家的视线都在转向自己，慌张地鞠了一躬：“我是三云，三云华，请多多关照。”

“是个好孩子啊。”

“嗯，是啊，话说回来，和马也到了该结婚的年纪了啊。”

“我家那小兔崽子要是也能带回这么好的女孩儿就好了。”

座位上的男人们七嘴八舌道。听到这些，典和挺胸说道：

“是吧，可爱吧？我都觉得配和马可惜了。来，小华，来喝一杯吧，别客气。他们都是我的老同学，不用觉得拘束。”

“等一下，阿典，”一个单手举着陶瓷酒盏的男人说道，“和咱们这群无聊的大叔挤在一起，人家姑娘也会不自在的，让她去吧。”

“是吗？”

“是啊，阿典，小香还在等她呢。年轻人一起喝酒才更开心。”

典和失望地低下了头。小华虽然有点不忍心，但想到小香还在等着自己，也该伺机撤了。

“那我就先过去了。”

小华鞠了一躬，典和抬起了头，失望的神情瞬间无影无踪，眼睛闪着光。

“小华，那星期五再见啊。”

是聚餐的事情。原本都忘光了，小华突然心里一沉。没有谁能保证这是一次友好的聚餐，要是哪个环节出了问题，可能会全盘毁掉，毕竟自己的父母不知常识为何物。

“我知道了，那星期五再见。”

小华再鞠一躬，回到小香等待的那一桌。

“好慢啊，你干吗去了？难道是大的？”

“不是。”

小华趁小香不注意悄悄地将手机放回她的包里，然后坐回座位上。她拿起一串鸡肉串，吃了起来。好吃，盐加得恰到好处。刚才不在的时候，小香又给自己点了一杯生啤，啤酒的泡沫已经完全消失了。

“哎，你看见我的手机了吗？我找不到了。”

小华一惊，装作什么都不知道的样子回答。

“你好好找一找，我刚才看你放到包里了。”

小香把包放在腿上，伸手进去翻找起来。“啊咧？找到了。”小香从包里拿出了手机。

“小香，你喝醉了。对了，刚才我在那边看到你父亲了。”

“老爸？”

“嗯，跟他的老同学在一起喝酒。叔叔他是在警视厅工作吧，今天下班还挺早的。”

“是分时期的。我老爸在警备部工作，有重大仪式或是海外贵宾访日的时候，他会加班到半夜，现在这段时间比较清闲。”

所以他能出席星期五的聚餐啊。想到那天的家庭聚餐，小华就有些难过。正在她轻轻叹气的时候，小香放在桌上的手机响了，是收到邮件的铃声。

小香拿过手机，打开了翻盖屏幕。小华看出她的脸色变了，双颊泛红，眼睛睁得滚圆。

“是谁发来的？”

“跟你没关系。”

“不会是松田吧？”

“你、你，你怎么会知道……”

猜对了，松田回信了。小华很想知道他回复了什么，希望是好的回复。

“给我也看看嘛。”

“不行。”

“给我看看。”

“我说了不行。”

小华“咻”地伸出手，轻而易举地从小香手里夺过手机，速度比刚才小香在健身房打出的刺拳还要快。手机屏幕上显示“我刚才也吓一跳，下次我们一起去吃个饭吧？你什么时候方便？”

“这不是很好嘛，小香。快点回复比较好哦。”

“是、是吗？”

“当然了。”

小华边还给小香手机，边断言道。小香盯着手机屏幕，一脸不解。

“但是好奇怪啊，这封邮件，为什么主题里面会有个‘Re’呢？这是回复的邮件啊？”

“哎呀，不要在意这些细节嘛，”小华心里捏一把汗，刚才把这事给忘了，“快点给他回信吧，你们不是要去吃饭吗？”

“嗯，但是我现在喝醉了，而且也不知道之后的安排，明天再说吧。”

“一定要给他回信呀！”

小华喝了一口生啤，咬了一口烤鸡肉串。小香叫住店员，又点了一杯乌龙茶兑烧酒。小华突然想到一件事，向小香提问。

“那个，小香，你的祖父，名字是叫‘和一’吧，他是什么样的人呢？”

“为什么？为什么你会对人家爷爷感兴趣？”

“那个，去你家的时候，家里人基本都接触过了，只有他老人家，我没怎么说过话。”

“你的着眼点确实不错，”小香喝了一口刚端上来的乌龙茶兑烧酒，说道，“我们家最重要的人物就是爷爷，虽然他退休了，但影响力还是很大。要是爷爷不喜欢你，基本就没可能和我大哥结婚了。”

“他年纪多大了？”

“今年好像七十六岁了。”

跟祖父三云岩年纪一样。难道他们是同学？但这也不足以构成他们约在锦系町的小酒馆，坐在一起喝酒的理由。想到这里，小华又突然想起另一件事。

那时刚跟和马交往不久，两人聊起自己的成长经历，说到毕业的大学。和马毕业于东京都内的明成大学，那是一所一流的私立大学。小华当时心想“啊，和爷爷是同一所大学”。之后和马继续讲道，他的家人都是明成大学毕业的。

“小香你们家人，都是明成大学的毕业生吗？”为了不让小香察觉到自己激动的心情，小华尽可能自然地问道。

小香不耐烦地回答：

“是啊，除了我妈以外。我妈是东京都内的一所理科大学毕业的，不愧是鉴识科的职员，彻头彻尾的理科生。”

果然如此，小华不由得掐住大腿，找到三云岩与樱庭和一的连接点了，他们两人在明成大学时是同学。

“喂，你的酒一点没见少啊。”

小香用胡搅蛮缠的眼神盯着小华，小华回道，“不好意思”，喝了一口生啤。那么，两人曾经是大学同学，这究竟意味着什么呢？

听到门打开的声音，和马望向入口处，只见走进一男一女，走在前面的男人，看到和马在座位上等候，举手叫道：“哟，警察先生。”

和马站起身，低头示意：“感谢二位特意来这一趟。”

“没事儿啦，”小森爽快地说，并对同来的女性说道，“小美，这位是警视厅的警察。不错的小伙子吧？他正在调查立岛的事情。”

这里是北千住站前的咖啡馆。昨晚，和马得到了立岛雅夫的照片，苦思冥想有谁能够证明照片中的人就是立岛雅夫。最后，他想到了二十年前立岛雅夫曾在一家报纸配送站工作过。前几天，去找报纸配送站的前员工小森拜访的时候，他曾提到过名叫小美的女经理记忆力很好。和马向小森打电话询问此事，不想小森爽快地答应了，并约好与小美一起在这家咖啡馆碰面。珠宝店的调查，和马拜托给了卷前辈，自己溜了过来。

二人坐在和马的对面。点好饮料之后，和马出示了警察证。小美的本名是上原美津代，年纪有六十岁出头，看起来是个热心肠的人。

“那咱们尽快进入正题，我想请您看看这张照片。”

和马从上衣的口袋里拿出照片。这张照片是和马专门去池袋的NPO法人向日葵协会向中藤借来的。照片中，立岛雅夫坐在公园的长椅上。

“您对照片中的人有印象吗？”

和马问道。上原美津代戴上老花镜，看着照片，凝视片刻之后，她抬起头。

“他是立岛，立岛雅夫。二十年前，他在浅草的报纸配送站工作过，应该不会有错。”

果然是这样啊，和马在内心感叹道。上原美津代旁边的小森睁大了双眼说道。

“这你都能记得！小美你的记忆力，真是了不起啊。”

“还行吧。他好像是因为偷东西被警察抓过。后来，社长的一个朋友，在立岛缓刑期间负责监视他的人，介绍立岛来配送站工作的，不过他很快就不干了。”

“不愧是小美啊，记得这么清楚。”

池袋的流浪汉是立岛雅夫，终于得到了证明。但是，还没能证明在荒川河岸发现的遗体也是立岛雅夫。六月五日那晚，立岛雅夫身体不适，他的同伴亲眼看见他的身体变冷，但他本人却在短时间内消失得无影无踪，他的同伴如今也下落不明。

好像漏掉些什么，和马的手放在下巴上，出神地思考起来。小森满面堆笑问道。

“警察先生，你还没结婚呢吧？”

“啊，嗯，怎么了？”

“是这样，小美的女儿可是个好孩子。我记得是从御茶水女子大学毕业的才女吧。方便的话，下次你们见一见啊？”

“你说什么呢，小森。不好意思，警察先生，说了这些有的没的。”

上原美津代十分过意不去，低头道歉。和马笑道：

“不会，没关系的。”

今天是星期三，两天以后是星期五，要和三云家的人一起吃饭。樱庭家早早进入了作战状态，每天的话题都是周五的聚餐。母亲美佐子想去重新订制一套西装，恐怕来不及了。

一位男性公司职员走进咖啡馆，坐在和马三人旁边的位子上。点单之后，他展开了手中的体育报纸，其中一面映入和马的眼中。职业棒球的巅峰赛刚刚开幕，一位投手在昨晚的比赛中达成完封胜利，他比赛的身姿占据了整个版面。看着这张照片，和马想起来了，对了，棒球帽，为什么会忘掉这么重要的线索？

“感谢二位的协助，我来付吧。”

和马拿起账单，站起身来。在收银台付完钱，他走出店外，立刻拿出手机拨号。电话接通了。

“中藤先生，是我，樱庭。”

“警察先生，照片帮上忙了吗？”

“嗯，太谢谢你了。中藤先生，我想问您一件事情。六月五日晚上，您到地下通道的时候，立岛雅夫已经不见了，对吧？”

“嗯，是的，是这样。”

地点是池袋西口的地下通道。根据中藤的描述，他赶过去的时候，立岛雅夫已不在那里，只有他当作被子盖的硬纸箱留在原地，还有就是——

“棒球帽掉在地上，我记得中藤先生您曾经提过。那个帽子，现在在哪呢？您已经处理掉了吗？”

“没有，我记得我保管起来了，这东西我也不忍心扔。”

和马在内心暗暗称快，这是立岛雅夫失踪前一直戴着的帽子，上面留有毛发的可能性很大。和马乘势向中藤追问道：

“我现在过去您那边，要是您能帮我找出来帽子，就更感谢了。”

第二天早上，DNA 鉴定的结果出来了。在荒川的河岸发现的遗体，与立岛雅夫佩戴的棒球帽中提取的毛发经过对比，两者 DNA 结果完全不一致。也就是说，在荒川的河岸发现的遗体并不是立岛雅夫本人。

和马是在小松川警署的会议室听到结果的。毕竟和马不能擅自请求进行毛发的 DNA 鉴定，与组长松永商议过后，松永陪和马来到小松川警署进行了交涉，DNA 鉴定才得以进行。

“这是怎么回事？这下能够证明被害人不是立岛雅夫了，但是为什么……”

在小松川警署门前，和马对松永说道。DNA鉴定结果已出，两人前来询问今后的调查方针时，负责案件调查的警察却说出了意想不到的话。还不能断言被害人不是立岛雅夫。今后的调查方向会考虑到被害人不是立岛雅夫的情况。

“谁知道，”松永吐了一口唾沫，“恐怕是上面的意思吧。不是小松川警署的领导，是我们的领导。既然已经召开过记者发布会，再推翻之前的说法，他们会觉得脸上无光。”

“就算如此……”

松永制止了想要反驳的和马，继续说道：

“我先回青山那边，你暂时留在这里，暗中从搜查员处打听一下调查的进展情况，中午的时候再回来，知道了吗？”

“我知道了。”

松永向车站方向走去。和马目送松永离开后，回身进入了小松川警署。他看了一眼设立为搜查本部的会议室，已经空无一人。所有人可能都出去查案了。

和马坐在大厅的长椅上等待，如果能见到面熟的搜查员，他想上去问问情况。但可能是上午的时间点不好，经过面前的似乎都是来更新驾照的人。

青山的珠宝店“Brimarry”失窃案，目前似乎也陷入了僵局。虽然早早就锁定了外国人窃贼团伙作案，可现在还没能够找到嫌疑人的行迹。他们逃跑时乘坐的被盗车辆，在麴町的立体停车场被发现，但车上没有留下与嫌疑人有关的遗落物品。

还有一件怪异的事情。在麴町找到的逃跑用的货车当中，检测出了微量的安眠药的成分。大概是喷雾型安眠药，沾在了座位上，与他们抢劫珠宝店时用的催泪弹成分完全不同。为何车座上会沾上安眠药，现在还是未解之谜。

和马在长椅上坐了一个小时，还是没有貌似搜查员的警察经过。在这里干坐着也是浪费时间，不如先回青山帮忙调查吧。和马想着，正要起身，他看到四五个人从电梯上下来。他们全部身穿西装，很有刑警的风范。从步伐可以看出他们有很紧急的事。他们没有向正门口走来，而是向后面走去。和马赶紧站起身，追了上去。

走出后门，几个男人准备分开乘两台伪扮成普通车辆的警车。和马大声说道。

“我是搜查一科的樱庭，荒川河岸的那个案子有什么新进展吗？”

所有人的视线瞬间聚焦在和马身上，目光冷冰冰的，仿佛在说，搜查一科都已经撤出这个案子了，还多管闲事干什么。

“拜托了，请告诉我，立岛的案子怎么样了？”

一位刑警走上前来，他穿着皱皱巴巴的西服，似乎有些年纪。他点上香烟，说道：

“上车吧，小哥。”

“荒哥，这样行吗？”

其他刑警说道，这位叫荒哥的男人点头道："有什么关系，大家不都是警察？"

"谢谢您！"

和马坐到了车子的后排座椅上。名叫荒哥的男人则坐在他边上。车内狭小的空间充斥着烟味。车子发动后，荒哥开始徐徐道来：

"在距离案发现场下游四公里的河岸边，有一个流浪汉的聚集点。昨天晚上，城东警署接到举报，说是那里的硬纸箱搭的小屋里面飘出一股恶臭。他们赶过去一看，在里面发现一具尸体。

"死亡的是一位男性，六十多岁，居住在硬纸箱搭的小屋里。没有任何可以证明本人身份的物品，因其生前和他人提及自己来自宫城县，所以大家都称呼他为宫先生。

"死因是肺炎，似乎是由感冒恶化引起的。但是，在小屋里找到了一块有血迹的石头。"

"难道那个血迹……"

"啊，没错，与立岛雅夫的血液一致。"

十五分钟后，一行人到达了现场。附近有一家市营的棒球场，后面是一家像是净水处理厂的场所。长满芦苇的河岸上，散布着硬纸箱搭的小屋，每一个看起来似乎都能被一阵风卷走。

"赶走过很多次，但他们还是回来，区政府也很头疼。那边不是有个棒球场吗，棒球场里的自来水可以随便用，在河里可以洗衣服，在这里住着可能很舒服吧。”

和马追上荒哥的脚步，走向发现尸体的那间小屋。小松川警署的刑警们探头进去窥视，和马在他们身后也努力地向内观望。里面空无一物，只是用来睡觉的小屋，还残留着恶臭的气味。

“肯定是了，”荒哥说道，“犯人就是住在这里的流浪汉，估计是为了钱杀的人。他先杀害了立岛雅夫，抢走了他的钱。之后自己得肺炎死了，算是报应吧。这下案子解决了。”

“请等一下，面目全非的遗体并不是立岛雅夫，而是另有他人。”

名叫荒哥的男人眼睛一闪，走到前面，抓住和马的胳膊，将他拉到离小屋较远的地方。荒哥小声道。

“什么情况？”

“就是被害人啊，之前那具遗体不是立岛雅夫，DNA 鉴定结果可以证明。”

“这是真的吗？”

“嗯，莫非您不知道这件事？”

看到荒哥愁眉苦脸地点了点头，和马继续解释下去。从曾在浅草的报纸配送站工作过的职员那里，和马知道了立岛雅夫曾经在池袋待过。今年六月，立岛雅夫突然从池袋消失，现场只剩下他常戴的帽子。从帽子上摘取的毛发与遗体进行 DNA 比对，结果显示，死者并不是立岛雅夫，而是另有他人。

“到底是怎么回事？”听完和马的话，荒哥自言自语道，“好奇怪，这个案子，总觉得有哪不对劲。喂，你过来。”

两人走到更远些的地方，直到警车旁边。

“我叫荒川，因为这个姓，我一直在荒川沿岸的各个警署不停地调来调去，我没骗你。”荒川自我介绍完后，继续道，“我是第一次听说被害人不是立岛雅夫，之前也不知道什么DNA鉴定的事。按常理说，我们这边应该会先知道的，不是吗？”

和马无法反驳，的确如此。荒川继续大发牢骚。

“原本我就觉得这个案子有猫腻。你想想看，虽然说青山的珠宝店的案子用了催泪弹，但是这边的案子过去还不到两周，就把你们搜查一科的人调到那边，从来没有过这样的事。”

“我也是这么认为的，”和马附和道，“我比较在意的是，遗体被毁得面目全非了。凶手能做到如此地步，说明他想要隐瞒被害人的真实身份，这不是简单的偷窃杀人案。”

“是啊，我意见和你一样。”

荒川又点燃一根烟。尽管他看上去是个粗俗的男人，但和马能感受到他是位优秀的刑警。荒川吐着烟圈说道：

“我是觉得案子不对劲，但被杀害的人是有前科的流浪汉。没有家人，甚至连为他掉两滴眼泪的亲戚都没有。虽然我知道不该这样说，但这案子让人提不起干劲啊。

“可是，如果被害人不是立岛雅夫的话，情况就不同了。或许被害人的亲人，正在某个地方等着他回来呢。”

时间马上到正午了，和马必须要回去参与调查青山的案子。说真心话，和马希望优先处理这边的案子，但既然已经被调走，和马也有心无力。

“我先回去了，荒川先生，如果方便，可以留个联系方式吗？”

“啊，可以。”

和马与荒川交换了名片。稍微走远一点能打到出租车吧。向荒川道谢后，和马离开了现场。

唉！小华又在叹气。从早上起来不知道已经叹了多少回气。终于到了聚餐的这一天，小华在银座的御幸街上闲逛。星期五的银座洋溢着欢快的氛围，小华的心情却并不畅快。

今天也要上班，小华和家人约好直接在饭店碰面。着装和平时一样，普通的黑裙子配一件淡紫色的衬衫。虽然母亲悦子说过让自己穿得正式一点，但如果下班回家换衣服，就会赶不及七点准时赴约了。

小华顺利抵达饭店门口。饭店位于银座松坂屋后面的一栋大楼的二层，稍不留意就很难发现它的招牌，如此低调的风格反而从侧面证明这是一家高级餐厅。走上二楼，父亲三云尊和母亲悦子正站在店外等候。父亲身着平时甚少穿的西服，母亲身穿金色和服。看到小华，悦子叹道：

“小华，我不是说了吗，叫你穿得正式一点。”

“我没时间换衣服，总比迟到要好吧。”

“行吧，对方已经在里面等了。”

三人走进店内。之前听说这家店是创意日料，店内的装潢风格更偏向法式，所有席位都是餐桌席，没有传统的日式房间。店员引导三人走到最里面的一间包间，和马的父母已经坐在椅子上等候。

“初次见面，我是樱庭。”

和马的父母站起来，郑重地进行寒暄，和马还没有来。悦子稍稍上前，优雅地低头行礼。

“让二位久等了，感谢二位百忙之中抽出时间前来。我是小华的母亲，三云悦子，这位是我的爱人，三云尊。”

三云尊咳了几声，挺起胸膛说：“我是三云尊。”

“我是和马的父亲，樱庭典和。这位是内人，美佐子。和马由于工作的关系，会稍微晚到。我们先开始吧。”

自我介绍结束后，大家一起坐了下来。从上座开始往两边按父亲、母亲的顺序就座，两家人正好对面而视。点饮品的时候，男性选择了啤酒，女性选择了红酒，小华点了乌龙茶，她担心一旦自己喝醉，就没人能应付场面了。

“三云先生，令爱真是优秀极了，之前见过她几次，给人感觉很稳重，这样的孩子现在相当少见，‘大和抚子’这个词，用在她身上再合适不过了。”

樱庭典和喝着啤酒说道。父亲三云尊回应道：

“哎呀哎呀，没有的事，我这女儿很没规矩的，如果可以的话，真想从她三岁的时候重新教育她啊。”

“没有啊，三云先生，小华——不好意思，叫得这么熟，小华是个好孩子，我的父母都很喜欢她。”

这时包间门被打开，和马走了进来，他的神情有些许紧张。

“抱歉，我来晚了，我是樱庭和马，承蒙令爱平日的照顾。”

和马面向三云尊和悦子，郑重地行礼道。悦子脸上浮现出笑容。

“和马，坐下来吧，啤酒行吗？今天不用拘礼，吃得开心一点。”

“谢谢您，那我坐下了。”

悦子一手托住啤酒瓶，用另一手挽住和服的袖子，向和马的玻璃杯中倒入啤酒。为了收集情报，悦子目前仍在银座的俱乐部工作，倒酒的动作十分熟练。

“呀，差点忘记了，”樱庭典和弯下腰，从椅子下面取出一个大纸袋，说道，“这是从新潟寄来的名酒，还请您二位收下。”

从樱庭典和手里接过纸袋，三云尊的脸色有些惊恐失措，对悦子使着眼色，像是在说“我们是不是也应该送点什么礼物？”不巧，悦子也没有想到这一点，这也是没办法的事，毕竟他们两人都缺少社会性的常识。可以从别人那里偷东西，却绝没有送礼给别人的道理。

“请、请稍等。”

三云尊似乎想起了什么，站起身来走出了包间。樱庭家的三人面面相觑，一脸惊讶。悦子急忙缓和气氛，笑道：

“别管他了，我爱人有点儿怪。话说，樱庭太太，您这件和服好美啊。”

与母亲悦子一样，樱庭美佐子选择了一件紫色的和服，头发高高挽起。

“哪里哪里，”樱庭美佐子轻轻摆手道：“您穿得才美呢。您是从哪里购入这套和服呢？”

“在日本桥，我是那家店的常客。”

听悦子讲出店名，樱庭美佐子惊讶地高声说道：“哎呀，太巧了，我这件和服也是在那家店定做的。本来对我们这种平民百姓，这家的价格贵了些，但是我的茶道老师极力向我推荐……”

“哎？您在学习茶道？我也在学啊，樱庭太太，您在哪里学习呢？”

“是里千家[1]，目前在绫小路老师那里学习。”

“太巧了吧，我也是里千家，我听说过绫小路老师。”

母亲悦子和樱庭美佐子找到了共同话题，距离一下子拉近，十分热络起来。和马开心地看着两人畅谈，紧张的情绪也消解了。

“樱庭太太，令郎太出色了。我也有个儿子，是小华的哥哥，他以电脑为乐趣，每天宅在屋里都不出来。我太羡慕您了。”

“哪里哪里，我家的女儿是个女汉子，野丫头一个，真想让她多跟小华学学呢。”

两家的母亲对端来的菜品一眼未瞧，聊得热火朝天。果然是日料

1．日本的茶道流派。——译者注

店，菜品以鱼类为主，但器皿却与传统日料店风格迥异。生鱼片配的不是酱油，而是果冻状的调味汁。每道菜都很美味。

三云尊出去十五分钟后，返回包间，手里抱着一个保温泡沫箱。

“不好意思啊，我去筑地市场买了这个。不嫌弃的话，我们配着它喝两杯？”

三云尊得意地打开泡沫箱的盖子，堆得满满的冰上，躺着五条三十厘米左右，长相奇怪的鱼。看到它们，樱庭典和不由得提高了声调。

“厉害了，这不是皮剥鲀吗？”

“让店员帮我们切成生鱼片吧，剩下的可以送给其他客人吃。喂，服务员。”

三云尊说着，抱起泡沫箱走出包间。真是的，小华叹了口气。估计是从筑地的哪家批发商的仓库里偷来的吧，真不让人省心。和马并不知道小华的心情，看着她佩服地说道：

“哇，太厉害了，叔叔真是豪爽。”

确实很豪爽，拿别人的东西装大方，这句话就是为三云尊而生的。

“诶？三云先生，您曾经打过棒球？”

“啊，算是吧，一直打到高中毕业。我在队里是一号，是中外野手。”

三云尊回到座位上，宴会再次开始。三云尊与樱庭典和聊到了共同的兴趣——高尔夫，话题又转向了棒球。

“我也是啊。”樱庭典和脸涨红地说道，喝的酒早已从啤酒换成了日本酒。“我也一直打到高中毕业。我是捕手，号码是四号。三云先生，您的年纪是多大？”

“五十一岁。”

“比我小两岁啊，那我们有一年的高中生活是重叠的。我高中毕业于练马明成大学附属高中。”

“明、明成附中？”三云尊几乎要喷出口中的日本酒。盛日本酒的酒杯也是玻璃材质，精致时髦。“我是东中野高中的。你记得吗？我上高一的时候，樱庭先生是高三吧，那年夏天，西东京大会的第二场比赛，我们应该对战过。”

“喔，当然记得了，那是想忘也忘不掉啊。我记得是我们赢了，但我不是因为比赛让人印象深刻才记得的。其实在赛前，我们放在球场的更衣室里的钱包全都被偷了，所以我才会记得那场比赛。对了，也就是说，那时候三云先生就坐在对手的队员席上咯？这可真是缘分呐。”

“还有这种事儿？那偷钱包的人也太过分了。”

三云尊若无其事地说道，但是想来肯定是他搞的鬼。高中的时候，他就已然从事偷盗。

“樱庭先生好像是打出五次二垒打吧？感觉说着说着，就想起了好多当时的事情啊。”

“我也是啊，三云先生。啊，我想起来了，有个高一学生在第九局下半场紧急上场，并且成功盗垒。哎？不会就是你吧？”

“您真是明察秋毫，正是在下。”

三云尊洋洋得意地点头道。从母亲悦子那里听说，父亲不管是遇到四环球还是死球，都以跑向垒包为自己的第一目标，理由只有一个，就是他要通过盗垒决定胜负。这人是有多喜欢偷盗啊。

“樱庭先生，下次一起去看棒球比赛吧？我有巨人队的年票。哎呀，虽然在内人面前说这话可能不太好，在观众席叫卖的女孩子真是可爱得不得了啊。”

“那太好了，我一定去。我好多年没去现场看棒球比赛了。”

两家的父亲意气相投，推杯换盏。小华夹起一块皮剥鲀的生鱼片放入口中。口感清爽，却让人回味无穷，比起精心烹制的创意菜，这生鱼片更加美味。小华无意中看向和马，他正神情严肃地盯着母亲悦子，他的视线落在悦子的手指上。母亲悦子今天盛装打扮，手指上的钻戒光彩耀眼。

“阿和，怎么了？”

“嗯？没什么。”

和马笑道，伸手拿起手边的玻璃杯。

“话说，樱庭先生，”三云尊将酒杯放在桌子上，说道，“听说你们樱庭家全都是公务员？我问一下，你是在哪个区政府高就啊？”

樱庭典和也放下酒杯。

“呃，是这样，公务员也分很多种类，我现在是在警卫相关的部门工作。”

“警卫部门？就是那个吗？保护政治家安全的特殊警察？”

“差不多吧。”

“难怪您锻炼得这么结实，根本看不出有五十多岁啊。”

“大学的时候我开始练习剑道，现在也在坚持，身体不比年轻人差。三云先生，听说您在房屋制造公司高就。”

“嗯，我办了提前退休，现在过得悠然自得。”

“太羡慕您了，我也很向往这种生活啊。”

说着，樱庭典和拿起日本酒的酒壶，给三云尊斟酒。三云尊拿起斟满的杯子，一口喝干。

“哎呀，其实，我一开始听说小华的男朋友一家子都是公务员，心里很不爽的。我总觉得，公务员都是一群头脑顽固的人，怎么可能把小华交给这样的人家呢？但是樱庭先生，你们不一样，咱们彼此聊得来，我很开心。今后也请你们多多关照。”

三云尊说着，低头行礼。樱庭典和探出身子，将手搭在三云尊的肩上。

“您快起来，我们今天不是说好不要拘束吗？来，喝酒吧，三云先生。和马，再点一壶热酒。”

和马拿起墙上的电话分机，点了一壶热酒。樱庭美佐子一手端着红酒杯说道：

“下次吃饭一定要聚齐两家人，我婆婆也很想来的。”

“那太好啦，樱庭太太，”悦子点头道，“下次一起吃饭。但是我们家的话，我的公公他天性自由，经常不在家，可能没办法出席。对吧，老公？”

三云尊回答道：

“啊，啊，是的。我父亲他有时间就去周游日本，简直就跟寅次郎[1]一样。也不知道他现在在哪，在做什么呢。对了，和马。”

突然被三云尊点名，和马挺直了腰板，“什、什么事？叔叔。”

“什么时候举办结婚典礼？”

“啊？”

“结婚典礼，我觉得早点办比较好啊。”

两家人不约而同地表示赞同。

“就是啊，和马，早点办好。”

“对啊，和马，明年春天怎么样？”

“好啊，樱庭太太，明年三月份就挺好的。”

看到这一幕，小华不由得怀疑自己的眼睛。为什么会变成这样？两家不是该话不投机，解除婚约吗？小华有一种死刑缓期执行的感觉，心情愈发沉重。本来决定今晚不喝酒的，回过神来，自己已经夺过和马的玻璃杯喝起啤酒。索性全说出来吧。我们一家子都是小偷，樱庭一家子都是警察。要是知道了樱庭家是警察世家，只怕三云尊会勃然大怒，悦子将惊恐万状，宴会被彻底破坏。但就算说了又能怎样呢？

1. 寅次郎是日本电影《寅次郎的故事》男主角，在影片中经常四处流浪。

小华没有勇气将温馨和谐的聚会瞬间毁掉，只得将玻璃杯中的啤酒一饮而尽。

“今天谢谢你们的款待。”

父亲典和从出租车的车窗中探出头道谢。聚会顺利结束，一家人决定豁出钱来打车回家，坐上了停在店门口的出租车。典和与美佐子坐在后排，和马坐在副驾驶席。司机发动汽车，和马回头透过后面的车窗向外看，三云家的几人仍站在原地目送。

“哎呀，很开心嘛。”典和露出笑容，“小华的父母比我想象的还要直爽。将来应该可以好好相处。”

“是啊，悦子真是个开朗的人，我请她下次来我办的茶会了。”

“我也和三云先生约好去打高尔夫了。但要说他是公司职员，也太不拘小节了，感觉更像是做生意的。”

“我也这么觉得。不过，没准人家就是那种性格呢。”

“也许吧，但是三云太太绝对是做陪酒工作的，那女性魅力真是了不得，她可不简单呐。”

“所以我一开始对她也有点戒心，可等我回过神，已经聊得很热络了。虽说人家是陪酒的，但是老公你别带着偏见看待人家啊。”

“不好意思，我职业病犯了。找个机会，请征信所查一查他们的情况吧。”

警察和普通人结婚的时候，最在意的就是对方的家庭环境。对方的家人、亲戚中有无犯罪者，这一点是最重要的。若是两个警察共同组建家庭，一开始就不必担心这些，能省去不少工夫。因为在录取的时候，已经被调查得很清楚了。

“和马，半年时间过得很快，别再磨磨蹭蹭了，跟小华商量下结婚的细节。”

坐在后排的典和说道。和马回答：“嗯，我知道的。”

真是一次愉快的宴会。和马本来担心大家会拘泥于礼节，搞得过于紧张，结果气氛超出预想的热烈。多亏了小华的父母。三云悦子心细如发，妙语连珠；三云尊则是大气豪爽，谈笑风生。饭吃到一半居然跑去筑地市场买来皮剥鲀，这一举动超出了和马的理解范围，至少在和马身边没有这样的男人。

结婚典礼的日子也定下来了。两家的父母在席间决定，在明年三月的第二个星期六举办，那天是黄道吉日。

“对了，”典和突然想起了什么，“星期二晚上，我在‘串好’碰到小华了，她好像和小香在一起喝酒。她们俩都是女孩子，好像相处得挺好的。”

真令人开心，母亲美佐子和妹妹小香，和马本以为最大的障碍是取得她们的同意，但今天看母亲的样子，应该是同意和小华的婚事了。如今小香和小华也相处融洽，和马再也没有任何顾虑。可以说，樱庭家所有人都喜欢小华，小华被每一个人爱着。

胸前口袋里的手机震动了。和马拿出手机一看，是陌生的号码。

按下通话键，和马将手机贴到耳边。“你好，我是樱庭。”

“是我，小松川警署的荒川。”

“啊，荒川先生，辛苦了。”

在河岸一起窥察小屋是昨天的事情，那之后两人没有联系过，和马正想主动向荒川问问情况。

“你现在在哪？”

荒川问道。和马看了看车窗外，正好左手边可以看到东京站的八重洲出口。

“我在东京站附近。”

“你能来趟龟户吗？有件事想和你说。”

“我知道了。”

挂掉电话，出租车的速度正慢慢降下来，在路口等红灯。从八重洲出口出站的行人正在过马路。

“我在这里下车。”

和马简短地说道。他下了车，消失在人群里。

和马走进店内，荒川坐在最里面的座位上朝自己挥手。这家店位于龟户站附近，有种大众食堂的氛围。店内客人不多，时间已过晚上十点，就快到闭店时间了。

“您辛苦了。”

和马说着，坐在荒川对面的椅子上。荒川一边举着一瓶啤酒自酌自饮，一边吃着生姜烤肉，没有配米饭和味噌汤。荒川站起身，走到饮水机旁，拿起杯子，又从冷藏柜里取出一瓶啤酒，动作熟练，像是常客的作风。回到座位上，荒川将杯子摆在和马面前，倒入啤酒。和马喝了一口，问道：

“案子调查得怎么样了？”

“没怎么样，”荒川一脸不悦，摇了摇头，“现在朝着无名流浪汉犯案的方向进行。”

“被害人呢？被害人的身份呢？”

“还是立岛雅夫，死者是立岛雅夫，这是不可动摇的事实。”

“这么荒唐的……”

“我也不愿意相信啊。我跟上司委婉地透露过DNA鉴定的结果，但是被他否决了，说是证据不足。”

不可理喻，遗体不是立岛雅夫，通过DNA比对结果就可以证明。和马推测，六月五日当天立岛雅夫就已经死亡，所以在河岸发现的遗体不可能是立岛雅夫。

“有人想掩盖这个案子，我只能这么想。只有我一个人觉得不对劲，其他人都在为解决了一个案子欢欣雀跃。”

“所以荒川先生，你认为有某个相关的警察在暗中牵线，是吗？”

“算是吧，不过也有可能是我想多了。你想想啊，你昨天也说了，为了抢钱，没有必要故意将他的脸毁得面目全非啊。”

“您今天为什么叫我过来？”

和马直截了当地问道，他认为荒川叫自己过来，一定有什么理由。荒川端起生姜烤肉的盘子，大口吃起来，一丝洋白菜丝都没有剩下。吃完又将杯里的啤酒一饮而尽。荒川将空盘挪到边上，认真地说道。

“其实，在距离现场两公里的地方有个物流仓库，那里的一个监控摄像头拍到一台出租车。那台出租车往现场的方向去过，时间是案发当晚九点三十分左右。”

死者的死亡推定时间是晚上八点到十点，与这个时间吻合。

“从监控录像看到了出租车的车牌号。我们查到这是一个居住在葛饰区的个人经营的出租车，但是联系不到车主。这个人不愧是干个体的，活得潇洒自在，他的爱好是钓鱼，稍微赚了点钱，就休长假出远门去钓鱼。”

今天，荒川好不容易和车主取得了联系。车主姓山本，年轻的时候是个惯偷，三十到四十岁期间，有五年在监狱里度过，出狱后在一家大型出租车公司上班。经过几年埋头苦干，终于达成心愿，成为一名个人经营的出租车司机。

“这个叫山本的司机，记得那天晚上载的那个男人吗？”

和马问道。荒川点着手中的烟，答道：

“啊，从龟户站载到了小松川的河岸，容貌也确认一致。也就是说，山本把被害人拉到了案发现场。”

“只载了被害人一个人吗？”

“是的，但是，听山本说话，总感觉他知道什么。稍微吓唬了他一下，才坦白交代。他年轻的时候，曾经见过那人几次。”

“你是说这个叫山本的司机，见过被害人几次吗？”

“啊，不会有错。在他们的圈子还小有名气。那天晚上，山本开车载到小松川的老人，是传说中的扒手之王。”

案发当晚，名叫山本的司机开车载扒手之王来到现场，之后，扒手之王便不知被谁杀害了。

“山本只知道那个人是扒手之王，他的姓名和真实身份一概不知。我想你们警视厅没准有相关信息，才叫你过来的。”

和马口干舌燥，他拿起手边的杯子，将啤酒一饮而尽。

被杀害的是真实身份不详的扒手之王，这究竟又意味着什么？

“今天晚上真开心啊，没想到和马的父亲居然是明成附中毕业的，而且高中的时候还和他打过比赛，真是缘分呐。”

父亲三云尊向后靠在沙发上，喝着红酒，眉开眼笑。一只不知从哪偷来的博美犬趴坐在他的膝头。

“比赛前偷走钱包的是爸爸吧？”

听小华如此说，三云尊豪爽地笑道。

“当然了，他们队可是集结了仅凭棒球就能取得保送资格的实力选手啊。我们这边只是弱小的公立学校，我想给他们来一个精神上的打击，挫挫他们的锐气，结果我们还是输了。喔，老妈，你来得正好。”

祖母三云松走进客厅。悦子正在浴室洗澡。父亲对祖母说道。

“老妈，你听我说，明年三月，小华要结婚了。对方是个好青年，小华看男人的眼光真是继承了她妈妈。”

“是吗？太好啦，小华。”

三云松笑得眼角的皱纹都堆在一起，是发自内心地为小华高兴。最近这段时间，三云家一直被阴霾笼罩，全家人很久没有这么开心过。但是父母还不知道，樱庭家是警察世家。

“谢谢您，奶奶。”

小华心事重重，仍对三云松挤出笑脸。三云松看着厨房的方向问道：

“你们俩肚子饿不饿？要不我做个茶泡饭吧。”

“是啊，”三云尊回答，“晚上光顾着说话，几乎没怎么吃，还真有点饿了。小华，你有什么想吃的吗？”

晚上吃的净是些生鱼片之类清淡的食物，小华现在想吃点油腻的。

“拉面，我想吃拉面。”

祖母歪头道：“好像还有方便面……”

“速成食品不行，”三云尊把膝上的博美犬赶下去，仿佛宣告一般郑重地说道，“想吃就吃，这是三云家的传统。等我一下，小华。”

说罢，三云尊走出客厅。玄关处传来大门关上的声音。

“小华，你的男朋友是什么样的人？”

祖母问道。小华答道。

“比我大三岁，是个公务员。”

“嗯——这样啊！能顺利就好啦。”

三云松嘴角露出笑意，目光坚定，似乎在为前途多舛的孙女担心。小偷的女儿和一个正直的男人将要走到一起，祖母也很不安。

“奶奶，您和爷爷是什么时候认识的呢？”

“怎么了，突然问这个。以前的事我都忘啦。”

“有什么关系嘛，告诉我吧。”

“我 22 岁，你爷爷 24 岁的时候。”

24 岁，那时祖父已经大学毕业了，祖母并不了解祖父的大学时代。

“爷爷他是上过大学的吧？明成大学那可是一流大学呀，为什么从那么好的学校毕业，爷爷还要去做扒手呢？”

“为了继承家业，他是这么说的。他为扒手这个职业自豪，但另一方面，他想断掉三云家这个不好的传统。所以你和阿涉都能过着自己想要的生活。你爷爷只是将他浑身的功夫都教给你们，在此基础上，让你们选择自己的人生。”

自己的人生。不久前，小华还有一个十分坚定的目标，那就是与和马结婚，构筑一个幸福的家庭。但是现在这个目标已经冰消瓦解，小华仿佛漫无目的地漂浮在海上的幽灵船。

“久等了。”

话音未落，三云尊走进了客厅。不到十分钟时间，三云尊两手端着拉面碗回来了。虽然不知道从哪偷来的，但这速度不由得让人拍手称赞。他嘴里叫着“烫、烫”，将两个碗放在桌子上。盖在碗上的保鲜膜已经因为附了一层水珠变成了白色。

“开吃吧，小华。”

三云尊掰开一次性木筷，对着拉面吹着气。小华也掰开了筷子，揭开保鲜膜，拉面的香味飘满了房间，是叉烧面。

“啊，哥哥，你什么时候……”

小华这才注意到哥哥阿涉正襟危坐在沙发一角。小华很久没有见到阿涉了，他仍然穿着高中时的运动衣，胸口贴着写有“三云”的名牌。阿涉的手中拿着空碗和筷子。

“阿涉，你的鼻子倒是够灵的，”三云尊叹道，“但我也不会分给你的，俗话说，‘不劳动者不得食’啊。”

“没事儿，哥哥，我分给你吃，我一个人吃不完。”

小华拿起碗，向阿涉的碗里挑面，又倒入一些汤。于是，三云尊咂了下舌，也分给阿涉一些面和汤。“谢了。”阿涉简短地道谢后，开始吃面。三云尊边吸着面边说道：

“阿涉啊，你妹妹明年三月就要结婚了。怎么样？你会不会很孤单啊？”

阿涉没有回答，只是沉默地吸食着拉面。

“小华，别看你哥现在这个样子，以前他很关心你的。幼儿园的时候，他为了保护你没少挨小朋友打，现在是一点看不出来了。”

是这样吗？幼儿园的事小华一点不记得了。阿涉的脸颊有些红晕，不知是害羞，还是拉面的热气熏的。三云尊继续说道：

“喂，阿涉，你也有点当哥哥的自觉。专心靠自己的能力养活自己吧，是男人就出去偷。”

“哎呀，好香的拉面，”身穿浴袍的悦子走进客厅，“老公，给我也来点儿拉面嘛，光顾着和美佐子聊天，都忘了吃东西了。”

“不行，这是最后的两碗。”

“别这么小气嘛，真是的。”

“悦子，茶泡饭的话我马上就能做好，你吃吗？”

“不用啦，母亲，劳您费心了。”

好热闹！小华已经十分习惯这样的场景，现在她不得不想得长远些。三云家和樱庭家，两家人汇聚一堂，自己本担心是否会发生意外，如今看来是杞人忧天了，但不好的预感并未能彻底拂去。

小华听到了狗叫声。博美犬正趴在脚边，抬头看着自己。小华感觉它似乎快要看穿自己的心思，将视线从博美犬身上移向了别处。

第二天是星期六，和马比平时提早出门。他想在上班前见小华一面，为昨晚的聚餐当面致谢。聚餐在友好的氛围中结束了，父母虽然没有强硬地逼迫，但已经定下了结婚仪式的日期，必须要开始准备了。

和马向月岛的住处走去，他想在小华出门前见到她，一起去咖啡馆喝点东西。仔细想想，自己从未在白天去过小华家。两人总是约在月岛站碰面，只有偶尔约会回来晚了，才会把小华送到家门口。

来到小华家门口，和马觉得十分奇怪。房子比想象中荒凉许多，窗户上没有装窗帘，说是空房子也不为过。按下门铃，不知是否坏掉了，并没有发出声音。

什么情况？和马心中越发不安，小华没有住在这吗？和马目睹过好几次小华走进屋子的玄关，最近一次是带小华回家那天。那晚，小华下车后，不是毫不犹豫地进去了吗？

和马四下看看周围，时间还早，只有急着上班的公司职员们。慎重起见，和马拽了下玄关处的屋门，是锁着的。他谨慎地绕到房子后面。

院子里有片小草坪，杂草丛生，几乎和高尔夫球场的杂草一样高。和马凑近没有窗帘的大窗户，向里面看去。

空空如也，墙边摆着几个瓦楞纸箱，除此之外什么都没有，毫无疑问这是一间空房。

和马如坠雾中。从房子的状态来看，一点不像有人居住的样子，也就是说，小华是假装住在这里的。但她为什么要撒这样的谎呢？是否和昨晚见到的小华的父母有关？小华究竟住在何处？对恋人都要隐瞒自己的住所，这又是为什么？

窥探片刻，和马意识到这样子也是徒劳，离开了窗户。

和马的额头渗出了汗珠，不是因为天气热，而是受到了冲击。自己的恋人说了谎——谎报了自己的住所。为什么？和马在心中呐喊。他从上衣的口袋里拿出手机，在通讯录里找出小华的号码。他想拨通小华的电话，却又犹豫了。

和马感到恐惧。小华究竟在哪里，和谁一起生活？他想知道这一切，快要发疯了。莫非她和其他男人住在一起？脑海中瞬间闪过这样一个念头。不会的，小华不可能这样做，交往了一年左右，她肯定是爱着自己的，这点自信还是有的。但这个情况要怎么解释？小华本应住着的房子，并没有人住。

回过神来，和马走到了玄关前面。他感觉有人经过，便转头看去。一位五十多岁的妇女提着半透明的垃圾袋从身边走过。将垃圾袋放在垃圾站后，她转身向回走。看到她正走向与小华家隔着两栋房子的屋门口，和马追了过去。

“大早上的，打扰您了，可以占用您一点时间吗？”

妇女露出惊讶的表情，停下脚步。和马拿出警察证，给她看过警徽，说道。

“我是警察。那个，我想打听一下，跟您家隔着两栋的那个空房子的事。”

看到警察证的瞬间，妇女眼睛亮了起来。

“哎？什么？怎么了？发生什么案件了吗？”

“不是的，最近，闲置的空屋已经成为社会问题了，您了解吗？犯人会利用空屋进行犯罪，所以我们需要准确掌握这一片区内空屋的情况。跟您家隔着两栋的房子里，以前是姓三云的一家人在住，对吗？”

听和马这样问道，妇女点点头。

“嗯，是的。五年以前吧，他们一家突然搬过来，住了一年左右，又搬走了。搬走的时候匆匆忙忙的。”

“家庭情况您清楚吗？他们家有几口人呢？名字您还记得吗？”

“嗯…爷爷叫岩，岩窟王的岩。然后奶奶是叫松子，不对好像是松惠……”妇女掰着手指数了起来，“然后爸爸叫尊，妈妈叫悦子，还有女儿叫华，他们好像还有一个儿子，但我没有见过，也不知道他叫什么。他们一家人不怎么和邻居打交道，我们对他家的印象不算太好。”

姓名几乎吻合，三云家曾在这里住过是不可动摇的事实了。

“昨天晚上，我在这一带巡视的时候，看到一位女性从那个房子里出来，那应该是三云家的女儿吧。”

“那不可能，警察先生，”妇女笑着否认道，“我听说，偶尔这家的爷爷会回来过夜，小华是不可能回来的。要是她回来了会和我打招呼的，她是这家子唯一的正经人，见了人会好好打招呼，是个可爱的女孩子。”

听到这里，和马想起之前的几件事情。在青山的古董街上的咖啡店里，三云悦子曾经说过，三云夫妻目前住在都内的宾馆，正在准备买公寓。昨晚三云尊说过，小华的爷爷只要有空就会周游日本。都是什么跟什么啊，完全不懂。和马不知道哪句话该信，哪句话不该信。

“可以了吗？警察先生。”

看到妇女想要进门，和马道谢道：

“谢谢您的配合。有关这个空房管理的事情，我还想问一下，您清楚三云家搬到什么地方去了吗？”

“不好意思啊，我也不清楚。”

“这样啊，耽误您这么长时间，真的很抱歉。”

妇女向玄关走去。和马看着她的背影，将警察证装进上衣的口袋里。突然他的手指碰触到口袋里的一件物品，那是一张照片，案件发生以来，和马一直贴身带着。这张照片上的人是河岸边发现的死者——立岛雅夫。照片来自警视厅的数据库，但和马通过调查已然知道那并不是立岛。根据小松川警署的荒川查证，被害人真实身份未知，只知道他是传说中的扒手之王。

和马也说不清为什么会这样想，也许是直觉吧。之前也有几次，和马将原本看似无关的两点连接起来，将搜查引向了意想不到的方向。

“抱歉，再打扰您一下。”

和马跑向妇女身边，从上衣口袋拿出照片，问道。

“您对照片中的男性有印象吗？”

“啊？这张照片吗？”妇女被和马的气势所压迫，战战兢兢地看着照片，“看起来很年轻，但应该是三云家的爷爷，三云岩，不会有错。”

“真、真的吗？”

“啊，嗯，不会错的。但是警察先生为什么会有三云家爷爷的……”

和马已经听不到妇女在说什么，他甚至忘记道谢就离开了，耳边嗡嗡作响。

和马感觉脑袋被人打了一拳。河岸边被杀害的人是小华的祖父，并且，如果出租车司机山本说的是真的，那么小华的祖父就是传说中的扒手之王。

手机响了，刚刚就一直在响，已经响了十多次了。和马按下接听键。

“我是樱庭。”

“樱庭，你搞什么啊？你现在在哪啊？喂！”

打来电话的是卷荣一，已经接近上午十一点，和马第一次无故缺勤。

“对不起，卷哥，我不太舒服。”

“那你也要事先说一声啊，组长也在担心你呢，还以为你出什么事故了。”

还不如出事故呢，和马心想，被送到医院或许更轻松。

“我去和组长解释，你今天休息吧，樱庭。”

“不，下午我就过去。”

“你不是身体不舒服吗？休息一天又不会遭报应。”

“没关系，我下午过去。”

和马挂断了电话，将手机放入上衣口袋。下雨了，和马没有带伞。他坐在路旁的护栏上，抬头望天，天空乌云密布。

和马来到四谷的小华工作的图书馆门前。他在图书馆前面的护栏上坐了两个多小时，一直看着图书馆的入口处。今天是周六，一大早就有带着孩子的母亲络绎不绝地进入图书馆，入口旁边的自行车停车点甚至没有空位了。

一个男人从和马面前走过。他打扮不修边幅，表情却十分开心。他手中提着一个纸袋，走进了图书馆。

雨势渐大，和马从栏杆上站起身，来到自行车停车点。尽管车棚为他挡住一些雨水，但和马已经淋得像落汤鸡一样。

和马感觉自己惨不忍睹，他想起了以前小香曾经说过的话。哥哥的眼睛是瞎的，正如她所言，女朋友谎报了自己的住处，根本都不知道她住在哪里，月岛的空房子不过是障眼法罢了。

小华想隐瞒些什么？恐怕是她祖父的事情。她的祖父是扒手之王，小华想要隐瞒自己的亲人是犯罪者，合情合理。但是，和马不能理解，祖父被害，并且要以他人身份下葬，小华会做何感想。

现在想来是有征兆的。第二次小华来到和马家那一晚，送她去车站时，她对小松川的河岸发生的杀人案表现得很感兴趣。也许，小华那时就已经知道死者是自己的祖父。虽然没有依据，和马却笃定地这样认为。

话说回来，先说谎的其实是自己。不得不承认，没有告诉小华自己是刑警，还和她交往，自己的确有错。但是小华也欺瞒了和马，她隐瞒了家人的事，还隐瞒了真实住址，就连祖父去世这样的事情都没有告诉自己，这是彻头彻尾的背叛。

和马想当面向小华问清楚，所以来到了这里，但如今，他无论如何也没有走进图书馆和面对小华的勇气。他有种预感，见到小华的那一刻，一切都会结束。并且，和马不能保证自己见到小华还可以保持冷静。

图书馆里走出一个男人，正是刚才一脸开心地走进去的那个人。他走向了与和马所在的停车点相反的方向。一瞬间，和马看到他的表情有些落寞，手里提着和进去时一样的纸袋。

和马既想当面质问小华，又胆怯地想就这样回去。

雨越下越大，和马感到浑身发冷，不停地用胳膊摸搓身体，牙齿咯哒咯哒地打战。

正值秋天的读书季，小华所在的图书馆也为读者们准备了丰富多彩的活动，今天也有很多读者来馆，十分热闹。

“三云，有客人找，在借书柜台等你呢。”

小华正在整理昨晚归还的图书，同事突然对自己说道。小华跑着来到借书柜台，看到扒手近藤站在那里。

“哎呀，大小姐，我经过这附近，想说来看看你呢。”

近藤腼腆地说。小华抓住他的胳膊，将他拉到墙角。

“不要擅自来找我啊，近藤先生。还是说，又发现什么了吗？”

近藤有自己的思量，以自己的方式暗中调查着三云岩和樱庭和一的关系。他摇头道：

“没有，什么都没查到。”

“真是的，我上班也很忙的。”

“这个，你收下吧，”近藤递过来手里的纸袋，“这是在浅草的一家老店买的点心，排队都很难买到的，很好吃的。”

“这不会是偷来的吧？”

“为、为什么你……”

近藤明显慌了。真是个好懂的人，小华把纸袋塞到近藤胸前说道。

“我不能收，要是没事的话，您请回吧。”

说罢，小华离开了。走到一半，她回头看到近藤走向出口，留下失落的背影。小华回到工作中，继续整理书籍。没过五分钟，另一位同事找到小华。

“小华，有客人找你，在借书柜台等着呢。”

又来了！小华烦躁地站起身来，其实不过是点心而已，应该收下的。小华跑到借书柜台，等在那里的不是近藤，她不由得怀疑自己的眼睛。

“阿、阿和，你为什么在这里……”

看到小华，和马咳了几声，说道：

“我有话想对你说，可以占用你一点时间吗？”

“但是我还在上班……”

“我有很重要的事。”

和马强行拽过小华的胳膊，带她出了图书馆。正在进门的主妇们抱着孩子，纷纷讶异地望着两人。

和马松开了手，停下脚步，两人站在自行车停车点前面。雨一直下，小华没穿外套，感觉有些寒意。她注视着和马的脸，他的表情十分苦恼，连小华都不由得不安起来。

“小华，我想向你确认一件事。”和马终于开口，表情依旧很僵硬，“你的祖父叫三云岩，没错吧？”

为什么会提到爷爷？而且和马应该不知道他的名字的。被疑问驱使，小华答道：“嗯，没错。”

“两个星期前，荒川的河岸上发现一具老年男性的遗体。我和你讲过这个案子的事，你记得吗？”

“呃，嗯，大概记得。”

“一开始，我们认定被害人的身份是立岛雅夫。但是，我一直心存疑虑，前后查了很多。立岛雅夫原本是池袋的流浪汉，很有可能今年六月就已经死亡。一个人不可能死两次，也就是说，荒川的那具遗体不是立岛雅夫。”

“等一下，”小华忍不住打断和马，“阿和，你在说什么？搜查的事？为什么要和我说这些？我不懂你的意思。”

不，小华再懂不过，她只是不愿再听下去。她不知道和马的口中会说出什么，因而惶恐不安。

“我、我先回去了，还有很多工作。”

小华转过身去，却听得和马的声音从背后传来。

“在荒川的河岸发现的那具遗体，是三云岩，是你的爷爷。你知道的，对吗？”

小华哑口无言，呆立在原地。掉在额头的雨滴滑落到脸颊，却没有任何感觉。

和马抬高了音调继续说。

“你不要再说谎了，小华。我已经知道了，你根本不住在月岛的房子里。你到底住在哪啊？你究竟是什么人啊？”

和马的声音已近乎叫喊。小华一言不发，只能僵硬地站在那里。

“我都知道了，三云岩是传说中的扒手之王，专门在警察眼皮底下钻空子的犯罪者。小华，你是他的孙女，我说错了吗？喂，小华，你倒是说话啊。”

小华什么都没说，在雨幕中跑回了图书馆。回头看去，和马没有追上来。

Chapter 3 不请自来的小偷

一切都结束了，小华心想。祖父的事情既然已经暴露，那一切都完了。应该早点抽身的。说自己喜欢上别人了，或者说要搬家了，借口要多少有多少。还没说出口就演变成今天的局面，小华认为这是自己的责任，后悔不已。

“哎，小华，你还没走呐？”

“呃，嗯。我正准备回去呢。”

一位同事搭话道。早已过了下班时间，小华仍坐在自己的位子上没有动身，她还不想回家。

“打起精神，小华，会和好的哦。”

同事如此鼓励道。白天，两人在图书馆外面交谈的事情已经在馆内传开了。大家都在议论，小华是不是被男朋友甩了，但小华一点也不在意其他人怎么看。

交往一年有余，应该会和这个人结婚吧，小华是抱着这样的心情和和马交往的，并且她认为，和马也是同样的心情。两个星期前，和马突然提出去见家长的时候，的确被吓到了，但内心也是有点小开心的。因为小华真切地感觉到，这个男人是认真的。但是，从知道他的家人，以及他本人都是警察之后，今天的决裂就已经注定。

“那小华，我们先回去了。”

小华目送同事走出房间，缓缓地站起身来。时间已过晚上七点，平时这个时间早已闭馆了，但为了准备周末的活动，还有几个同事在加班。

小华从图书馆的便门出来，雨还没停。她才想起自己把伞忘在馆里，瞬间有点想哭。雨不大，走到车站也只要五分钟，小华没有返回拿伞，径直朝车站走去。

果然我是无法正经谈恋爱的，小华淋着雨水，边走边想。毕竟自己是小偷世家的女儿，像普通人一样恋爱、结婚，想都不要想。更别说对方是刑警了，结婚简直是痴人说梦。

对面跑过来一个像是公司职员的男人。他没有打伞，将公文包举在头顶挡雨。男人的胳膊蹭到小华的肩头，小华失去平衡，在柏油路上摔倒。男人没有道歉便跑了。平时的小华是完全可以躲开的。她慢慢站起来。

小华感觉头顶没有雨滴落下了，抬头一看有一把伞。小华回头，樱庭香就站在身后。

“小、小香，你怎么在这里？”

小香腼腆地笑道。

“上次不是你付的钱嘛，我是来还钱的。”

前两天一起去烤串店的时候，小香喝得大醉，最后是小华付的钱。

“哎……不用特意跑来的。”

“没关系，反正也要回家嘛。不过你脸色怎么这么差？身体不舒服吗？”

“没有啦。”

小华想起第一次见到小香的场景。那是小华第二次去樱庭家拜访，小香突然问自己交过几个男朋友，讲话过于直率，让自己好生为难。小香是樱庭家里最水火不容的人，这是对她的第一印象。然而，两人一起去了健身房，还去烤串店喝酒，小香竟成了樱庭家里和自己交往最密切的人。缘分真是奇妙。

小香和小华并肩而行。小香撑的伞像是男性用的大伞，罩住两人都没被淋到。小香身高一百七十厘米左右，走在一起更能显出她的身材高大。血缘关系撒不了谎，她的长相与和马十分相似。虽说还没到让小华错以为是和马的程度，但的确让小华想起与和马一起漫步的场景。

小香收起伞，两人步行至通往地铁站的台阶处。小华正要下台阶，小香说道：

“喂，等一下。”

“啊，不好意思，钱的事你不要客气了，就当做是我请客吧。”

“不是啦，你过来一下。”

小华走回去，沿着小香的视线，她看到路对面一家大型连锁咖啡馆。

“别看我这个样子，我也算是警察，怎么可能放着一个一脸郁闷的女孩子不管呢？我们去喝点热的东西吧。”

说着，小香撑开伞，向人行横道走去。小华犹豫了一秒，慌忙追了上去。

“听说昨天的聚餐很成功啊，我妈和我爸都很开心。结婚日也定了？真是顺顺当当呀，没想到你要成我的嫂子了。”

两人坐在咖啡馆窗边的位子上。小华点了红茶，小香则要了杯低脂牛奶。可能是为了避雨，店里有些拥挤。

“今天早上我家又开会了——我家一有什么事，就开家庭会议。今天的主题是关于我大哥结婚的，大家都投了赞成票，一致同意。你获得了我们全家的认可。”

这时女服务生走过来，将饮品放在桌上。小香等她走后，继续道：

“话说，你表情好阴沉啊，莫非你已经开始了，那叫什么，婚前忧郁症？”

“不是的，”小华往红茶中倒入牛奶，“真的对不起，小香，其实……其实告吹了。”

“告吹了？什么告吹了？”

“就是我们结婚的事，我们结不成婚了。”

“怎么回事啊？突然是怎么了？为什么会这样？难道我哥他劈腿了？但是我哥不像会做出……”

“不要问理由了，责任全在于我。”

事出意外，小香张大了嘴。小华逃避着她的视线，瞅着面前的杯子，端了起来，喝了一口红茶，调整好心情问道：

“倒是小香，你怎么样了？”

“什么事？”

“松田的事啊，棒球部的队长松田，你们一起去吃饭了吗？”

“其实，”小香露出难以启齿的表情，“我们昨天去的，我爸妈不是去聚餐不在家嘛，我们约好在涉谷见面，然后一起去吃饭。”

“这不是很好嘛，有什么进展吗？”

“也谈不上进展吧，反正我们约好下周六去看棒球比赛。不过不是职业棒球，是少年棒球。松田他在做少年棒球的教练，我去加油。”

“这是很大的进展呀。”

“是、是吗？”

“当然啦。”

小香面色绯红，有些害羞。小香在女性中属于肌肉比较大块的，但面庞像和马一样清秀，是个美女。松田常去健身房，又做少年棒球的教练，是彻头彻尾的运动型男。两人意外地很相配。

“先不说我了，问题是你，”小香拉回了话题，“为什么？为什么吹了？我搞不懂啊。”

“我说了，责任在我，其他的我也不能多说了。”

小华心想，迟早都要暴露，但绝不能从自己口中说出来。就算现在说出真相，小香也不会相信。我们一家人都是小偷，听到这话也只会笑着当耳旁风吧。

“果然如我所料。”小香点头道。小华好奇地问：“如你所料，是什么意思？”

“我隐隐约约感觉到了，你隐瞒了什么。第一次见你的时候，我就觉得你和我是完全不同的类型，就像两个极端。你看呐，你跟我不一样，又认真，又成熟，还在图书馆上班，和我正相反。”

的确如此，小华对小香也有同样的想法。小香强势，喜欢锻炼，还是一名警察，和自己完全是两个类型。

“但是呢，我慢慢开始怀疑你的真实身份了，总觉得你还有另一副面孔。或许你的本性和外表正相反，跟我是一类人。我能看得出来，我从小就练柔道和空手道，对峙的时候，我能看穿对手实力有多强。多年的经验和直觉告诉我，你，不是一个简单的女孩子。”

说到这里，小香喝掉一半杯中的低脂牛奶，用指甲擦去嘴角的痕迹，继续说道。

“我不清楚你是哪里不简单，但是你散发出来的气场就不一样，像是站在某个领域顶端的人。我们全家人都没有发现，当然，我哥也没有。他虽然脑子好使，遇到恋爱，眼睛就是两个窟窿，瞎掉了。”

不，除了小香还有一个人，樱庭和一。小华感觉他也知道些什么，但她默不作声，继续听小香讲。

“所以，从开始我就觉得你和大哥可能不会顺利。你既然不想说，那可能是心中有愧吧。但是，我还是想支持你，我不讨厌在逆境中还能迎难而上的人，我想为这样的人加油。”

“小香……”

“虽然我也不知道自己能做什么。”

小香的嘴角掠过一丝笑意，将剩下的牛奶喝光了。她把手提包挂在肩上，站起身来。

“今天我来付钱，我先回去了。”

拿起账单，小香向收银台走去。小华起身，向她的背影深深鞠了一躬。这份心意让小华很开心，但这问题不是靠小香的支持就能解决的，答案从最初就已经注定了。

窗外，雨势依然连绵。

“这雨还真是下个不停啊，明天能放晴吗？”

卷荣一抬头看天，嘟哝着。和马他们来到了新小岩的一家弹珠机店前。雨幕中，各色霓虹灯闪得晃眼。此刻刚过晚上八点。到访新小岩的原因，是因为青山的珠宝店抢劫案有了新的突破。

将案发现场周围的监控摄像一个不漏地翻查之后，调查员发现在案发两周前，有可疑车辆在距离现场一公里处的路边连续停了三天。搜查本部认为，这极有可能是窃贼团伙用来踩点的车。通过比对画面中的影像，警方查到了这辆车的车主。车主是一名留学生。经调查，他三年前来到日本，已经从语言学校退学，一年前有了一定的名声。根据此人的朋友所述，他和一些可疑人员有来往。

今天傍晚，搜查本部获得一条新线索。提供者是嫌疑人在语言学校时期的一位好友，几天前曾协助调查。提供者说今晚他约自己吃晚饭，见面地点是新小岩的弹珠机店。目前，这位留学生朋友已经在店内等候，嫌疑人却还未现身。

“喂，樱庭，你有在听我说话吗？”

“不好意思，什么事？”

“我在问你雨要下到什么时候。”

“我不清楚，今天没看天气预报。”

和马自己也感觉到无法集中注意力在搜查上。今天上午，和马去四谷的图书馆当面质问小华，小华狼狈不堪。和马确信，她是有意对自己隐瞒了许多事情。

究竟是为什么？说实话，和马一筹莫展。在荒川的河岸发现的死者，是名叫三云岩的扒手，小华正是他的孙女，简单来说就是这样。但如今小松川警署的搜查本部认定死者是名叫立岛雅夫的流浪汉，凶手则是死在下游的硬纸箱小屋中的无名氏，准备结案。现在，只有小松川警署的荒川和自己两个人知道三云岩的存在，假设现在告诉搜查本部这件事，也只会被训斥不要多管闲事。

最头痛的还是小华，和马已近乎放弃了，从在图书馆见到小华那一刻起，他已经模糊地感觉到，两人要结束了。

不过，并不是一丝希望都没有，没有充足的证据证明三云岩是扒手之王，只有开出租车的山本一个人这样说。

首先要找到能证明三云岩是扒手之王的证据，这是和马想破脑袋得出的结论。查清楚三云岩的真实身份，了解他的为人。这样一来，他被人杀害的理由、被谁杀害，事情的真相自然会水落石出。

但是三云一家也实在让人费解。祖父三云岩被人杀害，为什么还能平静地设宴款待？难道他们不知道三云岩遇害了？和马曾这样想过，但看到今天小华的样子，他推翻了这个想法。小华和三云家的其他人，都清楚地知道三云岩遇害，也知道他将以一个陌生人的身份下葬。为什么三云家丝毫不声张？这是和马最为疑惑的一点。

“一个男人从车站的方向往这边靠近，应该是他。”

左耳的耳机里忽然传来其他搜查员的声音，和马扭头向车站方向，看见一个男人打着伞走过来。伞挡住了男人的脸，没有看清长相。男人径直走进弹珠机店。

“A 组的两个人，进去确认身份。”

现在共有 8 名搜查员在这里，4 人一组，分别埋伏在店的正门和后门。和马他们是负责正门的 A 组，卷荣一和另一位搜查员假装成客人走进店里。

三分钟过去了，和马一直紧紧握着伞柄，耳机里终于传来了卷荣一的声音。

“是他，没错，他和朋友一起往后门走了。”

后门，就是说不会走正门了。以防万一，和马没有放松警惕，紧绷神经，专注地听着耳机里的指示。

“被发现了，正门，A 组，正门。”

和马一下子紧张起来。进入店里的两人还没有回来，意味着正门只能靠剩下的两人。和马与另一位搜查员对视。这位搜查员与和马平时分属不同小组，比和马早两年进入搜查一科，是和马的前辈。

自动门开了，男人走了出来。前辈一手拿着特殊的警棍靠近，对方突然用手中的透明雨伞猛打过来。前辈被偷袭，痛得跪在地上。嫌疑人扔掉皱皱巴巴几乎折断的雨伞，转身要逃。和马站到他的面前，堵住去路。

对方双眼充血，做出什么都不足为奇。他的右手突然亮起匕首的光。和马从手枪皮套里拔出手枪，虽然他还没有在实战中开过枪。

对方挥舞着匕首接近，由于兴奋，他的表情充满了蔑视，仿佛在说，反正你们警察不敢开枪。

和马半蹲下来，做好开枪的准备姿势，用拇指拨开保险装置。对方听到声音，大惊失色。和马将食指扣在扳机上，忽然局势发生了变化。

一个黑影从对方的背后蹿了上来，是卷荣一。他使出一记扫堂腿，将嫌疑人摔倒在地，直接对着他的脸狠揍几拳。前来支援的 B 组的搜查员一拥而上，瞬间将他制服。

“卷哥，谢谢你帮我。”

和马跑到卷荣一身边，卷荣一喘着粗气说道：

“不用谢，不过，樱庭，有件事你要如实回答，你是不是有女朋友？”

和马笑了，在这种时刻还能开玩笑，的确是卷哥的风格。

“没有啊！准确地说，曾经有过，已经分手了。”

小华的面庞浮现在脑海里，挥之不去。和马像是要甩掉这一切，拼命摇头。

对嫌疑人的审讯进行到了深夜十一点。和马没有参与，一直在赤坂警署的一个房间待命，消息不断传来。

他三年前来到日本留学，进入了都内的一所日语语言学校。不久，迷上了赌博，为了赌博，他不断借钱最终走投无路，学费也付不起，只得退学。这时，在常去的麻将馆，一个男人与他搭话，男人跟他是同乡，请他去帮自己干点活。

第一次，他们抢劫了千叶县的一家电器城的仓库。半夜，这群人砸毁门锁闯入仓库，洗劫一番后，将偷走的家电装上了卡车。这些家电被一个同伙卖给了专门买卖赃物的下家。做完这次，他分得了 100 万日元。其中一个同伙劝他买辆二手车，于是他用这笔钱买了一辆二手轻型汽车。

他们以三个月一次的频率抢劫关东地区的电器城仓库。除了他还有三个同伙，他记得三人的名字，刚开始审讯便全招了。但他们使用假名字的可能性很大，想要锁定嫌疑人极其困难。

大约一个月以前，这伙人决定抢劫青山的珠宝店“Brimarry”。一个同伙提出要回国，想趁最后的机会干一票大的。经过踩点，他们确定在开店前一刻动手。店员都是女性，不会构成威胁。终于到了实施的那一天。

“嫌疑人是司机，负责在店门口放风，另外三个人在店里抢完以后，载着他们逃跑。”

卷荣一在旁说明。他听完审讯，如此解释道。

“催泪弹的入手途径还不清楚。这人只是负责开车的，在这伙人里就是被使唤的小喽啰。他手机里还有同伙的电话号码，但都无法接通。踩点用的车是他购买的轻型汽车，为了在事情败露的时候，可以直接舍弃，他们才让这小子买的车。不过这家伙说了一些很奇怪的事。”

看到卷荣一困惑不解的表情，和马问道。

“什么奇怪的事？”

“啊，他们偷来的珠宝被其他人抢走了。”

他的供述是这样的。抢劫得手后，一伙人开小货车逃跑，来到麴町的立体停车场。他们计划在这里换车继续逃。

“正准备换车的时候，两个黑衣人拿走了珠宝。他是这么说的。”

只差换车逃跑这个步骤，这伙人竟在这里大意了。两个黑衣人动作十分敏捷，用催眠喷雾，让他们一个个进入睡眠状态。两个小时后，他们睁开眼睛，原本堆满的珠宝仿佛长了翅膀，消失得无影无踪。一定是那两个人偷的。

“我记得，从麴町的立体停车场的那辆车上，检测出了安眠药的成分？”

听和马如此问，卷荣一点了点头。

“是的，与嫌疑人的供述吻合。但他的话也不能全信，明天还会对他继续审讯。”

今天的搜查行动到此结束。和马与卷荣一走出房间，乘电梯下楼。电梯厢里，卷荣一突然想起了什么，说道。

“对了，根据那人的供述，从那群家伙手里偷走珠宝的两个人，其中有一个好像是女性。”

“女性吗？依据是？”

“也不是什么大事。被喷睡眠喷雾的时候，他挣扎了几下，他的手碰巧触到了其中一人的胸口。触感柔软，是女人的胸部，那家伙是这么说的。”

“那是男女二人组了？”

“还不清楚。哎呀，今天也工作到这么晚。”

电梯到了一层，卷荣一伸着懒腰走了出来，和马紧随其后。和马的脑海里浮现出昨晚见到的三云悦子的身影。

昨晚，三云悦子左手的无名指和右手的中指戴着戒指。和马注意到她右手中指的那枚戒指，正是与小华一起去“Brimarry”的时候，店员拿出来的那一枚，以四叶草为原型设计的秋季新品，因而印象深刻。

不会吧。和马苦笑着，驱走了脑内的画面。霎时间，脑海中又出现了身穿黑色紧身衣的三云悦子的形象。这不可能，她不是也去了珠宝店吗，可能是她自己买下的吧。

“樱庭，你在干吗？快点走了。”

“来了，卷哥。”

赤坂警察署的一层大厅已没有人影，只有两人的脚步声回荡在整个大厅里。

“我回来了。”

小华说着，脱下鞋子。已经夜里 11 点多了，小华在咖啡馆坐了将近 3 个小时。她懒得回家，在咖啡馆打发时间，顺便等雨停。

“怎么这么晚啊，小华。”

走进客厅，父亲三云尊还没睡，脸色涨红，像是喝了不少红酒。电视机上和往常一样播放着电影《海洋 12》。

“跟和马约会了？”

“没有。”

小华径直向自己房间走去，三云尊叫住了她。

“等一下，小华，你看这个。”

沙发上立着两幅画，一幅描绘了秋季的田园风光，另一幅画着一位裸体女性。三云尊抱着胳膊，看着两幅画说道。

“你觉得哪一幅好？”

“什么？”

“那还用问，当然是送给樱庭家的画了，作为你加入樱庭家的纪念。米勒和雷诺阿，我想从这两幅里面挑一幅。小华你觉得送哪个好？说说你的意见。”

“别闹了。”

“你说什么？”

“我说你别再闹了。你疯了吗？拿偷来的画送礼？没常识也要有点限度吧！这是挂在美术馆展览的画啊，对方收到也不会开心的，只会为难。”

“小华，你……”

“还有，我们不结婚了。”

小华丢下这样一句话，便走出了客厅，三云尊追上来。

“小华，你突然这是说什么？不结婚了？别瞎胡说。难道是……和马劈腿了吗？岂有此理，我得好好教训他一下。”

一扇房间的门被推开，悦子从中探出脸来。她身穿睡袍，揉搓着眼睛。

“安静点儿，我正要睡觉呢。”

“悦子，你来得正好。小华啊，她说不结婚了，你快说说她。”

悦子顿时睡意全消，眼神一变，说道。

“小华，是真的吗？”

“嗯，是，不结婚了。”

“你说什么呢，这么突然。明天我还打算去都内的几个礼堂看看呢。”

“别做多余的事。总之我不结婚了。”

小华从悦子身旁侧身而过，向走廊深处走去，听得悦子的声音从身后传来。

“我懂你的心情。一旦决定要结婚，女人的心情是很忐忑的。我也是女人，我能理解。和这个男人结婚真的可以吗？会不会有更配的男人出现呢？是会这么想的，对吧，小华？”

“悦子，你，居然……”

“老公你闭嘴。”

小华走到房间门前，拉开门，迅速走了进去。她一只手带上了门，顺势将后背靠在门上。

“小华，你出来嘛，冷静点，慢慢说。”

“对啊，小华，你想吃拉面吗？”

小华从手提包中取出手机，打开了收件箱，里面几乎都是和马发来的信息，她按下了清空键。

我跟阿和结束了。分手的实感瞬间涌上心头，回过神来，双颊已满是泪水。回想今天一天，自己一直在哭，想哭的心情无法控制。

为什么我要出生在这样的家庭？小华咒骂自己的境遇。不管是心胸多么宽广的男性，都不可能接受一个小偷的女儿成为自己的妻子。也许我一辈子都结不了婚，就算有人肯娶我，估计也是像父亲一样的窃贼吧。我才不要和小偷结婚，绝对不要。乔治·克鲁尼和布拉德·皮特[1]那样帅气的大盗只在电影中存在。

真想出生在一个平凡的家庭，真想在一个普通的家庭长大。小华心想，爷爷，为什么？祖父三云岩的脸庞浮现在脑海，小华在心中问道，为什么您要教给我偷盗的技术？我只想成为一个普通人。

人生中第一次，小华对祖父有了恨意。同时，小华厌恶自己，竟然在怨恨死去的祖父。小华扶着门，移到床边，重重地坐下。她抱着膝盖，号啕大哭。

第二天，和马起床后走进餐厅，父亲典和与母亲美佐子已经在吃早餐。和马刚坐到椅子上，典和说道：

“昨天早上，你刚出门那会，我们开过家庭会议了，议题是关于你和小华的婚事。开心点，和马，大家一致赞同，你可以和小华结婚了。”

典和满面春风，高兴得像是自己要结婚一般。美佐子也笑逐颜开，为和马盛好米饭和味噌汤。

“和马，前两天也说过，别再慢腾腾的了，半年一晃就过。我知道你工作忙，但也要为仪式做准备。”

听典和如此说，和马开口道：

“这件事吧，爸，其实我不结婚了。”

“什么？”典和瞪大眼睛，“怎么回事？发生了什么？你不是一

1. 乔治·克鲁尼与布拉德·皮特曾经共同出演的《十一罗汉》是经典的大盗电影。——译者注

直想和小华结婚吗？还是说，小华拒绝了你？”

“不是，说来话长，下次我再慢慢解释。”

美佐子将米饭和味噌汤摆在和马面前，说道：

“和马，怎么回事？你解释清楚。”

“妈，问题很复杂，不是一两句话能解释清楚的。”

因为小华的祖父是扒手。这话说来简单，但不能现在随随便便说出口。要先掌握确凿的证据，再向家人解释。

“怎么回事？我们两家不是刚吃过饭吗？气氛也挺好的，你现在才突然说不结了，我们怎么跟对方说啊。”

和马没有回答典和的话，拿起了筷子。他一点食欲也没有，只是机械地往嘴中拨着米饭。

家里的固定电话响了，美佐子站起身，拿起了听筒。

“你好，这是樱庭家。哎呀，早上好，太太。星期五真是谢谢款待了。啊？小华说了这样的……是啊，其实和马也说了同样的话。”

和马推测是三云家打来的，他一边吃饭，一边侧耳听美佐子通话。

“也不知道这孩子在想什么……嗯，也是，我们会跟和马说的……好，我知道了，那今天就取消吧，下次有机会再去。那我挂电话了。”

美佐子放下听筒，皱紧眉头对典和说道：

“是三云太太打来的，他们家好像也是，小华说不结婚了。”

“小华也说？喂，和马，怎么会这样？你和小华吵架了？”

和马放下筷子，没有理会典和，向美佐子问道。

“妈，你们取消什么了？”

“今天我本来和三云太太约好，要去看看都内的礼堂，顺便吃个饭。她昨天打电话来邀约，我答应了。”

“妈，不要做多余的事，这是我和小华的事。”

“多余的事……和马，我是看你工作忙，想给你提前挑几个场地。”

“这就是多余的事，求你别管我了。”

“喂，和马，你过分了，你妈也是为你着想……”

“总之我和小华不结婚了。等我有了结论，会好好和大家解释的。”

和马站起身，走出餐厅，突然他想起一件事，又折返回来问典和道。

“爸，有件事我想问你，是工作的事。”

典和抬起头，一脸困惑，很明显还在为儿子突然提出不结婚的事费解。

“我想了解关于盗窃犯的事，而且不是最近，是昭和时期的。有谁特别熟悉这些信息吗？如果你知道的话，告诉我。”

毕竟是工作上的事，典和难以拒绝。他望向天花板，眼珠边转边说。

“盗窃犯啊，那三科的草野应该很了解，他一直负责这方面，是个老警察，我年轻时候也挺照顾我的。好像明年三月要退休了。”

“谢谢。”

和马道谢之后准备出门，典和紧接着说道：

“虽然不知道你们之间发生了什么事，但你们一定要和好啊。听见了吗？和马，这是我的命令。”

和马装作没听到，走向走廊，发现小香站在那里，似乎她一直站着偷听。和马经过她身边，说道：

“你说得对，我眼睛就是瞎的。”

“嗯，但我还是会支持她。”

“你这吹的什么风？”

“有什么关系，我已经决定了。”

“随便你。”

丢下这句话，和马走向走廊的深处。他走进洗手间，用冷水洗了把脸，脸上带着水滴，和马盯着镜子，对自己说：

“我一定会尽快查明真相。”

警视厅搜查三科，是专门负责闯空门和扒窃的部署。最近几年，急剧增加的撬锁案也由三科负责。由于具备许多刑事搜查中必需的要素，新人刑警最初多被分配到这个科。

今天是星期日，幸运的是草野在三科办公室。草野是位慈祥和蔼的老人，有着刑警中少见的温和表情。

“我认得你，你是樱庭的儿子吧？”

和马自我介绍前，草野先开了口。和马鞠躬说道：

“是的，我是樱庭，父亲承蒙您照顾了。我今天有事情想问，所以来找您。”

“来，坐吧。”

和马坐在草野旁边的椅子上，虽然是周日，办公室里还有几个零星的人影，除了今天值班的刑警，也有人利用休息日过来写报告书。

“那我开门见山地问了。您听说过三云岩这个名字吗？”

“三云，岩？”草野脸色一变，“为什么你会知道……樱庭，你过来一下，别让其他人听到。”

草野站起来，拉开一扇门，门后是三科科长的房间，但星期日科长不来上班，里面没有人。草野坐在接待的沙发上，问道：

“你为什么会知道三云岩这个名字？”

“呃，在调查一个案子的时候，我听说了三云岩是传说中的扒手之王，我想您可能会知道些什么。”

“你知道 L 吗？”

面对突然的提问，和马很是疑惑。

“L？那是什么？”

“最近的年轻人应该不知道吧。就像是都市传说，我也只是从前辈那里听到过一点皮毛。L 是技艺超群的盗窃犯的名字。”

“那么，L 的真实身份就是三云岩吗？为什么您会知道三云岩呢？”

“樱庭，我和你一样。大概十五年前吧，我们抓到一个小毛贼，他不小心说漏了嘴。不过我们没有证据，不能依法逮捕。那家伙是添油加醋说的。我听前辈说，L 世世代代以偷盗为生，一家人都是偷盗专家，他们也被称为 L 一族。L 是取自怪盗鲁邦的名字。”

鲁邦的L，全家人都是偷盗专家。听到这些，和马不由得打了个寒战。也就是说，三云尊和三云悦子也是盗窃犯了？和马想到，从抢劫青山的珠宝店的团伙那里夺走珠宝的，极有可能是男女二人。不会吧！和马使劲擦除自己的想象。

“话说，在泡沫经济时期，有一个盗贼专门偷走被暗中交易的美术品。比如那些政治家和大型公司的社长，他们秘密收藏的绘画和工艺品什么的。当然，没有人来报案，这些事就被秘密处理了。我想，这应该也是L搞的鬼，所以坚持一个人调查。”

“是三云岩犯下的罪行，对吗？”

“不是的，”草野摇了摇头否认道，“我盯上的不是三云岩，而是他的儿子三云尊。我不知道他现在住在哪里，但当时他住在中野的一个独栋小楼里。如果三云岩是L的话，那他的儿子一定也继承了他的手法。我单方面这样认为，盯了他一段时间，最后没查出什么结果，只好收手了。如果我的直觉没错，三云尊应该是专偷美术品的。谨慎计划，大胆执行，并且注意力集中，不留下一丝痕迹，真是极为罕见的天才窃贼。”

和马想起聚餐时三云尊的表现，“大胆”的确是对他的第一印象。回家坐出租车的时候，父亲典和也说过，三云尊不像公司职员，主要是因为他的气场不太像正经的老实人。

“也就是说，草野先生，虽然您认为三云家就是L一族，但没有证据，是吗？”

和马用确认的语气问道。草野点点头。

“嗯，是的。不过，大概十年前，有一个势力范围很广的黑社会组织，他们头目的家被偷了。是一幅叫狩野什么的画家的卷轴被偷走了。他们报了案，我当时负责这个案子。虽然最后没有抓到犯人，但当时这个头目不遗余力地协助我。他拿我从他家里采集的指纹和毛发，与出入的其他黑社会成员和女佣一一比对。花了大概一个月时间，最后剩下一根头发，不属于任何人，发丝很长，应该是女性的头发。

“这是唯一能找到的L一族的线索。

“啊，我现在还保管着。但是还有半年我就退休了，对L一族的追查也该画上句号了。L最终会作为都市传说，一直被大家谈论吧。”

草野这样的老刑警曾经盯上过他们，和马对这一事实感到愕然。L一族就是三云家，这几乎毫无疑问。但是，没想到小华的家人都是小偷——

“有件事很有意思，”草野说道，“L一族的规矩是盗亦有道，只从坏人那里偷东西。被偷走美术品的都是些中饱私囊的政治家和社长，被偷走卷轴的是黑社会老大。说到这里，我又想起一件事。大概四十年前，我高中毕业刚进警视厅，最开始我被分配到上野警署。有一天，我在上野车站里巡视，突然听到一位女性的惊叫声。

“我慌忙跑到那位女性身旁，原来她被人抢了钱包。之后我听说，女性的儿子在都内的一家工厂上班，她从老家来东京看儿子，刚刚下车。钱包里装着自己的全部财产，女性当场号啕痛哭起来。

“我看到一个男的跑远了，女性受了伤，因为我一个人巡逻，我没法上去追他。正在这时，一个三十多岁的男人走过来，带着清爽的笑容说：‘太太，钱包要好好抱在怀里哦。’他伸出右手，手里握着的正是那位女性的钱包。他没多说什么，自行离开了。”

“那个男人，就是三云岩吗？”

“啊，不过我是很久以后才知道的。L 一族是犯罪者，决不能轻纵。但如果三云岩就是 L 的话，总感觉对他恨不起来，真是个不可思议的人。”

草野说着，眯起了眼睛。

指定的咖啡馆位于银座。店内以装饰派艺术为装潢风格，基调是红色，椅子和桌子都是有年头的古董。店里似乎上了年纪的女性客人较多。

到了约定的时间上午十一点整，三云悦子出现了。她今天没有穿和服，而是穿了一套雅致的西服，搭配墨镜，看上去像一位女社长。

“不好意思，突然叫您过来。”

和马站起身，行礼道。悦子嘴角带笑，边坐下边说：

“快坐，我正好也有话想对你说。”

一位服务员过来点单，和马点了冰咖啡，三云悦子点了热咖啡。

“说吧，什么事？”

“不好意思，我想您已经从小华那听说了，我们吵架了。”

“果然啊，我就猜到是这样。”

从草野所在的三科出来，和马立刻与母亲美佐子联系，要到三云悦子的电话号码。美佐子对这样突如其来的请求十分惊讶。和马不停地说，“我有紧急的事要说”“真的很急”“我之后一定跟您解释”，如此几番之后，美佐子极不情愿地给了他三云悦子的手机号。和马迅速打过去，说有事想当面说，于是三云悦子选定了这家咖啡馆。

“所以为什么吵架呢？”

听悦子如此问，和马回答道：

“呃，其实都是些小事，我都不好意思说出来。以前的话我们很快就会和好，但这次事情越来越恶化。”

“原来如此，所以你想找我帮忙。和马，你真是找对人了。”

悦子爽朗地笑道，完全没有怀疑和马的话。悦子喝了一口刚端来的咖啡，动作十分妩媚。

“女人一旦决定要结婚，情绪就会变得不稳定。我有经验，所以我明白的。这种时候，千万不能说一些刺激她的话。”

“是这样啊。”

“对啊，快点联系她，立刻道歉。那孩子内心跟外表不同，挺倔强的，和马你先低头，事情会解决得快些。”

“我知道了，我会的。”

悦子从手提包里拿出香烟盒，她注意到和马的视线，笑道：

“我在家人面前不抽烟，但是总也戒不了。”

悦子从香烟盒中抽出一根细细的烟，用看上去价格高昂的金色打火机点燃。和马看到桌子上有个银色烟灰缸，把它推向悦子那一侧。

“谢谢。对了，和马，你们定了蜜月去哪没有？”

“没、没有，还没定。”

“这怎么行啊，和马，这种事要快点决定。”

和马在内心苦笑，简直像亲戚家的大妈。但是和马并不觉厌烦，她本有可能成为自己的岳母的。

“我呀，蜜月去的罗马。我那时候实在太想去罗马了。和马你们去纽约怎么样？我去年夏天去过一次纽约，还认识了一位风趣的出租车司机，我可以介绍给你认识哦。”

“这、这样啊，如果我们决定去纽约，就麻烦您介绍了。”

丝毫没有真实感，面前坐着的女人，居然是L一族中的一员。L一族这个称呼，本身就像少年漫画一样，充满幻想色彩，令人怀疑是否真实存在，但草野没有理由骗自己。

“但是纽约可能不行，小华不太适应那种地方，她可能更想去类似秘境的地方吧，像是尼泊尔的加德满都谷地啦，委内瑞拉的圭亚那高原什么的。”

两人又闲聊了一会。说是闲聊，其实是悦子一个人滔滔不绝地讲，和马只偶尔附和几声。时间差不多了，和马低头看看手表，说道：

“三云女士，今天谢谢您，我该回去工作了。”

“是吗？不好意思啦，一个劲地说了这么多，我来付钱吧。”

悦子手拿账单，站了起来，边向收银台走去，边对和马说道：“下次见面的时候，能不能叫我‘岳母’？叫名字感觉太生分了。”

“知道了，我会按您说的做。”

两人在店门口分别。和马一直站在门口，亲眼目送悦子从路口拐弯，消失在视线中。以防万一，和马低头看秒针走了三圈，这样应该差不多了。

和马折返回店内，走到刚才坐过的位子上。杯子还没有收走，他提前和店员打过招呼，让他们不要立刻收拾。

和马从口袋里拿出取证用的透明塑胶袋。银色烟灰缸里有三个悦子吸完的烟头，滤嘴上沾了口红印。和马端起烟灰缸，将烟头收入塑胶袋。

小华独自在公园里，祖母三云松做的便当在膝盖上展开，她几乎没有动筷。平时小华会在图书馆的休息室和同事们一边聊天一边吃午饭，但心情不好或者身体不舒服的时候，小华会来到图书馆附近的公园，在长椅上一个人吃便当。沐浴着阳光吃饭，可以让自己恢复一点精神。

但是今天却不行，尽管天空万里无云，仿佛昨夜没下过雨一般，小华的心情却不能放晴。星期日的公园里，很多人全家出游，四下都是孩子们的欢叫声。

小华感觉身旁有人，她看到一个人坐在自己旁边的长椅上。那人也注意到小华的视线，摘下帽子点头示意。小华不由得叫出声。

“哎？为什么……”

坐在一边的长椅上的老人——樱庭和一起身，走到小华坐着的长椅前面。他什么时候来的？居然完全没有察觉，今天我果然不太对劲啊，小华心想。

“你好，三云华小姐。”

小华迅速整理好便当盒，站起身行礼。

“您、您好。”

“不用这么紧张啊，来，坐下吧。”

“好。”

说着，小华坐了下来，她感觉到自己出汗了。不是因为天气热，而是因为紧张。小华瞥了一眼樱庭和一的侧脸，尽管他嘴角有笑意，却像绷紧的弦一般透露出紧张感，像极了三云岩。幼年时代，认真比试偷盗技术的时候，三云岩也会散发出类似的气场。但与祖父相比，樱庭和一更冷酷一点。

“这是第二次，不对，第三次见面啦。”

“难道，那个时候……”

“我当然注意到了，我干了一辈子刑警了，虽然年纪大了，直觉可没有退化。”

正式与樱庭和一见面，是小华第二次去樱庭家拜访的时候。小华曾在锦系町的小酒馆见到过他，当时她立刻藏到近藤身后，本以为不会被发现，结果还是没有逃过他的眼睛。

“你在查我的事情吧，你知道了什么？”

“算、算不上调查……”

“没关系的，我又不会生气。”

说着，和一眯缝起眼睛。小华一直很想知道祖父和他的关系，如今本尊就在面前，正是问清楚的好机会。

“那个，我知道您和我的祖父三云岩是大学同学，而且一个月一次，你们会在锦系町的那家酒馆坐在一起喝酒。”

“是吗？”樱庭和一点点头，露出微笑，“已经是五十年前的事了，我从明成附中毕业，升入明成大学法学部。当时，学校附近有栋宿舍楼，很多穷学生都住在那里，我也是其中之一。搬进宿舍的那天，正是樱花盛开的季节。宿舍是二人间，我到的时候，同住的男生已经先到了，他留着短寸头，待人很亲切。”

“那个人不会就是……”

小华忍不住脱口而出。樱庭和一的望着远处，点头道：

“是的，那个男生就是三云岩，我一辈子的朋友。”

“他真的不可思议，我从没见过这样的男生。用一个词形容，就是耀眼。他性格开朗，无意中就能吸引周围人的注意。”

当时是昭和三〇年代初吧。年少的三云岩与樱庭和一，两个人开始在宿舍共同生活。小华惊讶得说不出话。

“我们住在一个房间，睡觉起床时间都一样，很快就意气相投起来。而且我们都是法学部的，社团又都是剑道部，所以经常一起行动。”

“爷爷他还练过剑道？我都不知道这事。”

“阿岩很厉害的，他反应很快，我从来没见过那么灵活的人。他很善于看穿对手下一步打算怎么做，先让对手用力挥刀一段时间，最后趁对手筋疲力尽，迅速击中小臂，这就是阿岩的策略。”

确实祖父动作很敏捷，毕竟他从小练习各种偷盗技巧，小华比谁都清楚祖父的速度。

“女子剑道部，有一个可爱的女生，搞笑的是，我和阿岩都迷上了她。一开始，阿岩和她成了好朋友。我其实个性比较强硬，害羞得根本没法和女孩子说话。但阿岩天性自来熟，无论和同性还是异性，都能很快变成朋友。”

现在聊到了恋爱的话题。大学时代的恋爱，也就是祖父与祖母认识之前的事。不知不觉中，小华沉浸在樱庭和一的讲述里。祖父二十岁时候的往事，没有人知道，小华不由得探出身子。

“那么，爷爷和那个女孩交往了吗？”

“那倒没有。有一天，早上起床的时候，阿岩在被窝里难受地叫唤，说是自己前一天吃的生鱼片有问题。但我也吃了一样的东西却没事。那天是星期日，阿岩说‘你替我去趟上野吧’，我推托了几遍，最后还是败给他诚恳请求的态度，只好按他说的，去了上野站。”

接下来的事情很容易想象，这是祖父精密的计划。小华抢先说道。

“在那里等待的，就是剑道部的女神？”

“没错。就是你说的这个——女神。我和她去上野动物园约会，第一次看到了刚来到动物园的大猩猩。在喜欢的女孩子面前，我紧张得什么都忘了，好在她也对我有意，这之后我们俩开始单独见面。阿岩可以说是我和伸枝的丘比特。”

“哎？那位女神是……”

“啊，是我的内人伸枝。如果那天阿岩没有吃坏肚子，不知道会是怎样呢。不对，应该说阿岩是不是真的吃坏肚子都不一定。过了几天，我问阿岩，他只是坏笑着糊弄过去了。与伸枝在一起之后，我和阿岩的友情也没有改变，我们三个人经常一起去游玩。但是毕业前一个月，在二月底的时候发生了一件事，彻底改变了我们的关系。”

“是什么事？”

小华问道。樱庭和一摇摇头回答。

“我不能说，现在还不是说的时候。但毫无疑问的是，那件事给我和阿岩的人生都带来了巨大的影响。到了毕业典礼前一天，我们最后在宿舍住的那一晚，我与阿岩在房间里喝酒到天亮。”

樱庭和一进入了警视厅，三云岩则进入了贸易公司工作。为了实现一直以来的梦想——环游世界，三云岩选择了海外出差比较多的贸易公司。

“那天晚上，阿岩讲了一件沉重的事，我是第一次听他讲三云家的秘密。阿岩说，三云家世代以偷盗为生，他是三云家的长子。说实话，我对他的话半信半疑，全家都是小偷这种事，不是寓言故事吗？但看他的样子又不像在说谎。”

毕业典礼结束，两人搬空了行李，紧紧地握手道别。但毕业半年后，樱庭和一从别人那里听说，三云岩没有去贸易公司上班，隐匿了自己的行踪。这之后，两人再未见过面，直到三十多岁时，他们在总武线电车上重逢了。

“那是七十年代初吧，当时我刚当上刑警，每天忙得四脚朝天。因为过于疲劳，我的注意力也散漫了，在电车上被人偷了钱包。我正纳闷的时候，突然身后有人拍拍我的肩膀，一回头竟然是阿岩。”

“警察先生，粗心大意可要不得哦。”三云岩说着将樱庭和一的钱包递过来。电车停在锦系町站，三云岩一言不发地下了车，樱庭和一慌忙跟了下去。

两人在街上走着，和一心中有一肚子的问题想问，却开不了口。虽然刚成为刑警不久，但与众多犯人接触的经验告诉他，面前这个男人是犯罪者，并且是手段高超的犯罪者。他一边感受着逼人的压迫感，一边与三云岩并肩走着。抬头望向夜空，只见得一轮满月。

“最后我和阿岩走到一家小酒馆，一起坐在吧台，相对无言，默默地喝酒。快到打烊的时候，我终于开了口。我问他，‘你经常来这家店吗？’阿岩笑着回答，‘啊，每个月来一次，差不多是月底的时候吧。’那之后，每个月末的晚上我都会到那家店。有时候我因为工作去不了，但只要我去，总能见到阿岩坐在那个位子上喝酒。我们曾经是好朋友，现在却一个是刑警，一个是犯罪者。我俩几乎不说话，像是碰巧坐到一起的熟客那样，只是喝喝酒，没想到感觉还不赖。只要那家伙在我身旁，我就觉得很安心。”

樱庭和一讲完，不知何时太阳被云彩遮住，令人感到一丝凉意。曾经的好朋友，每个月末的晚上，在那家店默默地喝酒，这就是三云岩与樱庭和一的关系。

“哎呀，都这个点了，午休快结束了吧？”

听樱庭和一如此说道，小华低头看手表。还有五分钟午休就要结束，她慌慌张张拿好装便当盒的包，站了起来。

“最后我还想问您一件事。”

小华问道。樱庭和一侧过头说道：“什么事？”

“关于我和和马的事情。和马为了帮您还书，经常来我们图书馆，以此为契机，我与和马开始交往了。这只是碰巧吗？”

“这件事啊，”和一大大地叹了口气，“我从警视厅退休以后，在一家私营的保安公司做顾问，一直干到七十岁。可能是上了年纪，彼此都进入到悠闲的人生阶段，我和阿岩慢慢开始说话了，说的基本都是家里的事情。夸自己的孙子孙女啊，或是讲老婆的坏话。聊到孙子的时候，阿岩笑着说：‘我的孙女和你的孙子，他俩要是结婚了会怎么样啊？’那时候我心里就想搞个恶作剧，让你们真的见面认识认识，没想到你们真的在一起了。”

说到这，和一站起身来，弯下腰深深地鞠了一躬。

“原谅我，三云华小姐，让你这么难过，一切都是我的责任。”

“请等一下。”

小华打开手提包，从里面拿出那只老式手表，她一直想还给和一。

“那个，真的对不起，我不知不觉就拿走了……对不起。”

小华低下头，将手表递过来，和一笑道：

“没关系的，这就是你的东西。以前是阿岩的，毕业典礼的时候他送给了我。”

“那我就更不能收了。”

小华再次将手表递上前。于是，和一接过手表，戴在自己的左手上。

“对年轻人来说款式太老了吧，其实我想让你拿着的。”

没有时间了，跑回去才能赶上。小华刚要跑走，背后传来和一的声音。

“还有一件事，阿岩——不，你爷爷的死，我感到很内疚。”

小华不由得回过头。按理说，只有三云家的人知道，在荒川的河岸发现的遗体是三云岩。还有一个人也发现了事情的真相。

“为、为什么……您是听和马说的吗？”

“不是的，我一开始就知道。没能救你爷爷，是我不好。对不起。”

樱庭和一再次深深地鞠了一躬，便转身离开了。他的背影比想象中还要弱小。

青山珠宝店被盗案件的搜查遇到了瓶颈。虽然抓到了团伙中的一人，之后却没有进展。根据嫌疑人的供述，已经了解到团伙还有其他三人，但他们的身份还不清楚，并且从他们那里抢走珠宝的二人组的身份也不得而知。搜查完全进入停滞状态。

在银座见过三云悦子后的第二天，和马一个人来到青山的“Brimarry”。虽然还不知何时能再次开业，重建工作正在一步步进行中，一些工作人员在搬运新的展示柜。进入店内的办公室，一位微胖的将近四十岁的男人上前迎接和马。

“警察先生，您有什么事情？”

男人是这家店的店长，遭遇抢劫的时候，他被一名凶手殴打，当场晕倒。他的嘴角贴着创可贴，似乎是那次袭击留下的伤。

“嗯，我想问一下关于这家店出售的商品的事情。你们知道商品都卖给了哪些顾客吗？”

“有些情况下可以知道，有些时候不能。如果顾客是本店的会员，可以清楚地知道他购买了哪件商品；如果不是本店的会员，就比较难以掌握这些信息。”

“其实案发前一天，我因私来过你们这里。”

听和马这样说，店长稍稍放松下来，浮现出微笑。

“感谢您光临本店。”

“那个时候，店员向我介绍了一款秋季新品，是一枚钻戒，样子是四叶草的形状。我想知道有哪些人购买了这款戒指。”

“嗯，这样的话，”店长打开桌子上的笔记本电脑，右手拽着鼠标垫，“那件商品价格较高，我记得购买的几乎都是会员。而且那件商品刚刚发售，应该只卖出了七八件。”

不一会儿，打印机发出嗡嗡的震动声，一张纸被吐出来。店长拿起那张纸，递给和马说道。

“那件商品是限定三十件的高级品，目前卖出了九件，都是会员购买的。这是购买者的名单。”

和马看着他递过来的名单，上面记录着购买者的姓名、住址和电话等信息。大致浏览过后，没有发现三云悦子的姓名。星期五的宴会上，她佩戴着一枚与这件限定商品极其相似的戒指。和马不太懂珠宝，但如果那枚戒指是这家店卖出的，那三云悦子是从哪里入手的呢？结论似乎只有一个。

“警察先生，这个名单能帮上忙吗？”

“这是搜查机密，我们不能放过任何一个细节。”

和马道谢后走出了店门，他想先回赤坂警察署的搜查本部，于是在古董街上信步前行。

与小华在这条街上并肩而行，一起去“Brimarry”正好是一周前的事。和马根本没想到两个人会面临分手，当时还兴致勃勃地要买戒指送给小华。结果，在店里偶遇三云悦子，戒指也没买成，却误打误撞立刻定下了两家人见面的事，和马内心雀跃不已。

那之后的一周时间，和马与小华周围的环境发生了剧烈的变化。和马想起一个孩子曾在这条街上不小心放开气球，却不知何时被小华抓住了，交到孩子手中。孩子哭得很凶，小华露出了为难的表情。以后再也不能与小华并肩走在这条路上了吧。

像要切断和马感伤的情绪一般，一阵电话铃声响起。打电话来的是警视厅搜查第三科的草野。刚一接通，草野便兴奋地说道：

“结果一致，樱庭。”

昨天，在银座的咖啡馆采集的烟头，和马拜托草野进行了DNA比对。比对的对象是十年前，从黑社会头目府邸偷走卷轴的犯人留下的毛发。对比结果表明，这个案子与三云悦子有牵连的可能性极高。

“你立功了，现在能快点到我这来吗？我想知道你是怎么弄到烟头的。不愧是樱庭啊，这么快已经有了犯人的线索。”

“您可以等我一段时间吗？”

和马说道。电话那端，草野感觉到他似乎在退缩。和马继续道：

“请给我一天时间，我明天一定去您那边，亲自向您说明。”

挂断电话，和马把手机放在胸前的口袋里。这个结果意义重大，甚至有可能一举摧毁三云家。

我要怎么做，或者，我应该怎么做。和马感到腋下被汗水浸透。

六年前，祖父和一辞去了私营保安公司的顾问，过上了赋闲的生活。但现在，他仍是樱庭家的一家之主，典和都要怕他三分。

和马从小时候起，遇到任何困惑，都会找祖父聊聊。祖父并不会把自己的意见强加给和马，而是先倾听和马的想法，再用三言两语，表示支持和马的选择。和马自己都数不清受到过祖父多少次的鼓励。

办案结束，回到家已经是晚上九点多了。和马探头看了眼客厅，母亲美佐子和祖母伸枝正边吃仙贝饼干，边看电视。父亲典和罕见地在加班。

冲澡之前，和马来到祖父的卧室。敲门之后，他打开门看看屋内。灯已经关了，祖父躺在床上，像是睡着了。和马只好放弃，轻轻地将门关上，这时突然听到祖父的声音。

“是和马吗？”

“啊，啊，爷爷，是我。”

“你有话要说吗？”

说着，和一坐起身来。和马走进房间，撑住他的后背。和马正要开灯，被制止道。

“别开灯了，晃眼睛。坐下吧？”

和马坐在床边的按摩椅上。和一的双腿垂在床边，低声道：

“你想说什么？”

“嗯，其实，”和马不想说出三云家的姓名，谨慎地组织着语言，“我有件事想和您商量。具体细节我不太方便说，总之有这样一家人。我很了解这个家庭，他们也认识我。”

和马的眼睛终于适应了黑暗。和一抱着手臂，安静地听和马讲述。和马继续道：

“最近，我才知道那家人参与了犯罪，搞不好全家人都有可能犯罪。如果我去告发，他们一家肯定就完了。我真的不知道怎么办。”

“和马，你觉得应该怎么做？”

和一问道。他向来如此，先倾听和马的想法，再在此基础上提出建议。这是和一的做事风格。

“我这次真的不知道，”和马双肘撑在膝盖上，双手抱头，“我不知道该怎么做，爷爷，我到底……”

“思考，好好思考，和马，你心中已经有答案了。”

思考后的结论是，自己是一名警察。虽然不知未来会怎样，但现在自己是一名警察，毋庸置疑。发现犯人，立刻逮捕，这是警察的责任和义务。

“我、我是警察，”和马挤出一句话，“既然我是警察，就不能纵容犯罪行为。不管和犯人多么熟悉，也不能视而不见。”

没有比这再正确的结论了，和马说得想要呕吐。假如揭发了三云家，事情结果很容易想象。小华的父母毫无疑问会被逮捕，甚至还有可能波及小华。和马有作为警察的责任感，这要求他必须尽职尽责，同时他希望拯救三云家——尤其是小华，他在这两种情绪中左右徘徊，进退维谷。

“如果我和你站在同样的立场上，”和一闭着眼睛道，“也会做出和你一样的选择吧。哪怕是至亲，只要他犯罪了，就要给他戴上手铐，这就是警察的工作。你的想法没有错，假若你没有这样想，我反而会看不起你。”

果然如此吗，我只能去揭发三云家了吗？无论他们接下来命运如何，我都不能放过他们。和马心想。

“但是呢，我现在已经退休了，离开警视厅有十六年了。接下来我要说的，你就当作是一个老人的自言自语吧。这是我的父亲，也就是你的曾祖父的故事。”

和一继续道：

“我的父亲在太平洋战争中是一个陆军士兵，在菲律宾附近的岛上转战各地。在一个南洋的小岛上，他被任命为俘虏收容所的哨兵。一直看守俘虏也挺没意思的，他和美军战俘开始用简单的英语对话，或者偷偷塞给他们一根烟什么的。”

和马知道曾祖父的名字是樱庭一郎。复员后他进入了警视厅，即将退休的那一年，因病离开人世。为什么会提到曾祖父呢？和马抱着疑问继续听下去。

“父亲和战俘们交流了两个多月。但是战争形势不断恶化，部队发出了命令，要求他们向俘虏收容所放火，然后立即撤退。命令需要绝对服从。撤退当天，父亲瞒着上级军官，悄悄地进入了收容所，把钥匙放在牢房的门前，对战俘们说了一句‘Good luck’之后，就出来了。很快，上级命令立刻点火。”

“战俘们获救了吗？”

和马问道。和一摇了摇头。

“父亲他自己也不知道。乘上船，他们离开了那座岛，在船上他看到收容所冒出了滚滚黑烟。对不住了，和马，讲了一件毫无关系的往事。”

和马听懂了和一想要说的话。在揭发三云家之前，可以先给他们逃跑的机会。虽然不能当面说“快逃”，但有很多办法可以传达给他们。

“谢谢爷爷。”

“没事，我只是说了件陈年往事。”

和一躺回床上。以前魁梧伟岸的身躯，如今已骨瘦如柴，但他话语中的分量依旧不减当年。

和马静静地退出了房间。

今天也下着雨，小华撑着伞，从图书馆回家。

前天，小华与和马的祖父，樱庭和一在公园相见了。那之后，她一直在回味樱庭和一的话。小华了解了祖父三云岩与樱庭和一、樱庭伸枝的关系，也知道了祖父与和一彼此理解，多年一直保持着联系。但小华有两件事想不通。第一，为什么樱庭和一会知道荒川的河岸上被发现的遗体是祖父三云岩？第二，他们大学时代发生了什么事？根据樱庭和一的描述，那件事给两个人的人生都带来巨大的影响。

忽然听到有人喊自己，小华停住了脚步。和马站在柏油路的边上，小华感到一丝紧张。她一直想主动联系和马，但又觉得太难为情，邮件总是编辑好又删掉。

“小华，我有话想说。”

和马一脸严肃。他撑着一把透明塑料伞，像是等了很久。

“嗯，我也有话想说。”

“是吗，那……”和马环顾周围，指着路对面的招牌说，“我们去那家店吧，别在这里站着说。”

那是星期六和小香一起去过的咖啡馆。过了马路，两人进入店内，坐到了最里面的位置，向女服务生点好饮料。和马一言不发，时而用严肃的神情看看小华，又迅速移开视线看向墙壁。不久，女服务员端来了两人的饮料，和马点的冰咖啡和小华点的红茶。

“之前真的对不起，”女服务员刚走开，和马立刻低下头，“我不该单方面地责怪你，我太激动了，明明我们都说谎了。”

小华喝了一口红茶答道：

“嗯，没事的。谢谢你今天来找我，这些事还是要当面说清楚比较好。”

小华已经下定决心，只差说出口。她深深地吸了一口气，继续道：

“分手吧，阿和，我们结束吧。”

“小华……”

“已经不可能了，我们不能再交往下去了。”

和马沉默无言，只是看着小华，眼神逐渐空洞，他终于开口道：

“对不起，小华，这话该由我来说。不，我一定得说。像你说的那样，我们必须要分手。”

这句话像是安慰自己的。其实小华有过一丝期待。小华，你在说什么，为什么要和我分手。她有一点点希望和马讲出这样的台词，只不过是幻想罢了。不过，小华没有感到失望，只要还是小偷的女儿，无论什么样的男人，最终都会离自己远去吧。

“对不起，小华。”和马说着低下头去，额头几乎要碰到桌面，“原谅我，原谅我不能给你幸福。我是真心地想让你幸福的，这一点没有说谎，我现在仍然……”

“阿和，别再说了。”

小华原本以为自己会哭，却没有一滴眼泪，她被自己的冷静吓到了。

“小华，真的对不起。”

“你不要道歉，知道你也有一样的想法，我安心多了。如果我没有出生在三云家，也许就能成为你的新娘了。”

小华仿佛开玩笑一般说道。和马的表情阳光了一些，说道：

“不是的，小华，如果我没有出生在樱庭家，也许就能给你幸福了。”

现在小华依然爱着和马，这份心意天地可鉴。想一辈子和他在一起，也曾以为真的能一辈子在一起。知道和马也还爱着自己，小华有一点开心。

“阿和，你要和我说什么？”

小华问道。和马喝了口冰咖啡，坐正了身子。

“啊，我接下来要说的话，你就当是我自言自语吧。”

和马的神情再次严肃起来，小华从未见过他这副样子。这是和马作为警察时才会露出的表情。刚一分手却能发现他隐藏的一面，人生真是不可思议。

“有一个都市传说，说是有一家人以偷盗为生。他们瞒过警察的眼睛，各处作案。这家人的大家长是传说中的扒手之王，他的儿子是泡沫经济时期专偷美术品的窃贼，捞过不少横财，他们的真实身份至今不为人知。但是，有一个警察发觉了他们的身份，而且掌握了一定的证据，能够一举拿下他们的证据。”

证据是什么？小华感觉心跳加快。

“那个警察很苦恼，最终得出一个结论。身为刑警就要肩负起相应的责任和义务，一定要揭发他们。那个警察心里其实在想，希望这一家人尽快金盆洗手，过上正常人的生活。”

“那、那个警察准备什么时候告发？”

“今天晚上，所以时间不多了。”

小华被突如其来的消息震惊了。但是警察是不可以事先透露消息的吧，小华不安地问和马：

“那个警察，没关系吗？”

“嗯，没事的，不用担心。而且，小华，就算告发了，也不会立刻开始通缉，警方还需要找出更多确凿的证据。不过还是抓紧吧。”

“我、我知道了。”

小华很感激和马的心意。而且，很有可能以此为契机，三云家可以金盆洗手，过上正经日子。

“我来付吧。”

“嗯，谢谢你。”

小华拿起手提包。和马看着她，依依不舍地说道：

“小华，你要保重，我们不能再见面了吧。”

“不，还能见一次。”

“什么意思呢？”

“明天晚上，我打算去你家，好好地跟你的家人道歉。”

“小华，你不用这样……”

“我已经决定了，要做个了结，不然我心里会过意不去的。”

“是吗？既然你这么说的话，那就这样吧。”说着和马拿好账单，站起身。他突然想起了什么，问道：“那个，小华，我挺好奇的，你也……也懂那个的技术吗？”

没办法，小华叹了口气，向和马走去，擦肩而过，肩膀几乎碰触到一起。小华立刻转过身，将手中的钱包给和马看。

“你看。”

小华手中的钱包，是从和马裤子的屁股口袋里拿走的。和马瞠目结舌，从小华手里拿回钱包。

“太让人惊讶了，我一点都没有察觉。”

“别看我这样子，我可不是普通的女孩子呢。”

“真的是，我的眼睛就是两个窟窿啊。”

两人对视，忍不住扑哧一声一齐笑了出来。和马笑着，说道。

“抓紧时间，小华。”

“嗯，我会的。”

小华穿过大厅，走出咖啡馆。她察觉到，自己的双颊还留有笑意。太好了，小华心里放下一块石头，能笑着告别，真的太好了。

雨还未停，小华撑开伞，大步流星地往家赶。

“你在说什么，小华？你是认真的吗？你这样也算是我的女儿吗？你究竟在想什么啊？你说和马是刑警？”

回到家，刚把和马是刑警的事情告诉三云尊，他便暴跳如雷。这是理所当然的，女儿的男朋友是刑警，对小偷来说，没有比这更糟的消息了。

“小华，是真的吗？和马真的是刑警？”

“嗯，是的，”小华坦白地说，“不仅是阿和，他的父母，祖父祖母都是警察，就连养的狗都是退役的警犬。樱庭家是警察世家。”

“你说什么？”三云尊说着，用手指按住内眼角，坐到沙发上，“假的吧，小华，都是骗我的吧，你不能戏弄大人。”

“不是骗你的。”

“那就是说，我、悦子和警察们一起吃了顿饭？别开玩笑了。”

“都说了不是开玩笑。但是你相信我，我之前真的不知道阿和是刑警，我也是最近才知道的。”

“你脑子进水了？一般都是交往之前知道的吧，你居然稀里糊涂地跟警察交往，你不配做小偷。”

“我本来也不是小偷。”

“小华，结婚不是两个人的事。婆媳关系什么的，有很多问题的。结婚不是终点，而是起点，你听过这句话吧？我坚决反对你们结婚。”

“我不是早说过不结婚了？”

悦子走进客厅，她裹着浴袍，头上包着毛巾，看起来像沐浴露广告里出镜的模特一样艳光四射。

“吵什么呢，你们。老公，有红酒吗？没有的话，去哪拿一瓶来吧。”

“悦子，现在不是喝酒的时候。”

三云尊向悦子解释道，她的脸以肉眼可见的速度逐渐苍白。

“哎？那樱庭太太也是警察？”

“是啊，妈，她是鉴识科的职员，不定期的。”

“小华，你做了些什么……”

悦子眼前一黑，跌坐在沙发上。小华走到厨房，打开冰箱。她很想喝度数高的酒，不巧冰箱里只有啤酒。看向桌面，有三云尊喝过的一瓶红酒，还剩一半。小华拿起红酒瓶，直接喝了起来，身后传来了悦子的声音。

“小华，你知道自己做了什么吗？现在立刻和他分手。”

“已经分了。而且，还有一个消息，我们一家人的真实身份，已经暴露给警察了。一切要结束了，我们家。”

“暴露，是什么意思？”三云尊站起来，“和马要出卖我们一家吗？他居然是这么卑鄙的人吗？”

“他是警察，抓捕面前的坏人，是他的职责。爸爸，如果你面前有一幅价格不菲的画，也会去偷的，都是一样的。”

“别把我和警察混为一谈。难道，和马那小子一开始就盯上了我们，所以才来接近你的？”

“那倒不是。我们彼此都不了解对方的家庭，就开始交往了。爷爷不是去世了吗，契机就是那个案子。阿和负责调查，他怀疑死者的身份，最终查出了我们一家人的事情。”

“哼，”三云尊嗤笑道，表情从容，“知道了我们的身份又能怎么样？用不着手忙脚乱的。警察不能抓我们，只要他们没有证据。”

“证据，好像真有，还是决定性的证据。”

“什么？”

三云尊脸色大变。坐在沙发上的悦子皱着眉头道：“完了，好像是我搞砸了。”

“怎么回事？”

“星期天的时候，和马突然找我，说有事要找我商量。他说和小华交往不太顺利，问我该怎么办。我对他放下了防备，抽了几根烟，走的时候忘了收走烟头，留在烟灰缸里了。”

还有这事？小华第一次听说。估计和马拿走了烟头吧。DNA 鉴定这样的词，小华多少是听说过的。

“这样不行。”

说着，三云尊握住悦子的手，将她拉起来，问道：

“你觉得要多长时间？”

“三天，不，两天。”

“立刻着手准备。喂，阿涉！喂，老妈！过来一下，大家集合。”

三云尊向走廊深处喊道，小华在他身后问道：

“你要做什么？”

“逃跑的准备，我绝不会束手就擒。”

“逃跑？跑去哪……”

小华的脸颊火辣辣的，才发现是父亲打了自己一个耳光。她抬头看着三云尊。

“你知道自己办了些什么事吗？不光是我和你妈，你让你奶奶、你哥哥都走投无路了。我要和你断绝父女关系！你走，现在就离开。除了盂兰盆节和过年，都不要再回来。”

“不用你说我也会走的！”

小华恼羞成怒，血压直升。早该离开这个家的，为什么没有早点这么做，她发自内心地后悔。伪装成举目无亲，一个人活着会更好。这样的话，也许就能跟和马结婚了。

她继续向走廊深处走去，听得背后三云尊呼喊的声音：“大家来集合！”阿涉听到父亲的声音，打开门走了出来，他像是困了，一直揉着眼睛，接着，祖母三云松也走了过来，小华有许多的话想对她讲，却只能忍住，独自走进了房间。

小华从衣柜里拿出拉杆箱，装进几件换洗的衣物，几分钟就收拾完了。她本来就没有很多件衣服，一直过着最简朴的生活。

拉起拉杆箱，小华走出走廊。全家人都聚在客厅里。祖母担心地凝视着自己，小华感觉心有不忍。向玄关走去，身后传来追上来的脚步声。

“小华，快跟你爸爸道歉，你道歉他就会原谅你的。”

是悦子。小华没有理她，穿上鞋子。

“小华，你去哪？回答我，小华。”

“我已经和他断绝关系了，我不再是这个家的人了。”

打开大门，小华走到外面，另一只手带上了门。拉着拉杆箱，向电梯走去。

“也就是说，这根头发的主人就是三云悦子，对吗？”

草野再次确认道。和马回答：

“嗯，没错。”

和马来到警视厅搜查第三科，他请组长松永与自己同去。虽说是提供信息，和马犹豫过是否该自己一个人去。如果组长松永陪自己去，就可以做成图表的形式，场面上说是一科给三科提供的信息。

“L 一族啊，”松永在一旁摸着下巴道，“我也听说过，还以为只是传言呢，没想到真的存在。”

“嗯，不仅如此，小松川警署管辖范围内发现的立岛雅夫的遗体，极有可能是三云岩。根据一位出租车司机的描述，案发当天，他曾经载三云岩到现场附近。”和马概括地说明道。

草野听到三云岩已死的消息，并未露出震惊的神色，和马问道：

“三云岩死了。草野先生，您一点也不惊讶啊。”

“当然惊讶了，”草野咳了两声，“但是，我的目标是他的儿子三云尊，迄今为止他捞的钱少说也要上亿了。他好像从一个大人物那里偷过美术品，搞不好地方检察厅也不会坐视不管，这可是个大案子啊。”

草野的眼神闪着兴奋的光，看不出是半年后即将退休的刑警。这也无可厚非，和马心想，毕竟他多年追查的团伙终于浮出水面了。

“总之，明天我和科长去说，要检举三云还需要更多的证据，需要三个，不，五个专门的搜查员。要忙起来了啊。对了，松永，你的部下提供了非常重要的线索，感谢你们。”

和马与松永走出搜查第三科的办公室，回到一科。时间过了晚上八点，大厅里冷冷清清，只有几个值班的刑警。由于所属辖区时常发生案件，一科的刑警很少待在办公室，有时屁股还没坐热就要去办案。

“小松川的那个案子，”松永坐到椅子上说，“我暗中打探了一下，警视厅仍旧认为被害者为立岛雅夫，并且凶手已经死亡，准备把有关资料送交检察厅。”

“怎么能这样？”

“没办法，我也说不上话，现在已经不能回头了。被害者另有其人，总不能在记者发布会上这么说吧。”

和马注意到了一点。最初在荒川的河岸上发现遗体时，很快就断定死者是立岛雅夫，关键性证据是警视厅数据库中的指纹，与死者指纹一致。和马向松永讲述了自己的推理。

“有人篡改了数据库的数据，你是想这么说吗？”

“嗯，只能这样想，有人调换了数据，我想查找一下记录。”

“数据库好像在总务部。”松永拿起内线电话的听筒，“我来说吧，一会我回赤坂那边。樱庭，你今天先回去吧。”

“好的，我知道了。”

和马行过礼后，走出房间。在走廊上，他一边思考。终于要揭开三云家的面纱了，开弓没有回头箭。

傍晚的时候已经和小华委婉地透露了消息，如今只能祈祷三云家安全逃走了。希望他们能金盆洗手，过上正常的生活，这是和马的心愿。

总务部还有人。一个男人看到和马，从座位上站起来。

“是樱庭先生吧，我听松永先生说过了，到这边来吧。”

男人年纪与和马相仿，看上去不像警察，更像是事务员。他身材较胖，将近八十公斤，并不是练过柔道的人，只是单纯的肥胖。

“坐吧。”

和马坐到椅子上。桌子上有几台电脑，屏幕上跳动着代码一般的文字。

“那个，立岛雅夫是吧，找出谁曾经访问过他的数据就行了吗？”

“是的，可以吗？”

男人没有作声，静静地看着电脑。用鼠标和键盘操作了一阵子，他抬起脸。

“查到了，八月一次，九月一次，其余的访问主要集中在十月。”

进入十月以后访问激增，是因为发生了案件吧。搜查本部的人应该多次查看过被害者的数据。

“八月这次很奇怪啊。”

“哪里奇怪呢？”

“查不到访问点。一般来说，是可以看到警视厅管辖内的哪个警署，用哪台电脑访问的，定位很准确的。问题是八月二号晚上的这个记录，看不到是从哪里访问的。九月那次是地域科，应该没有问题，他们经常比对有前科人员的名单。”

“访问点不详，有问题的吗？”

“嗯，相当严重的问题。你发现了一个奇怪的点，非法路径访问。这是顶尖的黑客才能办到的。”

男人掏出手帕，擦了擦汗。并非房间太热，他是易出汗的体质。和马问道：

“访问警视厅的数据库，需要密码吧，能不能看到是谁访问的呢？”

“具体是谁，我们不清楚。但是他用了谁的 ID，很容易就能知道。”

“请告诉我，是谁？”

男人用键盘操作了一下，抬起头，一脸不解。

“难道是你的亲戚？记录显示八月二号访问数据库的是警备部的樱庭典和。”

回到家已经晚上十点多了。典和去洗澡了，美佐子和伸枝与往常一样在客厅看电视。和马走进客厅，对二人说道：

“我有重要的事想说，等爸从浴室出来了，你们到和室来吧。”

美佐子表情十分讶异，说道：

“和马，你不会真的和小华……”

“我会解释清楚的。”

和马走出客厅，向和室走去。他拉开纸拉门，走到常坐的位子上，盘腿坐下。

他在回想总务部的男人说的话。那个男人说，八月份有人通过非法路径访问了立岛雅夫的数据，偏偏用的是父亲典和的 ID。正常的话，可以认为是典和的操作，但和马不这样想，他了解典和，根本不可能更换数据。

所以，有人盗用典和的ID非法入侵了数据库。和马问过那个男人，典和的密码是自己的公历生日，八位数字。虽然不清楚有多少人知道典和的生日，但和马知道有几个人肯定知道，那就是家人。

“和马，你要说什么？”

纸拉门被拉开，典和走了进来，身后跟着美佐子和伸枝。大家分别坐好，伸枝抱歉地说道。

“你爷爷已经睡了，小香出去慢跑了。”

“之后再转告他们就行了。让大家担心了，我终于得出了结论。”

“太好了，和马，”典和插话道，“谁都难免一时糊涂，而且结婚生活是一场漫长的马拉松，趁现在吵吵架挺好的。”

“不是的，爸，我们没有和好。正相反，我们不结婚了，分手了。”

“分、分手了？和小华？”

“为什么，和马？这么突然。上星期不是刚和三云家的人一起吃了饭吗？”

典和与美佐子齐声问道。和马继续说：

“是我太蠢了，隐瞒自己是警察的事和她交往，下场就是这样。如果我早点表明自己是警察，或许就不会这样了。”

典和的眼神变得认真起来，他似乎从和马的话中读出了什么，向和马问道：

“他们家发生了什么吗？”

“嗯，你们听说过L一族吗？上了年纪的警察应该听说过。L一族世代以偷盗为生，就像一个都市传说一样，在犯罪者之间流传。”

“啊，我听过，好像是专偷坏人东西的一群家伙。但我听说，这是毫无根据的传闻而已。和马，难道三云是——”

“没错，爸，三云家正是L一族。他们全家人都懂得偷盗的技术，在警察眼皮子底下一次次犯罪。小华的爷爷三云岩是传说中的扒手之王，她的爸爸三云尊是专偷美术品的窃贼，据说在泡沫经济期卷走了上亿的钱财。恐怕三云悦子是三云尊的搭档。”

“太荒唐了，那个三云竟然是……”

“这是不可改变的事实。爸，所以我放弃和小华结婚了，我只能放弃。”

“和马，”一直缄默不语的美佐子开口了，“既然你这么说，那三云家……是叫L一族吗，有能证明他们犯罪的物证吗？”

的确是鉴识科科员切入问题的角度，看重物证是美佐子一贯的风格。和马解释说：“十年前，一个黑社会头目的家中有一幅卷轴被窃走，现场采集到的犯人头发，与三云悦子吸过的香烟滤嘴，二者DNA是一致的。”听完这些，美佐子长长地叹了口气。

“这是，真的啊。那位太太，我就觉得她不是一般人，真没想到。”

典和在一旁附和道：

“她老公也是，难怪他那么不正经，没想到是个不简单的人物啊。居然敢骗我们，胆子真大。就是因为他们是和马结婚对象的家人，所以我们也高兴得忘乎所以了。冷静想想，真是不值。”

“所以说，你们明白我为什么不能和小华结婚了吧。”小华的面庞出现在脑海中，和马挥去她的形象，继续道，“三科已经掌握了证据，明天就会着手调查了吧。只要证据足够确凿，三云尊和三云悦子很有可能被通缉。”

“小华呢？那孩子也是小偷吗？”

听到典和的话，和马回答：

“她是清白的，我相信她。她只是在图书馆上班的一个普通女孩。”

一阵压抑的沉默。祖母伸枝率先打破了寂静，她端坐着，挺直上身问道：

“和马，你看这样呢？你辞掉警察的工作，和小华一起私奔吧。如果你不眷恋这个职业，这也不失为一个办法。”

“不行的，奶奶。爸妈还在警视厅工作呢，如果我走了，一定会连累他们的。”

其实，和马内心无数次想过私奔的事。但是考虑到会牵连家人，最终也未能想出万全之策。

“还有一件事，之前在荒川河岸发现的男性遗体，搜查本部认定是一个名叫立岛雅夫的流浪汉，其实并非如此。有人故意——警察内部有人故意想以立岛雅夫的身份结案，我只能这么想。”

话题转到了现实中的案件上，典和的表情完全变成警察的模样，眼神锐利起来，插言道：

“这是真的吗？不过，和马，这件事和三云家有什么联系吗？”

“死者是三云岩，小华的爷爷。”

和马感到有人倒吸了一口冷气，原来是祖母伸枝，她面色苍白。和马想不通，为何她的神色会如此不安。

“杀害立岛雅夫，不，三云岩的凶手已经找到了，是住在现场附近的一个身份不明的流浪汉。但我感觉凶手另有其人，也许——”

和马戛然而止，没再说下去。他认为不该讲一些胡乱的猜测。和马站起身，对三个人说道：

“事情就是这样，我说完了。我不会和小华结婚。不能结婚的理由，你们会理解我的吧。”

三人一言不发。当然了，再过几日，小华的父母很有可能被通缉，怎么可能同意和马与她的婚事呢。

“妈，刚才的话，请您转告小香。明天晚上，小华会来咱们家，我阻止过了，可她非要正式地给你们道歉。希望大家明天都在场。”

说完，和马走出和室，拉好纸门，他深深地呼出一口气，在心中不断细细回味方才说过的话。

刻意隐瞒三云岩遇害的案件的人，或许就在这个家里。

空间好窄，正上方有一个液晶电视，小华戴着耳机在看综艺节目。她根本看不进去节目内容，只听得见里面空洞虚无的笑声。

小华住在东京站附近的一家胶囊旅馆。跟家里干脆地切断了联系，跑了出来，却不知道要往哪去。小华也想过回月岛的空房子里住，但是房子名义上是父亲的，她莫名地有些排斥。烦恼许久，最后选择住进了胶囊旅馆。

小华第一次住胶囊旅馆，出乎意料地干净，让人放心。楼里面有女性专用的楼层，还有茶水间，十分舒适。但住在这里也不是长久之计。

接下来怎么办呢，小华一直在思考。每个月的工资，她都存了一部分，算是有一定的积蓄。现在还能去工作，暂时不会为生活所困。但是一旦警察开始通缉三云家的人，该怎么办呢？最糟的情况，父母都可能被逮捕，他们做的坏事简直罄竹难书。

如果父母被双双逮捕，恐怕自己也不能在图书馆干下去了，只是很担心祖母和哥哥。祖母三云松还好，根本无法想象哥哥阿涉怎么一个人活下去。或许可以找个地方，三人一起生活。

以前从未想过，三云家的秘密会人尽皆知。从记事起，小华就知道全家人都是小偷，并认为理所当然。自从知道了三云家的特殊性，小华像是反叛一般只希望能做个普通人，于是去了图书馆工作。

每天回到家，父母都在制定偷窃计划，哥哥闭门不出甚至当上了黑客，祖父在外面当扒手。本以为这样的生活会一直持续下去，却顷刻间崩塌了。

如和马所言，这或许是个契机，一家人金盆洗手，过与平常人无异的生活。但是一想到父母就很头痛，无论如何也想不出那两个人正常生活的样子。

余光瞥到角落里有光在闪，原来是枕头边的手机，收到了一封邮件。小华摘下耳机，将手机拿起来。

是和马发来的。“我和家人把一切都说了。你明天真的要来吗？”小华心里一沉，按道理来说，是该和樱庭家的人道歉。如今他们知道了自己的身份，想要再跨进樱庭家门，颇需勇气。

小华没有回复，把手机放回枕边。她拿起遥控器关掉了电视。如今她心里十分在意樱庭和一讲的话。

樱庭和一与他的妻子伸枝，以及三云岩。这三人是大学同学，又同在剑道部，关系十分密切。让孙子孙女见一见吧，樱庭和一仿佛以轻松的心情设计了恶作剧，但小华认为这不是理由，应该还有更深层次的原因。并且，这个理由与他们大学时代发生的事情有关。究竟那时候发生了什么？祖父三云岩辞去了贸易公司的工作，决心当一个扒手，恐怕也与这件事有关。

小华将手伸到一侧，关掉电灯，一片黑暗袭来。闭着眼睛也异常清醒，毫无睡意。

“啊，小华，你来了。”

和马出来迎接，时间是下午六点整。和马刚下班，还穿着西装，笑容略有些尴尬。

“打扰了。”

小华在玄关脱下鞋子，眼睛看向鞋柜上方的全家福，照片中每个人都身穿制服摆出敬礼的姿势。第一次看到这张照片的时候，小华惊讶得眼睛都要飞出来了。谁曾想那之后发生了许多事，最终变成今天的局面。

“大家都聚齐了，在这边。”

和马引导小华往走廊走去。他停下脚步，拉开纸门。小华战战兢兢地走进去，只见典和、美佐子和伸枝坐在屋里。小华跪下来，将头抵在榻榻米上。

“对、对不起，给大家添麻烦了。”

小华听到身旁有声音，斜眼看去，和马也跪了下来，低着头。

“请抬起头来，三云小姐。”典和说道。

小华抬起头，典和脸色严厉地继续道：

“事情的大概，我听和马说了。虽说可能责任不在你，但是我们也无法接纳你成为这个家的一员了。今后请不要再跟和马来往了，并且希望你忘记今天的事。”

“爸，小华没有责任……”

“闭嘴，和马，我在和三云小姐说话。三云小姐，我们会把你忘得干干净净，所以你也把和马，以及我们樱庭家都忘掉吧。我们两家没有关系，不管是过去还是将来都没有一点关系。你能答应我吗？”

“我知道了，我会忘记的。”

“我要说的就是这些，”说着典和站起身，“请回吧，三云小姐，我们不会再见面了。”

小华看着樱庭家的众人，大家的视线都在看别处。尽管很悲伤，但这就是现实。因为自己是小偷的女儿，本就不该被接受。

小华最后再一次低下头。“阿姨，对不起，奶奶，对不起，一起做的咖喱，很好吃。”

二人没有作声。小华正要起身，听到身后纸拉门打开的声音。回头一看，小香站在门外。她的脸红红的，眼睛吊起来，像是一直在门外听着。

小香气势汹汹地走进和室，叉着腰说道：

“你们不要合起伙来欺负她。什么啊，突然翻脸不认人。爸，你以前不是动不动‘小华小华’的，叫得那么亲热吗？妈你也是，你不是特别积极地要去看婚礼场地的吗？”

“小香，闭嘴。”典和呵斥道，脸上仍是严峻的神色，“事情你该听说了。还有，你这是在跟谁说话？注意你的态度。”

“我听说了，不就是小偷的女儿吗？但是你们想想，她的父母被捕了吗？被通缉了吗？”

“小香，谢谢你。不用了，真的。之前他们还去偷了青山的珠宝店。”

和马在旁吸了一口气。

“小、小华，这是真的吗？”

完蛋，不小心说漏了。不过那种程度的偷窃只算是最低等级的。小华干脆自暴自弃道：

“准确地说，只是生夺硬抢。真正实施盗窃的是外国的窃贼团伙……”

“好了，你别再说了，”小香岔着腿说道，“这种时候，我们家要开会决定。家庭会议，爸，不是该开家庭会议吗？”

“知道了，那就按你说的办。”

典和清了清嗓子，坐下来。之前从小香那里听过家庭会议的事，会是怎样的场景呢？小华抱着疑问，在一旁静静地观看全程。小香也在榻榻米上跪坐下来。典和再次清清嗓子，开口道：“现在开始家庭会议。今天会议的主题是，三云华作为和马的结婚对象，是否适合。公平起见，少数服从多数，每人只能举手表决一次，大家没有疑问吧？”

典和看看众人，每个人都老老实实地点点头。他继续道：

“那么，认为三云华适合与和马结婚的，请举手。”

小香率先举起了手，但之后再没有人举手。和马咬着嘴唇，视线落在榻榻米的一角，膝盖上的拳头攥得紧紧的，不住地颤抖。

“怎么回事啊？”小香大声叫道，“哥，你怎么能这样啊？这可是你深爱的女孩啊，你都不举手，谁还能举手啊？”

和马没有回答。美佐子开口道：

“小香，安静一点，你要理解和马的心情，他也很痛苦的。而且，你冷静地考虑考虑这件事，你不也是警察吗？”

“我很冷静，妈，我赞成大哥的婚事。”小香将胳膊伸得笔直，环顾其他人，“快，赞成的人举手，难道只有我自己吗？大家这是怎么了？快点举手啊！”

小香用尽浑身力气呼喊着，这份心意让小华很感动。谢谢你，小香。

“快点啊，赞成的人举手啊。”

其他人没有要举手的迹象。这时，外面传来狗吠声，像是诉说着什么。

小香站起来，拉开窗边的拉门。东在窗户外面直立着，前爪奋力地扒在玻璃上，汪汪地叫。

“东，你也赞成吗？”

听到小香的声音，窗外的东叫得更响亮了。谢谢你，东。看到它拼尽全力的样子，小华内心百感交集，眼眶一热。

“爷爷没在家，东替爷爷投一票。奶奶，你是它的主人啊，东都赞成了，你怎么能不举手呢？”

“到此为止吧，小香。”典和严厉地说道，“东没有投票的权利。一票赞成，接下来，认为三云华不适合与和马结婚的人，请举手。”

典和首先举起了手，美佐子跟着也举手了，伸枝极不情愿地慢慢举起手来。看向身旁，和马的双拳还放在膝头上，他用几乎听不见的声音说。

“对不起，我弃权。”

“知道了，”典和点点头，看着众人，“一票赞成，三票反对，一票弃权，最终结果是反对。”

“等一下，喂，你们是怎么了？你们脑子坏掉了？”

“脑子坏掉的是你，小香。有点分寸！”

典和与小香争吵起来。小华感觉不能再待下去，最后看了一眼身旁和马的侧脸。这是最后一次看他的脸了吧，小华心中不由得怅然若失。她大声说道：

“樱庭家的各位，我先走了，真的对不起，给大家添麻烦了。”

小华站起身，鞠了一躬，转身去拉纸拉门。门一打开，小华当场愣住了，樱庭和一站在门外。

樱庭和一缓缓地踱步进和室。典和看着他问道：“爸爸，您不是身体不适吗？”

和一没有回答，看了一圈众人说道：

“我在外面听到了，看来你们得出结论了。”

他的表情凛若冰霜，像一把尖刀刺向周围的人。他低声道：

“我本来还期待，你们为了接纳这个姑娘，能想出什么好办法。哪怕知道行不通，至少会努力地去想。结果怎样？你们放弃思考，直接决定抛弃她。”

“等一下，爸。”典和反驳道，他稍稍起身说道，“爸也曾经是一名警察，您应该知道，警察不能与犯罪者的亲属结婚的。而且，我们不是轻易做出这个决定的，我们内心也很纠结。”

“闭嘴，典和。”和一叱喝道。

典和老实地坐下，一言不发。和一踱步到典和所坐的正座上。典和面露惊讶，将正座让了出来。和一慢慢坐下，说道。

“如果你们为了接受这个姑娘，做出了相应的努力，我今天也不会露面，但是你们没有。现在，我决定说出樱庭家的秘密，我本来想把这个秘密带到棺材里去的，但我改变主意了。”

我不应该在这里，小华心想，悄悄地向和室外面挪去。和一看着她说道：

“姑娘，跟你也有关系，你坐下来，听我说。”

“好、好的。”

小华在原地坐下。和一满意地点点头，开始讲述。

“我很早之前就知道这个姑娘，三云华。她的祖父，三云岩是我这辈子独一无二的挚友。”

众人露出惊讶的表情，看向和一。这也难怪，小华从和一那里听到这些的时候也是大吃一惊。

小华注意到众人之中，只有一个人反应不同。和马的祖母伸枝面色青白，没有看和一，只是低着头。

震惊的信息接连轰炸而来，和马瞠目结舌地听老人讲述。

和一娓娓道来。大学时期他与三云岩同住一间寝室。两人成了好朋友，并同在剑道部切磋技艺。伸枝在女子剑道部，三人关系不错，最终与和一交往。毕业后，不知为何，原本取得贸易公司内定的三云岩没有去上班，选择做一个扒手。又过了八年两人在总武线列车中重逢。

“那之后，我和三云岩每个月一次，在一个小酒馆里坐在一起喝喝酒。退休之前，我们从不开口讲话，只是默默地喝。我们都赋闲在家之后，才开始交谈。其实，和马与小华姑娘的相遇，并非偶然。有一次，阿岩开玩笑说：‘如果你的孙子和我的孙女结婚了，会变成什么样呢？’所以我计划了让两人见面。”

和马目瞪口呆，没想到两人的邂逅居然是被安排的。看向旁边，小华没有一点惊讶的神色，一脸平静地听和一讲述。他想起刚才小华与和一的对话，两人似乎早有交集。

“有点过分啊，爷爷。”小香插话道，“爷爷明明知道他们不能在一起，还设计让他们见面，我觉得好过分。”

“确实，小香说得对。但是，我只让和马去图书馆还过五次书，只有五次啊。这么渺小的机会，就让两人坠入爱河了。虽然也有我计划的成分，但也说明两人的缘分不浅呐。”

的确如此，和马没有出声，在心里赞同和一的话。对小华是一见钟情，他感觉这就是命中注定。

但是，樱庭和一与三云岩是大学同学，并且一直有来往，这不算什么大秘密。虽说警察与扒手来往也许会受到他人议论，但不至于让祖父把这件事带到棺材里。恐怕与三云岩放弃进入贸易公司，转而成为扒手也有什么联系，和马在心中推测。典和替他说出了心里的话。

“但是，爸，这就是秘密吗？爸和三云岩是好朋友，作为现役警察与扒手来往是有点不妥，但不至于瞒一辈子啊。”

“故事正要从这里讲起，”和一抱着胳膊，微闭着双眼，“是距离现在五十多年前的事情。当时是二月末，还有一个月就毕业了。我们剑道部的这群人，舍不得分别，每天晚上在社团活动室里聚在一起聊到深夜。那一天，我们高谈阔论自己的梦想，回过神来已经夜里十二点多了。

“伸枝也在其中，她住在距离学校需要步行三十分钟的女生宿舍，时间已经这么晚，不能让她一个人走夜路。但我正聊得热火朝天，中途退席会扫了兴致，于是三云岩站起身说‘我去送送小伸’，与伸枝走出了活动室。

“阿岩去送伸枝，我就放心了。我将伸枝拜托给他，又继续畅聊起来。但是，过了两个小时，阿岩还没有回来。我很担心，就出门去找他们。

“如今明成大学的校舍附近属于东京近郊，热闹繁华，但当年那周围还叫作武藏野，是一大片农田。我呼喊着他们的名字，在深夜的小路上走着。那时没有柏油路，只有土路。这时我听到了呻吟声，似乎在回应我。我将手电筒照向声音的方向，只见白色铁皮的简易公车站牌前面，一个男人倒在地上，便慌忙跑过去。

“倒下的那人是阿岩。我把他抱起来，他脸上有血，意识模糊，嘴里不停地小声说着‘小伸、小伸’。我心下觉得不妙，慢慢地把他的身子放平在地上，拿起手电筒去找伸枝。最后在距离公交站牌五十米远的小树林里发现了她。

“伸枝满脸是血，额头有一道深深的伤口。我呆了片刻，又迅速调整心情，安慰大哭不止的伸枝，并将她背了起来。然后返回公交站牌，叫起三云岩，一起离开了那里。

“我们立刻去了医院。在候诊室，阿岩说，站牌后面突然窜出一个男人，拿着一根四方的木棍对他一顿毒打。阿岩被打倒在地，但还是用尽最后一丝力气站了起来。他看到男人向伸枝袭击过去，才意识到，这人的目标是伸枝。伸枝也拼命地反抗，但木棍打到了她的额头，她失去了知觉倒在地上。

“为了保护小伸，阿岩尽管被打得意识不清，他仍用力抱住了男人的腰。男人用木棍狠狠抽打他的背部，阿岩也死死抱着不肯松手。最终男人败给阿岩的执拗，挣脱之后跑走了。

“凶手的目的很明确，他要对伸枝施暴。但是阿岩阻止了他。我们报了案，但没能抓住凶手。伸枝额头的伤，缝了十三针，是个大伤口。她每天躺在病床上郁郁寡欢，看了她的样子我也很难过，阿岩也是。如果自己再壮一点，能打得过凶手，或许就能保护伸枝了。他一直在内心责备自己。”

伸枝曾经说过，自己额头的伤是年轻的时候在海里遇到事故留下的。家里人都以为是这样。

“所、所以，所以爷爷没有去贸易公司，我能明白他的心情。”

小华开口道，没有人责备她发言，大家都沉浸在和一的故事里。和马看向祖母伸枝，她如坐针毡，一直看着地面，今天她的头上也绑着束发带。

“没错，姑娘。毕业以后，我听说阿岩没有去贸易公司上班，就隐约察觉到了，他想要找出凶手。行凶的时候，凶手鼻子下面绑着一片布遮着脸。阿岩那天对我说‘只要再见他一眼，绝对能认出来’，我问为什么，他说：‘看到他的眼睛我就能知道！’”

和马想起在荒川的河岸边见过的三云岩的遗体。半个世纪，为了找到是谁袭击了挚友的恋人，这个男人每天在街上一边做扒手，一边找寻着令人憎恨的犯人。

“我和阿岩心思一样。当了警察虽然每天忙忙碌碌的，但只要一听说逮捕了性犯罪的嫌疑人，不管是哪个辖区，我都要赶去参与审讯，追究他的余罪漏罪。结果我和阿岩都没能找到凶手。”

和一、伸枝与三云岩，从未想到三人隐藏着这样的过去。历经五十年，坚持寻找凶手的两个男人。时间之久令人可敬可叹。

“如果当时阿岩不在伸枝身边会怎么样？只是想想都一身冷汗。恐怕就不光是额头的伤了。你们听好，阿岩是恩人，是将伸枝从坏人手里救出来的恩人。你们现在排挤的是恩人的孙女。听完我的话，你们还是要不顾一切地抛弃她吗？”

一阵沉默，和马听到身后的纸拉门开关的声音。回头一看，祖母伸枝离开了和室。也许她想起了发生在自己身上的恐怖往事。

“没有办法啊，爸，”典和打破了寂静，“你也为我们想想吧。

这孩子的父母是盗贼，而且很有可能要被通缉。我们怎么可能让他们的女儿做咱们家的媳妇？我确实很感激三云岩救过我妈，但这是两码事。”

“典和，你是真心地这么想吗？”和一确认道。

典和点点头。

“啊，我是现役警察，与已经退休的您立场不同，我不能让犯罪者的女儿进樱庭家的大门。如果您还是现役警察，也会得出和我一样的结论。”

“其他人怎么想的？”和一看着大家的脸，问道。

小香立刻开口。

“我赞成大哥的婚事。我也听明白了，小华是恩人的孙女。再说了，大哥他想娶她。”

“闭嘴，小香，”典和涨红了脸说道，“轮不到你说话，闭上你的嘴。如果和马与她结婚了，之后三云夫妇被逮捕了怎么办？我们还怎么做警察？”

“到那时候再说不就行了。”

“你的想法太肤浅了，我没法跟你沟通。”

“不讲理的是你好吗？”

“你怎么跟你爸爸说话的？”

两人争论起来，和一劝开了他们。

“两个人都少说一句。其他人的意见呢？美佐子，你怎么想？”

被和一点名，美佐子板着脸道：

“我……我同意典和的话。虽然她挺可怜的，但她很难跟和马走下去。”

“和马，你怎么想？你以前跟我说过，你做好准备了。”

那是宣布要进行聚餐的当晚。在走廊上，和一突然问和马，做好准备了吗。和一看向和马，表情与那晚一样凛然。

“这跟当时的情况不一样，爷爷。那时候我什么都不知道，关于小华的家庭我一无所知。”

“那你想怎么做？现在知道了她的家庭，你怎么打算？你不是与她的家庭结婚，你是要跟一个名叫三云华的女性结婚。”

不行的，正常来说，很难和小华结婚。最近几天，小华的父母就会被通缉，自己无法认真地考虑与她结婚。

和马偷瞄了小华一眼，她正满脸愁容盯着地面。她会理解我的吧，和马艰难地挤出一句话：

“我……不能和小华结婚。”

“大哥！”小香尖叫起来，“你在说什么？你要说这种话，那就都完了。撤回！撤回你刚说的话！”

和马低着头，握紧拳头，指甲深深地刻进肉里，用尽全身力气也不觉疼痛。

和一的声音传入耳中：

“两年前我听阿岩说，这姑娘在四谷的图书馆上班。第二天我就去了那家图书馆，第一次亲眼见到了她。当时我的内心深受震动，她虽然在小偷家族的环境中长大，却努力地想要过正常的生活，我很佩服。我对你们很失望，你们闹腾了这么一遭，知道了她的真实身份，就翻脸不认人。再没有比她更好的女孩子了。”

听到这些，小华用几乎听不清的声音说：“没有这回事……”

“就是啊，爸，你太夸张了，说到底她还是小偷的女儿啊。”

和马觉得典和说的有些过分，反对道：

“等一下，爸，小华没有责任，而且，”正好典和在场，和马有事想问，“关于荒川河岸上发现的遗体，死者的指纹与警视厅数据库中的记录一致，搜查本部很快就认定死者是立岛雅夫。其实我们被误导了。”

“喂，和马，”典和打断道，“现在不是谈案子的时候。”

“你听我说完。数据库有被人改动过的痕迹，并且黑客用的是你的 ID 登录的。当然，我相信爸不可能干这种事。但是，有人盗用了你的 ID，非法入侵了数据库，这是不可改变的事实。”

“和马，你……”

典和看着这边，和马重重地点了下头，继续道：

“嗯，不错，樱庭典和本人，或是与其关系相近的人篡改了数据。并且，这个人极有可能与小华的祖父遇害一案有着很大的关系。”

典和睁大了双眼。和一双臂交叉，微闭着眼睛听和马继续说。

“我还记得三云岩遇害那天，正是我第一次带小华回家。晚上七点，我们到了家，一个半小时之后，我开车送小华回月岛，又返回来。要上二楼的时候，被爸爸叫住，进到这间和室。在场的有爸爸、妈妈和奶奶，以及刚从健身房回来的小香，一共四个人。在这里我们开了家庭会议，大家还记得吗？”

无人回应，和马继续说道：

“时间大约是晚上九点半左右。在河岸边被杀害的三云岩的死亡推断时刻是晚上八点到十点之间。但是，根据载他到现场的出租车司机的描述，三云岩到达现场是晚上九点半。可以推测，凶手在九点半到十点之间行凶。也就是说，参加家庭会议的人，并没有充足的时间往返于小松川和向岛。”

“和马，你不会……”典和挤出几个字。

每个人都看向和马，除了一个人，坐在正座上的和一。

“我们家中，只有爷爷没有不在场证明。我们当时都以为他在房间里睡觉，但实际上，爷爷恐怕并不在家。我是这么想的，爷爷瞒过众人的眼睛，悄悄地出去了，他去的地方就只有一个。”

“你很厉害啊，和马，”和一眼睛没有睁开，“你是想说，我杀害了阿岩。为了掩藏他的身份，提前在警视厅的数据库中更改了数据。是吗？”

被和一一问，和马回答道：

“修改数据的应该是爷爷，实际入侵的可能另有其人，但是曾经在警视厅工作的爷爷能很容易地获得爸爸的 ID，也清楚爸爸的生日。

但我并不认为您杀害了三云岩，您应该与案子有其他联系。”

今天，听到祖父的话，和马注意到一件事，那就是三云岩被害的原因。迄今为止，他遇害的理由都未被查明，或许他的死，与五十年前伸枝被袭的事情有关。和马莫名地如此想道。

和一开口：

“今年七月的时候，我和阿岩像往常一样喝酒，他突然认真地说‘找到了’。”

“找到了？不会是……”

“不错，和马，阿岩找到了当年打伤伸枝额头的凶手。但他不肯告诉我那家伙的真实身份，一定要亲自去做个了结。虽说了结，阿岩并不想要那家伙的命，只是想让他谢罪。如果我也参与其中，一旦被发现，恐怕会牵连你们几个现役警察，阿岩甚至想到了这一点。他以防发生意外，为了不给任何人添麻烦，准备借用别人的身份，所以我帮助他，告诉了他典和的 ID 和密码。”

终于，那一天到来了，不可思议的是，那天正好是和马带小华回家的日子。夜里八点刚过，和一的手机收到一封邮件，是三云岩发来的，内容是“就是今晚”。

“我立刻打过去，问他在哪，但他不肯说。我不停地追问，我说我也有权利见证袭击伸枝的凶手，最终他妥协了，告诉了我地点。我瞒着你们，下了楼梯出门。一直没有告诉你们，我的腿早就好了，那时已经可以下地走路。

“我坐上出租车，往小松川赶去。为防万一，我在距离地点两公里远的地方下了车，一个人在黑夜中向那里走去。到了之后，我看到奄奄一息的三云岩。

“我跑到他的身边。阿岩气若游丝，就算是叫救护车也保不住他的命了。我看到他在嘟囔着什么，凑近耳朵，听到他说：‘脸，我的脸。’我懂他的意思，他希望我彻底抹去三云岩的痕迹。不久，他没了呼吸。我拿起旁边的一块大石头，砸向他的脸，一次又一次。意外的是，我没有流泪。确认他的脸无法辨别之后，我沿着来时的路返回了。”

“也就是说，爷爷，”和马声音嘶哑，将挚友的脸砸成稀巴烂，这种行为本身就令人毛骨悚然，“三云岩复仇不成反被杀害，您赶去的时候已经来不及了，是这样吗？”

“是的，和马，就是这样。你要怎么做？逮捕我？以毁坏尸体罪？你想怎么做都可以。”

办不到，告发祖父，无论如何也办不到。和一缓缓地说：

“这就是我想说的全部内容。从此，樱庭家再没有任何秘密。最后，我想对三云华小姐，发自内心地说一句对不起。我没能为伸枝报仇，还让阿岩死得不明不白，请你原谅我。”

和一低下了头。随后，他站起身，走到小华身边，从口袋里拿出一样东西，那是一块灰色的手帕，他把手帕递到小华手里。

“这块手帕，是阿岩的遗物，我到现场的时候，它放在阿岩的口袋里。我认为应该把它交给你。”

手帕上绣着英文字母“M”，是三云（MIKUMO）的M吗？

“樱庭家没有接纳你，这不是你的错，是没有接纳你的人有错。你有一双和阿岩一样的眼睛，以后你要健健康康地生活下去。”

和一说罢，离开了房间。和马感觉有人站起来。是小华。她快速地起身，深深地鞠了一躬，没有发出一点声响，离开和室。

恐怕再也不会见到她了，和马心想，却没有力气追上去，重重地叹了一口气。

车内广播道，下一站是月岛，小华突然清醒过来。习惯是种可怕的力量，不知不觉小华坐上了地铁的有乐町线。竟然忘记自己已经和家里断绝关系了。列车缓慢地减速，驶进了月岛站。先出站吧。

走到检票口前面，小华停下来在手提包里翻找钱包。糟了，里面装着三个从未见过的男士钱包。刚才在想事情，又不自觉地从车里顺走了别人的东西。走出检票口，小华找到了车站前的派出所。

“我捡到了这个。”

说着，小华把三个钱包摆在柜台上。一个穿着制服，身上有些肌肉的警察睁圆了眼睛，看着钱包。

“这些，都是吗？你在哪里捡到的？嗯……你的姓名是？有份资料需要填写一下……”

“不好意思，我赶时间。”

“啊？哎，你等一下……”

小华撒腿跑出派出所，她想回一次家，于是疾步向公寓赶去。但她并不打算跟三云尊道歉，她只想看看家里是什么情况。三云尊是计划出逃，不知道其他人会逃到哪去。

从樱庭和一那里，小华知道了祖父被害的理由。他找到了袭击伸枝的凶手，复仇不成反被杀害了。但是凶手的真面目仍不得而知，既然是五十多年前的事，那凶手年纪也很大了。三云岩七十六岁身体依然康健，活跃在扒窃第一线。能轻易地打败他，凶手恐怕功夫不凡。

不管怎样，还不清楚凶手的真实身份。小华很想搞清楚他究竟是谁，但祖父已经去世，恐怕很难找到他的下落。只是一想到杀害祖父的凶手还苟活在某个角落，小华就怒不可遏，气得双腿打战。

还有一件事，三云岩怕给家人添麻烦，选择伪装成立岛雅夫，以他的身份死去。案发当晚，樱庭和一赶到现场，毁掉了刚刚咽气的祖父的面部。小华无法想象樱庭和一的心情，只觉得不寒而栗。

小华来到公寓前面。她站在稍远的地方，集中精神，观察周围的情形。若是有警察在这里监视，小华能够察觉到。站了三分钟，她感觉目前是安全的，松了口气，走进公寓里面。

小华乘电梯来到五十二层，向玄关的大门走去。进门之前，她站住了。好奇怪，没有一丝气息。输入密码，小华进到屋内，眼前的景象令她大吃一惊，屋内空无一物。

脱掉鞋，小华走在木地板上。家具全部被搬走，没有生活过的痕迹。

窗帘也被摘掉，似乎即将有新的住户入住一般。

小华看了几个房间，都空空如也。大家去哪里了？已经隐藏了行踪吗？逃得也太快了。

客厅的地板上有东西在闪，淡淡地反射着从摘掉窗帘的窗户外透进来的阳光，是祖父留下的玻璃球。小华蹲下身将它拾起，这时手机响了，铃声在空旷的房间里格外突出，回声嗡嗡作响。小华急忙从手提包里拿出手机，将玻璃球装入裤兜之后，她认真地看着手机画面。

收到一封新邮件。

“好慢啊，小华，你在干什么啊？真是的。”

晚上十点刚过，JR 有乐町站的站台上人头攒动，几乎都是回家的上班族，喝得脸通红的人分外醒目。小华从等车的人群中挤出来，走向站台的一头，三云家的众人已在这里等候。

“爸，怎么回事啊？你们搬出公寓了？”

“啊，算是吧，不留一丝痕迹是我的风格。”

发来邮件的是悦子，她选的这个地点，有乐町站的三号与四号站台连接处的最前端。三云尊和悦子每人拖着重重的旅行用包，看起来既像是来东京观光的一家子，又像是准备去羽田机场坐飞机启程旅行的夫妻。

“好，这样我们全都到齐了。”三云尊满意地点头，清了清嗓，“呃，这个，大家都知道，由于小华的失误，我们一家人被警察盯上了。所以，我们要先隐藏自己的身份。”

“隐藏身份？去哪里隐藏？我可不想去国外。”

“小华，这时候，机场是最危险的，不知道有多少双眼睛监视着。而且，我们五个人一起行动还是太过显眼。所以我想好了，今天开始，我们分开独自生活。”

小华不太明白这话的意思。三云尊微笑着，从包里拿出几个信封，分给其他四个人。小华看了眼信封里面，有几张纸币，和一张驾照。

“这是我的饯别礼物，我还为大家准备了假驾照。今天起，不许再用三云这个姓氏，要用驾照上的名字。大家万事小心，提高警惕。”

小华从信封中拿出驾照，上面贴着自己的照片，姓名是铃木花。驾照伪造得十分精巧，没有一丝破绽。三云尊显摆似的说道：

“要找和你一样的名字，可费了我好大的劲呢，小华。这上面的年纪比你大些，但你这么朴素，大几岁也看不出来。”

“独自生活，是什么意思？”

“我们每个人都去按自己喜欢的方式生活，我们一家人不能在一起了。”

听到这句话，悦子说道：

“老公，我不能让阿涉一个人，我不能和他一起吗？”

“不行，阿涉是长子，今年都三十岁了，总不能一辈子都跟妈妈撒娇。”

“等一等，爸爸，”小华不假思索道，“奶奶呢？奶奶也要一个人生活吗？这太可怜了吧。”

“老妈的话，她要去养老院。”

“养老院，这么……”

“最近的养老院很不错的，像高级酒店一样。老妈要住的那家也是。”

说着，三云尊递过一张宣传单，上面印着位于白金台的一家老人院。宣传单上的建筑既时尚又雅致，像是某个国家的大使馆。小华把宣传单塞到三云尊胸口。

“让奶奶去养老院，太可怜了。”

“好了小华。”一直缄默不语的三云松开口说道。她的脸上露出笑容，“我岁数也大了，一起走只会拖累你们，还不如在养老院乐得轻松。今天我去实地看了，感觉挺有意思的。”

这是什么父母啊，小华怀疑起三云尊的本意，就算再被警察追踪，有必要一家人四分五裂吗？一定还有别的办法，让五个人住在一起。

“哎，老公，真的不能帮阿涉想想办法吗？”

悦子担心地说道。小华看向哥哥，他今天也穿着高中时期的藏蓝色运动衣，胸口的号码布上写着两个大字“三云”。阿涉已经有多少年没有出过门了。阿涉看着从信封里拿出来的驾照，歪头不解。看到他这个样子，三云尊似乎突然想起来什么。

“阿涉，对不起，实在是找不到符合你的户籍，不好意思。”

小华挪了挪身体，绕到阿涉背后，她看到阿涉手中的驾照上的名字是“凯文田中”。

“阿涉，今天开始你就是凯文了。”

三云尊宣布之后，眨眼间混入了等车的人群中。不一会儿，他回来了，手里拿着一根毡笔。他的手艺虽不及小华，却也从三云岩那里学过基本技巧。

他微微屈膝，摘下笔盖，在号码布的“三云”二字上画了一个大大的叉，又在旁边的空白处七扭八歪地写上“凯文”。写完之后，三云尊满意地站直身子。

“好了，这样就行了。阿涉，不，凯文，现在起你就是凯文，别忘了。”

阿涉一脸复杂的表情，视线落在涂改后的号码布上。远处传来列车进站的声音，是开往品川方向的京滨东北线。乘客下车后，站台上拥挤不堪。三云尊拿起行李箱，说道：

“大家再见，各自珍重。”

说罢，他乘上京滨东北线的电车。车厢里挤满了人，转眼就看不到他的身影。铃声响起，列车出发了。

“那，我也走了。”

三云松说着，推起面前一个购物用的小推车，离开原地。小华连忙追上去。

“奶奶，你真的要去养老院吗？”

“啊，”三云松脸上露出落寞的笑，“今天我先在朋友那里住一晚，明天去养老院。小华，你要保重哦，我们肯定能再次生活在一起的。”

说着，三云松推着小车远去。小华只能站在那里，目送她乘上电梯。站内广播响起，下一趟电车要进站了。

“小华，到这边来。”悦子呼唤道。

小华折返回来，悦子表情严肃。电车进站发出巨大的摩擦声，悦子用更高的音量喊道：“听我说，你们肯定没问题的。妈妈虽然担心，但也相信你们能渡过难关。阿涉，有什么困难，给妈妈打电话，我立刻给你打钱。”

说完这句话，悦子拉起拉杆箱，挤上了刚刚到站的开往品川·涉谷方向的山手线外环列车。她一直朝这边挥手，但很快被淹没在乘客中。

这父母，也太没责任感了。小华深深叹了口气。丢下孩子自己先跑掉，简直让人大开眼界。山手线列车逐渐远去，小华看到阿涉迈着有气无力的步子走向远处。他的行李只有一个双肩包，仿佛要去高尾山徒步一样轻装上阵。

“哥，你要去哪？”

阿涉停下来，看着小华说：

“小华，保重，如果你出事，我一定会去救你的。”

“哥哥……”

阿涉没再说什么，继续走着，不久便消失在等车的人群里，看不到了。

站台上挤得水泄不通。人们或是与同事聊天，或是低头玩手机，这些人都有家可归，只有自己无处可去。这样想着，小华只觉得一阵孤独感袭来，在原地呆呆地伫立着，片刻动弹不得。

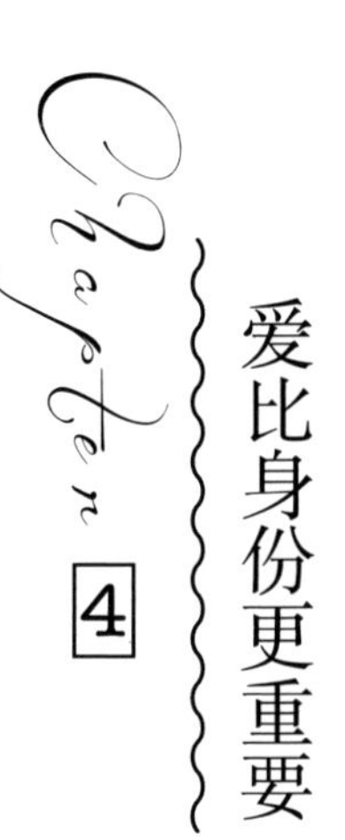

Chapter 4 爱比身份更重要

“和马，好慢啊，你在干什么？快一点啊。”

和马刚走进厨房，美佐子便埋怨道。典和坐在餐桌旁，边看报纸边吃早饭。

“吃完饭去换衣服。小香还没起吗？”

美佐子坐立不安，担心地说道，并为和马准备早饭。和马坐到椅子上，喝了一口刚端来的味噌汤。美佐子走到走廊，对着二楼喊道。

“小香，快点起来。准备好了吗？”

今天是星期日，早上十点全家人要去车站前的照相馆拍纪念照。算上和一和伸枝，共四个人。美佐子提出在和马结婚之前，要拍一张全家福。所以今天一大早她便干劲十足。

与小华分开已经一年了，樱庭家再未提起过有关小华的话题。针对十年前的卷轴被盗案，警视厅搜查第三科在追捕三云尊和悦子二人，但目前仍未找到他们的下落。三云家的人全都隐藏了行踪，和马也不知道小华在哪生活。

“终于起来了，小香，你不吃早饭吗？”

小香揉着眼睛走进餐厅，没有回答美佐子的话，直接从冰箱里拿出牛奶，倒入杯子里，一饮而尽。

“小香，还有一个小时，快点去收拾。”

小香径直走出餐厅。典和一言不发地看着报纸。

表面上生活与以前无异，但是总感觉家人之间有些别扭。以前从未有过的窒息感，如今和马时常能感受到。每个人心中都为赶走小华而内疚，小香表现得尤其明显，在家里几乎很少开口，与典和更是像较劲一样，完全无视他。

半年中，和一的身体每况愈下，多数时间躺在床上。在医院做了详细检查，并未发现任何异常。为了照顾他，伸枝每天寸步不离陪在他身边。只有美佐子一个人，努力地想把家里的氛围恢复到往日的状态，每天故作开朗，却收效甚微，徒劳无获。

“和马，你今天什么安排？”美佐子问道。

和马放下筷子回答：

“傍晚见面，一起去买东西。”

“是吗？跟艾米丽问好。好快呀，只剩一个星期了。”

一周后的星期日，和马要举行结婚典礼。另一半名叫桥元艾米丽，比和马小四岁，普通女性。半年前，美佐子极力劝和马去相亲，和马执拗不过，就见了面，对方很中意和马，进展得颇为顺利。今天和马要陪她去购物。

“老公，快点去换衣服。”

看典和放下报纸站起身来，美佐子催促道。典和简短地回答“啊”之后，走出餐厅。美佐子对和马说：

“别看你爸那个样子，他其实特别紧张。最近他在一个人总在练习婚礼的发言稿。”

还有一周就要结婚，和马兴致有所高涨，但内心还有一个声音在冷冷地说“不过如此啊”。虽然很对不起艾米丽，在自己眼中，除了小华，其他女人都一样。

吃完早饭，和马起身通过走廊，与刚从洗手间出来的小香擦肩而过。当着和马的面，小香却什么都没说，径直走了过去。

对于自己和艾米丽的婚事，小香没有发表过一句意见。她曾经那样极力反对和小华的婚事，后来又突然转变支持小华。

小香远去之后，和马走进洗手间。

樱庭家的清晨一如既往的平静，也一如既往地让人不适。

“服务员，两份 A 套餐。”

“好的，收到。”

小华从拥挤的店内穿过，走向厨房大声说道“两份 A 套餐”。说完她拿起抹布，转身去客人刚走的座位上收拾餐具。店内生意红火，电视上播放着赛马的直播，客人们几乎全都手拿着赛马报纸，吃着套餐，眼睛盯着赛马直播。

小华在锦系町的小酒馆“小松屋”已经工作十个月了。她从四谷图书馆辞职后，在都内到处找工作。灵机一动，她想起祖父常来的“小松屋”，来到这里。门口正好贴着“招服务员”的海报，小华对店长提出工作意愿。如店名一样，店长姓小松，人很好，爽快地同意雇用小华。以前都是他的妻子在店里帮忙，结果突发腰痛无法工作，店长那时正为人手不足而烦恼。

营业时间是下午六点到深夜一点，小华来了之后，午餐时间便也开始营业。之前推出的五百日元就能吃饱的套餐，曾经深受附近上班族的好评，他们强烈要求恢复午餐，这才恢复过来。附近有场外马票摊位，每到周末，很多拿着赛马报纸的客人便涌入店内。店长小松也很喜欢赛马，经常陪客人聊得兴高采烈。

“店长，A 套餐还没好吗？”

小华从柜台外面向厨房张望，小松正在伸长了脖子看电视上的赛马新闻。他表情尴尬，手上忙着做菜。

“不好意思，小花，稍等一会。”

在这里小华用的名字是铃木花。虽然“华”与“花”汉字不同，但读音相同，小华并没有违和感。自从在有乐町站分别以来，小华再没见过其他家人，甚至不知道他们住在哪里。只知道祖母三云松住在白金台的养老院，但还没去看望过她。店里太忙，难以抽出时间，只得一直向后推迟。这次休息的时候一定要去看看。

“小花，休息一会吧。”

听店长夫人这样说，小花回到厨房稍做歇息。被腰痛折磨的店长夫人在录用小华之后就专心治病，现已几乎大好。每天会到店里帮忙两个小时。

“小花真是帮大忙了。”店长夫人说道。

小华摇摇头。

“没有，是您帮了我，我差点就流浪街头了。”

“流浪街头，太夸张了。”

说着，店长夫人咯咯地笑起来。小华每天很辛苦，上午陪店长采购食材，十一点半开始午间营业，忙到下午两点告一段落，再马不停蹄地为晚间营业做准备，没多久又到了营业时间。第二天凌晨下班，小华回到附近的租屋，已经筋疲力尽。工作很忙，小华没有空闲想其他事情，反而是件好事。

小华看到有客人拿着账单走向收银台，准备起身，被店长夫人阻止了。

“我去吧，小花你再歇会。”

店长夫人走到收银台，为客人算钱。客人出门的时候，一个男性客人进门，看到他的身影，小华惊得说不出话。

男人身穿运动服，是眼熟的藏蓝色，胸前的号码布上写着“凯文”，是哥哥阿涉。

“哥、哥哥，”小华忍不住跑到阿涉身旁，“怎、怎么了？你怎么会来这里？发生什么事了？”

面对小华连珠炮似的提问，阿涉面露难色。店长夫人问道：

“哎呀，是你的熟人？”

“呃、嗯嗯，算是熟人吧。”

“小花第一次有朋友来呢。吃过饭了吗？想吃什么随便点。”

“不好意思，店长夫人。”

阿涉用好奇的表情环顾店内，这可能是他第一次光顾站着喝酒的小酒馆。有椅子的席位在柜台处。柜台角落有空座，小华领阿涉坐过去，两人一同坐下。

“哥，你来干什么？不对，你怎么会知道我在这里上班？”

阿涉没有回答她的问题，抬头看墙上的黑板。

“那个不能点，哥，现在是午餐时间，只有 A 套餐和 B 套餐两种。A 套餐是盐烤青花鱼，B 套餐是金枪鱼块和纳豆。你吃哪个？”

“B。”

“店长，来一份 B 套餐。”

向厨房大声下完单后，小华问阿涉：

“哥哥，你怎么知道我在这上班的？我没有告诉任何人啊。”

“小华，你没换手机号，所以知道。”

小华觉得麻烦，没有去解约换号，估计阿涉是利用 GPS 功能，查到自己在这里的。阿涉精通电脑，这点事情小菜一碟。

“那，你来做什么呢？发生什么事情了吗？”

正在询问时，店长夫人端来套餐，她说着“久等了”，把套餐摆在阿涉面前。阿涉拿起筷子，双手合掌之后开始吃饭。

“怎么样？好吃吧？味噌汤里面的葱花，是我切的呢。”

“嗯，好吃，好久没吃米饭了。”

阿涉像是绝食好几天一般，狼吞虎咽。这一年，他是怎么过的？很难想象阿涉像自己一样出去工作养活自己。果然母亲悦子一直在接济他吧，总之平安就好。看着阿涉，小华感觉见到了放回大自然里一年未见的兔子。

转瞬间，阿涉吃完了，放下筷子，喝光了茶杯中的热茶，站了起来。

“走吧，小华。”

“走？去哪？”

“去奶奶那。”

阿涉说罢，迅速走出了店门。

正巧午餐时间最忙的时段已经过去，小华请了下午的假。两人坐上电车前往白金台。到站后，从站台上就能看到祖母入住的养老院。如宣传单一样，外观雅致，仿佛高级酒店。在前台登记好姓名，两人走进大厅。不知道祖母用什么名字入住的，小华努力地形容，工作人员立刻心领神会。

“啊，是松村吧。松村老人的话，现在在社区礼堂，从这里进去就是。”

换好拖鞋，小华走进了养老院。提出来看望祖母的阿涉，反而缩手缩脚，走得极慢。小华领着他，往里面走去。

里面传来一阵音乐声，礼堂很宽敞，前面设有舞台。一些老人坐在椅子上抬头看着舞台上的表演。舞台上，一位上了年纪的妇人手拿麦克风，跟随伴奏在演唱《津轻海峡冬景色》[1]。令人震惊的是，那人正是祖母三云松。

小华从未见过祖母唱卡拉 OK 的样子，站在原地呆了片刻。正要唱第二段副歌的时候，三云松终于注意到这边。她将麦克风放好，走下舞台，来到两人身旁。

“你们什么时候来的？”

“我们刚到，奶奶，好久不见，过得好吗？”

“我挺好的，你们看起来也挺好的，真好啊。”

小华握住了祖母伸出的手。伴奏还在播放，两人静静地握着手，小华感觉被眼眶里的泪水遮住了视线。

曲子结束，坐在台下的老人们，朝空无一人的舞台拍手，掌声稀稀拉拉的。

“奶奶看起来很开心呐，我还是第一次听您唱歌。”

“还行吧，”三云松脸红了，“这个地方有很多东西可以学，很丰富。像是卡拉 OK 啦、跳舞啦，还有插花什么的。我每天可是很忙的呢。”

三云松似乎年轻了些。果然与年纪相仿的人们交流，每天都很充实。养老院有专门为来访者设置的茶水间，三云松提议一起去那里喝点茶。正要走时，一位看起来有 70 多岁的男性穿过礼堂，停在三云松面前，气喘吁吁地说：

1. 《津轻海峡冬景色》是日本演歌歌手石川小百合的名曲。这首曲子描写的是即将回到北海道的人，乘坐连络船经过津轻海峡时的留念心情。——译者注

“松村，出大事儿了，阿山又把自己锁在厕所里了。”

“又被锁了？”

“嗯，帮帮忙吧。”

老人说着，向走廊的方向走去。三云松缩缩肩膀，往同一方向跟上去。她边走边说：

“这个养老院有一些老年痴呆的人。那个叫阿山的人也是。他进到厕所以后，就会锁上，出不来了。这已经是第三次了。”

老人们在走廊深处聚集着。三云松一到，老人们自动为她让出路来。小华和她一起进入了房间。房间像是商务宾馆一样明净整洁，一进门就是卫生间，刚才的老人一边敲卫生间的门一边对里面喊：“喂，阿山啊，开开门啊，你在里面吧。喔，松村，你来了啊。”

发觉到三云松来了，老人离开了门口。三云松摘下发夹，单膝跪在门前。小华感觉她的眼神锐利起来。三云松将发夹插进钥匙孔，不到五秒钟就打开了门锁。不愧是开锁大师，一般人学不来的。

“帮大忙了，松村，不愧干了多年的锁匠。”

开锁公司的锁匠，这似乎是三云松此时的设定。老人打开门，进到卫生间里面。从门缝向里看，只见一个老人坐在马桶上，下半身什么也没穿。小华不由得尖叫着跑出了房间。

房间外面，阿涉无所事事地站着。三云松走出房门，问道。

“话说你们，找我有什么事吗？”

是阿涉提出要来的。只见他把手伸进运动服的口袋里，拿出一张名片大小的纸片。

“奶奶，明天上午十点，我在这等着你。”

阿涉说完，大步流星地走远了。看看祖母的手中，他递过来的纸片上画着路线图。小华匆忙追上去。

“哥，怎么了？好久没见奶奶了，再多待一会嘛。”

“没时间了，下一个是妈妈。”阿涉目视前方，说道。

“妈在这种地方吗？”小华停下脚步，问道。

两人来到中目黑山手大街上的一家二手车店。这家店只处理高级进口车，从玻璃窗向里看，排列着好几辆豪华车。小华对车子不熟，只知道大概是法拉利和保时捷一类的车。

两人走进店内。地板闪闪发亮，纤尘不染。两人正在踌躇时，一位年轻的男店员走近。

“欢迎光临，今天想看看什么样的车？”

男店员看上去外表轻浮，措辞却很礼貌，毕恭毕敬。不过，能感觉到他内心有一丝轻蔑。这也无可厚非，一个是小酒馆的打工妹，对车完全不感兴趣，另一个是还穿着运动服的男人，简直像是走错了场地。

“这两位是找我的客人。”

迎面走来一位女性。不错，正是母亲悦子。她身穿藏青色制服，后背挺得直直的。悦子对男店员说：

“交给我吧。”

“我知道了。”

男店员走后，悦子小声道。

“好久不见了，你们两个。阿涉，妈可担心你了，你怎么都不联系我？你怎么生活的？有没有好好吃饭？”

阿涉没有回答，盯着旁边的一辆正红色跑车。它的价格相当于一套房子。

“小华你看起来也挺好的。太好了，我就知道你可以一个人生活。”

毫无责任感的母亲。小华内心很愤慨，但她从小就知道这一点，所以没有特意说出口来责备悦子。

“主管，打扰一下，”男性店员跑到悦子身边，“大野先生来了，怎么办呢？”

“大野先生……知道了，我来应付。你们，等我一会好吗？”

悦子说完，快步向店门口走去。一位五十多岁、身材较胖的男人走近她。小华心想，短短一年时间，悦子就能做到主管级别，业务能力真让人佩服。

悦子引导名叫大野的男人往商品陈列室的深处走去。小华看到大野一脸色眯眯的样子，完全拜倒在悦子的石榴裙下。真可怜，小华不由得对这个陌生男人心生同情，仿佛在看一只面对狮子的斑马。

我就知道！小华发现了决定性的瞬间，悦子伸手从大野屁股兜里抽出钱包，然后迅速将钱包藏在背后。待会估计会假装去洗手间，把钱包掏空，回来的时候再还给他吧。拿走他的钱，再让他买昂贵的进口车。真让人觉得惨不忍睹。

“这台车是玛莎拉蒂 Gran Turismo。双车门，车内空间很宽敞，可以乘坐四位成年人。您可以坐在驾驶席感受一下。”

阿涉没有理会男店员的话，向陈列室的深处走，小华追在后面。

悦子正与大野谈笑风生。阿涉从背后拍拍她的肩膀，悦子转过头来。阿涉递给她一张名片大小的纸片，与刚才递给祖母的一样。

“明天上午十点，我在这里等你。”

阿涉说完，走出陈列室，认真地嘟囔着。

“下一个，下一个是……”

“我知道，是爸爸对吧。”

阿涉点了一下头，沿着山手大街向远处走去。

两人来到位于后乐园的东京巨蛋。在售票处买好当日券，两人走进东京巨蛋。小时候，三云尊带自己和阿涉来过这里，两人轻车熟路地沿通道走着。

两人来到看台上。星期天的日间比赛进行到第七回合，巨人队比分大幅领先，已提前锁定胜局。

三云尊坐在一垒那一侧的一层看台。阿涉似乎知道三云尊有指定席的年票，找到他没花太大功夫。看到二人，三云尊高声说道。

“喔，你们过得好吗？”

他似乎刚喝过生啤，脸红红的。三云尊身旁坐着一个女孩，一头棕发，挽着他的胳膊，看上去比小华年轻，刚满二十岁的样子。

“爸，你过来一下。”

小华拍拍三云尊的肩，走上台阶，三云尊和阿涉跟在后面。走出通道，小华回头道：

“爸，那个女孩是谁？”

“嗯？哦哦，那个女孩啊。我们只是位子偶然在一起，我连她的名字都不知道。”

“你骗人，那个座位，你不是买的指定席的年票吗？怎么可能偶然坐到一起。她到底是谁？”

“小华，你不要露出这么恐怖的表情嘛，我们父女好不容易相见了。”

“我去跟妈告状，她如果要杀了你，我可不管。”

“别别，饶了我吧，阿涉，啊不是，凯文，你快说点什么。”

阿涉丝毫不理会，看着其他地方。三云尊一脸迷惑地说。

“呐，你们俩，要不要吃热狗？”

“不要，反正又是偷来的吧。我们又不是孩子，用吃的就能哄好。”

“是吗？那阿涉，啊不是，凯文，好像很想吃哦。”

阿涉视线的尽头是小卖店，比赛正好进行到两个回合之间的休息时间，小卖店门口排起了队伍。

“哥，你想吃热狗吗？”小华问道。

阿涉点了一下头：“嗯，还想要可乐。”

“我一会去给你买，等我一下。爸，那个……”

“都说了表情不要这么恐怖嘛，你生气的样子和悦子一模一样。不过看你们俩还挺好的，比什么都强。我担心你们啊，这一年都没睡过一次好觉。”

“又骗人。”

“没有骗人，尤其是你，小华，从失恋的阴影里走出来了啊。你现在怎么生活？做这个吗？”

三云尊弯起右手的食指，小华叹了口气，反驳道。

“我有正经工作，别把我和你混为一谈。”

小华解释说，自己在锦系町的小酒馆从早忙到晚，认真工作。现在作为“小松屋”的店员，不仅干起活来得心应手，而且还成了店里的看板娘，招揽了很多常客。听到小华的话，三云尊交叉着胳膊满意地说：

“这才是我的女儿，了不起啊，小华。你是不是这么计划的，等那对老夫妻两眼一闭，就把店夺过来？虽然是长期作战，但还不赖。这一招叫作寄居蟹，悦子年轻的时候经常用的。”

“我才没有这么想。”

只要跟三云尊说话就会头痛。他向来如此，总在不经意间带偏说话的节奏。但小华意外地觉得很怀念。

“总之你赶紧和那个女孩断干净，不然我真的会跟妈妈告状的。”

盯着小卖店看的阿涉回过头，递给三云尊名片一样的纸片。三云尊茫然地低头看着纸片。

“明天上午十点在这里集合。走啦，哥。”

小华替阿涉转告之后，向小卖店走去。阿涉小跑着跟上，在门前排起队。

有很多醉酒的客人，趁哪个人不注意的时候偷走他刚买的食物，再回看台。如果有这个心思，十秒钟就能偷五六个热狗。

不行，不能想着去偷，这样和爸爸有什么区别。小华正在内心警示自己，阿涉在旁说道：

“明天，小华你也要来。”

“我也去？可是上午我要采购。”

“不行，你不来的话，就没法开始了。”

阿涉的表情似乎有一瞬变得很认真，但看向他的侧脸，仍与平时一样有气无力。究竟怎么了？阿涉召集家人是为了什么？

小华怀揣疑问，继续排队。

“不好意思，让你久等啦。”

下午五点，桥元艾米丽出现了。两人相约在新宿一家百货商场一楼的咖啡馆见面。那刚好有露台，天气又好，和马坐在外面的位子等她。

艾米丽身穿粉红色衬衫和白色裙子。大学期间，她做过女性杂志的读者模特，美貌出众。她的面部轮廓具有立体感，再加上艾米丽这个名字，常被误认为是混血儿，其实她是纯粹的日本人。她目前在银座的一家化妆品公司做内勤，结婚后也打算继续工作。

“怎么样？点喝的吗？还是出去？”和马问道。

刚坐在椅子上的艾米丽立刻起身。

“走吧，和马，一会再喝东西。”

付过钱后，两人回到百货商场。现在是星期日的下午，商场人声鼎沸，全家出门的尤其显眼。两人坐电梯来到八层的男装卖场，准备买一件和马结婚当天穿的衬衫。

和马最近下班之后都会赶去举办婚礼的酒店，跟婚礼策划师商量进程。他现在深刻理解到举办婚礼原来是如此不容易的事。现在万事俱备，只等一周后的正日子。和马准备了两身礼服，艾米丽提出要帮他搭配白衬衫，两人就约好来到百货大楼。

到了八楼，两人逛了几间店。艾米丽已经看好的衬衫款式，却迟迟没有找到。和马平时上班就穿西服，但不怎么执着于品牌。对他来说，西服是消耗品，不管价格高低，穿着舒心才是第一位的，因此他很少踏足高档服饰店铺。

“版型还好，有没有那种更有光泽感的？”

“那么，这件如何？剪裁比较修身，是我们店的推荐商品。”

和马没有听艾米丽与店员的对话，出神地望着店内。下周就要结婚了，他心里却一点也没有实感。美佐子逼着自己相亲，想着给她一次面子，以一种无所谓的态度去见了艾米丽。相亲现场的艾米丽面容姣好，气质上佳，但和马觉得她与自己这样的警察不太相配。没想到回家之后，美佐子转告了艾米丽的意向，说想再见一面，和马很是讶异。

第二次见面是两个星期以后，两人约在惠比寿的一家意大利餐厅。和马再次震惊，艾米丽居然与前辈卷荣一是表兄妹。艾米丽自小就常常出入卷荣一家，嫁给警察是她的梦想。听到她这样说，和马心想，还有这样奇特的女孩。如果自己是女性的话，绝对不会想嫁给警察。

艾米丽一直希望能在二十五岁前结婚。今年，她正好二十五岁，亲戚介绍过很多相亲对象。第一次见面的时候，艾米丽觉得和马既是崇拜已久的警察，又是表哥的同事，简直是命中注定的相遇。

试穿婚纱的时候，和马也在场目睹过几次。艾米丽身穿婚纱的样子很美，像是杂志里走出来的模特。婚礼当天艾米丽要换两次装，每一套都是华丽的裙装，不穿和服。要是小华的话，结婚会要求穿和服吧，她的母亲悦子就很适合和服，她也不会差吧。和马一边想着，一边看艾米丽试穿。

尽管很对不起她，和马还是常常下意识地拿她与小华比较。比如吃饭，与艾米丽去的多是高级餐厅，周末如果不提前预约就没位子。但与小华去吃的大多是小酒馆的烤鸡肉串，或是五百元的拉面，回转寿司也去过很多次。并不是说艾米丽品位更高，只是觉得比起餐厅的那些精致菜品，自己更适合吃五百日元的拉面。

“那就这件吧，和马，你觉得呢？”

听到艾米丽的呼唤，和马回过神来。似乎已经决定好买哪件衬衫了。店员插话说着“请让我量一下尺寸”。和马立正站好，店员手拿量衣尺测量着自己从肩膀到腕骨的长度，自己不经意地扫视橱柜里的商品。他的视线被定住了。

橱柜里摆着皮包和钱包等饰品，柜子顶上放着几枚手帕。和马的视线落在其中一件。和马心想实在太像了，好像那块手帕，祖父樱庭和一从三云岩那里拿走，当作纪念的灰色手帕。

“接下来是脖围……啊，顾客，请您不要动。”

和马没有理会店员的话，走进橱柜，从上面拿下那块灰色手帕，越看越像。和马拿着它，问身后的店员。

“有件事想问一下，这个手帕，可以绣首字母什么的吗？”

“呃，嗯，我们有这项服务，需要另外加钱。”

“这个手帕是从什么时候开始出售的呢？”

“这个，我想想啊，我记得是从今年春天开始出售的。”

三云岩遇害是一年前的事。现在是十月份，他有同样款式手帕的可能性为零。但是，和马内心仿佛扎了一根刺，有件事让他在意得不行。手帕和刺绣在他的内心中形成一个问号，不断膨胀起来。

回过神来，自己已经跑出店外。他拿出手机，从通讯录找到一个联系人，按下了拨出键。所幸，对方很快接听了。

“好久不见了，我是樱庭。”

“喔，是你啊，”电话那边传来男人的声音，是小松川警署的荒川，“好久不见，你还好吗？”

“嗯，托您的福。”

荒川还在继续调查小松川的案子。尽管从下游的小屋里发现了被害者的血迹，但认定是死去的流浪汉的罪行，证据太过单薄，缺乏说服力。案子搁浅的可能性极高，半年前荒川在电话中就说过了。

“所以，什么事？”

“我想求荒川先生您帮忙，可能要麻烦您费点力气了。”

“跟那个案子有关？”

“是的，有件事想请您暗中帮我查一下。”

阿涉指定的地点是西新宿的一栋塔式大厦的25层。这里分布着很多公司，电梯里多是男性上班族的身影。阿涉给的纸片上写着南区A5。下了电梯，比对着路线图走到南区A5，面前有一扇门。小华看看手表，正好是约定的十点整。小华拧开门把手，走了进去。

这是一个宽敞的办公室，大约有篮球场地大小，没有摆放物品，感觉更加空旷。屋子里只有几张办公桌和椅子，除此之外什么都没有。阿涉坐在一个椅子上，像平时一样穿着运动服。

“其他人还没到吗？”

小华说着，往窗边走去。阿涉指着她的背后说：

“奶奶来了。”

“哎？”一回头，三云松站在身后，脸上笑眯眯的。“奶、奶奶，你什么时候在我身后的？”

“你出电梯的时候我就一直跟着你啦，小华，你的直觉是不是退化了？”

小华丝毫没有察觉。不是我退化了，而是奶奶太厉害。这样想着，门打开了，三云尊和悦子到了。三云尊环视了一圈，交叉着胳膊说：

“这是什么地方？把我们叫来有什么企图？先说好啊，我们也很忙的。再说了，被别人看到我们聚在一起是很危险的。快点说事情吧，小华。”

“不是我，是哥哥。”

“嗯？阿涉，啊，不是，凯文叫我们来的？”他眯起眼看着阿涉，“怎么回事啊，凯文？你说清楚，这是什么地方？为什么你能随意用这间办公室？”

阿涉操作着面前的电脑，答道：

“这间是我租的，算是我的公司。”

“你的公司？说什么呢，凯文？”

“是真的，不过是个皮包公司，我在都内还有几处房产。”

阿涉一脸认真，看不出是在说谎。悦子似乎也有同样的感觉，问道：

“阿涉，什么情况？说得简单点，让妈妈也能明白。”

“呃，那个……”

阿涉结结巴巴地开始解释。根据他的讲述，阿涉将从事黑客得到的情报卖给企业和政府来赚钱。不仅如此，他还通过股票和外汇来增值财产。他在家里闭门不出的十多年里，一直在做这些。

“阿涉，你有多少存款？”

被悦子问到，阿涉伸出一个手掌，说：“大概这些”。

“五千万日元？”

“不是，大概五亿。”

“五、五亿！”悦子目瞪口呆，旋即抱住阿涉，“太棒了，阿涉你真厉害！妈妈就知道你是个能干的孩子。搞不好你比爸爸还有钱哦。”

三云尊脸部抽搐，反驳道：

“别、别说傻话，五、五亿有什么了不起的，我存在海外金库里的名画，市场价加起来比这个多。不过，以他来说，还是很不错的。阿涉，啊，不是，凯文，你叫我们来干什么？不会是专门炫耀你的办公室吧？”

“稍等一下。”

阿涉说着站起身，按下了墙边的几个按钮。百叶窗自动关上，与此同时，天花板上降下来一片银幕。阿涉回到座位上，又点了几下电脑，银幕上出现一张建筑物的平面图。

“这个会场是东京帝国酒店的朱雀阁，位于二层。当天会有四百人到场。”

不懂。小华完全不懂银幕上的平面图意味着什么，其他人也一样歪着头。三云尊代表大家问道：

“喂，阿涉，完全不明白啊。什么事都要讲顺序，从头开始简要地说明一下。”

“就是说，下个星期天，樱庭和马的结婚典礼将在这里举行。小华你去偷，我们来协助你。”

什么？小华感觉后脑受到一记闷棍。刚才，哥哥说和马要办婚礼，也就是说，阿和要结婚？和谁？而且，偷又是……

悦子插言道：

“哎，阿涉，偷是什么意思？偷什么呢？”

“还用说吗？”阿涉泰然自若地说道，“当然是新郎了。小华要去偷那个当新郎的警察。”

大家沉默许久。小华没有理解阿涉的意思，目不转睛地盯着银幕。银幕上接连闪现着不同的画面，平面图之后是酒店内部，之后是若干张的豪华宴会厅照片。

“喂，阿涉。也就是说，樱庭家那小子，和小华分手还不到一年，就要和别人结婚了吗？”

三云尊愤怒地问道，阿涉回答：

“嗯，是的。我是偶然得知的，大概一个月以前吧，我在街上闲逛，偶然发现了樱庭和一个漂亮的女人在一起。查了一下才知道，那两人要结婚了。”

“等下，哥哥，”小华忍不住打断，“怎么回事？哥哥你见过阿和吗？我好像没有介绍给你啊。”

阿涉低下头回答：

“对不起，小华。其实我瞒着你，黑进过你的电脑，在那里面有你们的合影，所以我认得樱庭的脸。”

阿涉连妹妹的电脑都黑？小华的电脑里保存着很多照片，那是两人去旅游的时候，用数码相机拍的。本以为哥哥阿涉是安全无害的男人，到底还是三云家的人，继承了没常识的基因。

“所以我为什么要去偷新郎呢？完全搞不懂。”

“因为，小华，你现在还喜欢着樱庭吧。”

和马要结婚了。小华被突如其来的消息惊呆，甚至听到了心脏剧烈跳动的声音。她尽量隐藏动摇的内心，假装若无其事地说：

“跟我没关系，我们已经分手了。”

“你当真这么想？”

“当然啦，说什么呢，哥哥。不要再说这种莫名其妙的话。”

分手还不到一年，和马就要结婚了。他要和什么样的女人结婚？为什么不到一年就结婚呢？小华心中的疑问不计其数，这种强烈的心情，令自己羞愧不已，因为她察觉到内心的嫉妒正在不断膨胀。

“多管闲事，哥哥。你以为我会开心吗？”

“对不起，小华。”阿涉坦率地道歉，“但是，我唯一的希望就是要你幸福。我们全家都是小偷，是双手沾满罪恶的小偷。但小华不一样，你是无辜的，所以你一定要幸福。”

“哥、哥哥……”

没想到阿涉竟为自己考虑到如此程度，小华胸口一热。瞬息她冷静下来，冷淡地说道：

“我回去了，还有工作，我可是很忙的。”

小华向门口走去，抓住门把手，下定决心正要转动把手的时候，背后传来了三云尊的声音。

“等一下，小华，话还没有说完。”

“说完了，你还有什么要说的吗？”

“挺有意思的嘛，”三云尊手指搓着下巴说，“从结婚现场把新郎抢走，没有比这更爽的事了。要是成功的话，一定能在三云家的历史上留下姓名。简直能与达斯汀·霍夫曼[1]比肩呐，小华！”

“我又不想青史留名。”

“挺好的呀，小华。”

悦子突然插话道。她的表情生气勃勃，眼神熠熠生辉。小华见过她这样子，这是她在餐桌上讨论偷盗计划时会露出的表情。

“太有趣了，以前偷的不是宝石就是现金，还没有从婚礼现场偷过新郎呢，这事很值得去做。”

完蛋了，小华在内心叹气。一谈到偷东西的话题，就收不住激情，三云家的人本就是这样。偷什么、怎么偷，他们二十四个小时就只会考虑这件事。三云尊和悦子已经如此起劲，看来只能靠她了。

1. 达斯汀·霍夫曼主演的电影《毕业生》中有一幕经典的抢婚镜头。——译者注

“奶奶，你快说说他们，他们脑子里只有偷。”小华说道。

三云松笑道：

“我也觉得挺好的。”

“连、连奶奶也……”

“小华，你摸着自己的心，好好想想。只要你能幸福，奶奶不管什么门都愿意为你开。”

“不错，”三云尊说道，“老妈，你有时候讲话也很有水平嘛。是啊，小华，你好好想一想，那是你深爱过，想和他共度一生的男人啊。那我们只有把他偷来了。坐着等也不能改变什么，偷盗或许将会改变什么，小华。”

三云尊的话，祖父三云岩也讲过。不去偷就不会改变。的确如此，但是从结婚典礼的现场偷走新郎，太羞耻了，怎么可能做得到。

“别闹了，我绝对不会参加的。求你们了，不要自作主张。”

小华说着，转动把手。三云尊满不在乎地对众人说：

“别看她嘴上这么说，心里肯定想干的。怎么办，悦子，没时间了，要快点制定计划。喂，阿涉，啊，不是，凯文，再把平面图给我们看一下。”

“老公，樱庭家的婚礼，出席的都是警察吧！”

“好像是啊，越来越有趣啦，从全场警察的婚礼上偷走新郎。我们三云家的人就是这种类型，难度越高越来劲。”

小华不理会热情高涨的一家人，走出了办公室。走廊上的她满心不安。他们是专业的，一定会做好周密的计划。要怎么阻止他们呢？

话说回来，和马真的要结婚了吗？小华心想。她努力控制自己不去想他，却又不能自已地想起。

“那我先走了。”

和马说着在玄关穿好鞋子。美佐子在身后说道。

“路上当心点，一会在酒店见，我们也马上出门。”

“知道了，妈。”

终于到了婚礼当天。和马丝毫不紧张，而是以再平常不过的状态迎接这一天。无论要不要结婚，案子照常发生，和马一周都在办案，每天忙到天明，几乎没有空闲思考婚礼的事。

走出玄关，只见一辆黑色豪华轿车停在门外。仪式当天，酒店会提供这项服务，乘坐豪华轿车将一对新人送到酒店。一个年轻的男人站在轿车的后门处，身穿深红色制服，似乎是司机。他略带紧张地低下头，打开后座的车门，动作有些笨拙。和马推测他可能是个新人。

和马坐到后排。内部空间很宽敞，皮质座席散发出高级感，座椅后面都装有一个小型液晶电视。年轻的司机打开驾驶席的车门，坐了进来，准备开车。

看了看手表，刚过早上八点。之后，车子要去御茶水的住所接艾米丽，接上她之后再前往有乐町的酒店。预计到达酒店的时间是九点左右，仪式在十一点开始。

婚礼定得匆忙，还没有做好婚后生活的准备。本打算周内选个时间去区政府提交结婚申请，两人先暂时住在自己家里。然后在年内租一套公寓。婚礼、领证什么的，对和马来说不过是形式，生活在一起才算是正式结婚。

车子剧烈地摇晃。司机似乎不熟悉驾驶，车体在转弯时猛地向右偏。车子还在向岛的住宅区中行驶，可能是道路太窄，速度很慢，能感受到司机很紧张。

车子在等红灯。豪华轿车的车身较长，坐在后排感觉距离驾驶席很远。绿灯亮起，车子发动起来，准备左转。

方向盘打早了吧，和马心想。普通的车子还好，车身这么长的轿车，恐怕转不过去，毕竟内轮差和外轮差有差异。

“师傅。”

和马叫道，但为时已晚。车身左侧碰到路边的围栏，发出嘎吱嘎吱的声音。车停了下来。

打开车门，和马下来，绕到左边看看车身。蹭得不轻，刮花了很大一片。年轻的司机下车，一脸苍白地看着被剐蹭的地方。

“没事吧？换我来开吧？”

“不、不用，我没事，请上车吧。”

和马满是不安，路程还长，他担心司机的精神状态。要是他因为高度紧张，再搞出更大的车祸怎么办？与艾米丽碰面后，还是乘电车去酒店比较稳妥。

和马只好坐回后座。刚坐下，他不由自主地瞪大了眼睛。旁边竟然坐着一位女性。

“和马，过得好吗？”

“为、为什么，在这里……”

三云悦子掩嘴笑着。她身穿紫色和服，头发梳了上去，露出白皙的脖颈。

“不要问这么蠢的问题。话说，你要结婚了啊，和小华分手还不到一年，你过得挺快活嘛。还是说只要能结婚，你根本不在乎对方是谁？”

和马看向驾驶席。车里闯入了外人，司机却不为所动，依旧握着方向盘。什么情况？为什么三云悦子会在……和马满头雾水，究竟发生了什么？

“哎呀，讨厌，是蚊子吗？”

三云悦子蹙眉。

“蚊子吗？”

“是啊，不应该啊，都十月份了。”说着，她的视线像是追着蚊子的踪迹，在空气中乱转。“哎，看不见吗？和马。”

和马定睛并未发现蚊子。三云悦子从膝上的手包里，掏出一小瓶喷雾，准备向空气喷去。难道是便携型杀虫剂？

突然，三云悦子的手朝向和马。他突然想起青山的珠宝盗窃犯。那些外国人说自己在立体停车场被人夺了珠宝，正是被喷了类似安眠药的东西。莫非——

一团白色的喷雾喷到脸上。和马闭上眼睛之前见到的最后景象——是雾气后面三云悦子妖艳的笑脸。

糟糕透顶，我究竟来干什么啊？

小华一个人站在东京帝国酒店的一楼大堂。整整一周，她完全联系不到其他家人。电话不通，邮件不回。她不知道其他人在做什么，焦虑不安地度过了一周。昨天晚上，突然收到母亲悦子的邮件，上面简洁地写着“执行计划，早上九点，东京帝国酒店”。小华本想无视，但又不知道他们会做出什么事。思前想后，她还是来到了酒店。

和马是真的要结婚。刚才到二楼俯瞰一眼会场，的确是樱庭家在举办婚礼。朱雀阁的入口写着“樱庭家”三个字，结婚对象好像姓桥元。

时间是九点十五分。小华始终攥紧手机，一声不吭。这时，一位女性跑着穿过大堂，小华下意识地躲在了柱子后面。是小香，她穿着和服，仍然步伐矫健，大步迈上了楼梯，往二楼跑去。她的表情十分认真，惹人在意。

出什么事了吗？小华从柱子后面探出身子，目光追寻着小香的身影。婚礼当天早上，新郎的妹妹如此火急火燎，小华越想越不对劲，决定上二楼看看。

或许时间还早，酒店里人迹稀少。今天有三场婚礼在此举办，能够瞥到一些新人的亲戚和客人们。小华瞧着穿着黑色衣服的酒店服务员从一扇门里走出。

小华接近那扇门，上面写着“STAFF ONLY”。她一边留意周围的情况，转动把手，但门上锁了。她摘下发夹，后背靠在门上，一只手将发夹插入钥匙孔，打不开。祖母教过简单的开门方法，小华觉得无聊都没有听。那时候真该认真听祖母的教导啊，可现在想这些也于事无补。

猛然感觉有人靠近，小华慌忙将发夹抽出。不知何时面前站着一位清洁工。

“奶、奶奶！”

三云松身穿浅蓝色制服，头戴白色帽子站在那里，怎么看都是兼职的清洁工打扮。

“我看你好半天了，一扇破门就把你难成这样，你还嫩得很呐。”

“奶奶，大家在哪？”

“谁知道呢，是小尊让我守在这里的。”

三云松说着，摘下发夹，插进了钥匙孔，不到五秒门开了。

“开了，小华。”

“不愧是奶奶！”

小华看了一眼周围，侧身溜进了门内，祖母跟在后面。门的这面有一条狭窄的走廊，旁边有几扇门。小华注意到其中一扇门，似乎是服务员专用的更衣室。

所幸更衣室没有锁门。小华推开门确认里面没人之后，走了进来。进门处有一个架子，上面挂着刚从洗衣店送回来的制服，她开始寻找符合自己尺寸的。

小华迅速脱掉衣服，穿上了深红色制服。从手提包里拿出一次性口罩，戴在脸上。她将换下来的衣服塞到空的存衣柜里，一并把手提包也塞了进去。之后，小华与三云松一起走出更衣室，回到了二楼大厅。

“奶奶，您真的什么都没听说吗？”

“啊，但是小尊他们已经出动了哦。不过这个酒店真是豪华啊，换装成清洁工也不能放松警惕。我先藏起来了，出了什么事我会去救你的。”

三云松说着向大厅走去。小华环顾四周，接下来怎么办呢？正在犹豫时，她看到一个男性工作人员穿过大厅，脚步飞快，看起来有些慌张。小华决定追上他一探究竟。

工作人员消失在大厅深处的一扇门里，那似乎是朱雀阁的后门。这里有几间休息室，参加婚礼的亲友们都聚在这里聊天，很是热闹。工作人员进的是樱庭家的休息室，小华在门口停下。好在门敞开着，能听到里面的对话。

“所以说，和马还是下落不明吗？”

声音充满不安，小华听出是樱庭美佐子的声音。回答的人是一个从未听过的男人声音，估计是刚刚跑进去的酒店工作人员。

“呃，是，还没有到。”

“太奇怪了，和马上了去接他的车，我内人都看到了。”

现在是樱庭典和在说话。男人惶恐地回答：

“我们酒店并没有这样的迎接服务，是不是哪里搞错了……”

小华大概听明白了。和马坐上了去接他的轿车，消失得无影无踪。不用说是父亲他们干的好事。当初说是从婚礼上偷新郎，现在居然在婚礼开始前就把人扣押了。的确像是三云尊能想出来的主意。但是……小华在内心气愤地想，哪里是偷，简直是绑架、监禁啊。

“究竟是怎么回事？新娘已经到了吗？”

“是，刚刚到了。”

“老公，怎么办？”

“什么怎么办？也只有等了。距离婚礼开始还有一个半小时。”

“他不会被卷进什么案子了吧？”

“不清楚，但是我们不要轻举妄动。一个警察在结婚当天下落不明，从来没听说过这么荒唐的事。现在我们只能等他。”

“我们也在酒店里找找看吧。”

感觉到工作人员要出来，小华离开了门口。迎面走来一位和小华身穿同样制服的女性。对不起了，小华在心中默念，故意擦肩而过，从她的胸口取下了名牌，转瞬戴在自己的胸前。名牌上写着“铃木”。我终究不是三云华，最后还是要成为铃木花啊。

接下来怎么办呢？小华一边苦思冥想，一边沿走廊走着。

睁开眼睛，和马发现自己置身一个昏暗的房间里。他迷迷糊糊地想要起身，才意识到自己被捆住了。他坐在椅子上，双手和双脚都被绑住。

还记得在轿车里被三云悦子喷了类似安眠药的东西。和马四下环顾，这里像是酒店的一个房间。床边的数码时钟显示，现在是上午九点半。他晃了晃身体，却纹丝不动。

“哎呀，你醒啦，和马。”

三云悦子出现。她丝毫不打怵，表情平静。

“三云太太，你打算做什么？你清楚自己在干什么吗？”

“被你骗得好苦，”三云悦子伸过手来，摸着和马的下巴，“长得这么可爱，却偷偷地收集了我抽过的烟头，到底是刑警啊，不愧是小华看上的男人。”

是在翻旧账吗？的确，如果没有那次DNA鉴定，三云家现在会过得很安稳。

“没办法，我是警察，我不可能放走眼前的犯罪者。”

“说的也是，旧事就不提了。今天把你带来，是有重要的话要说。”

和马听到门被打开的声音。进来的是三云尊，他直直地看着和马，坐在床上。

“这是要干什么？你们二位在想什么？”

“接下来我来提问，”三云尊突然开口道，“你只需要回答‘是’或‘不是’，明白了吗？第一个问题，你现在仍然爱着三云华吗？”

“什么意思？请放我出去，今天我……”

三云尊打断了他的话。

“我知道的，今天你要举办婚礼，这点事情我们都知道的。好啦，不会耽误你太长时间，快点回答。你现在仍然爱着三云华吗？”

莫名其妙，但如果不回答也不会有什么进展，虽然不知道被困地点，但应该是在都内吧，一个小时内就可以赶到酒店。

“不、不是。”

和马回答。三云尊站起身，挡在和马面前。三云悦子在他身后抱着胳膊。

“第二个问题，你从心底里爱着你的新娘桥元艾米丽。”

“是，当然了，所以我要和她结婚啊。”

“不要说多余的话。第三个问题，如果三云华和桥元艾米丽同时向你求助，你会毫不犹豫地去帮助桥元艾米丽。”

“是。”

“我问完了，”三云尊重新坐到床上，跷着二郎腿，“我们三云家的人，只要看一眼对方的眼睛，就能读懂他的心思。我没骗你。谁心里有愧我一眼就能看出来。刚才问你的三个问题，你都说谎了，对吗？”

“看穿谎言？这么荒唐的……”

“回答我，你说谎了吗？”

和马无言以对。三云尊说得对，现在他依然爱着小华，不可能忘记她。两人最后一次单独见面，是在小华工作的图书馆附近的咖啡馆。分别的时候，她用熟练的手法拿走了自己的钱包，那个笑脸深深地烙印在脑海里，现在也无法忘怀。和马第一次见到她那样落寞的笑容。

“你不否认，就等于是承认了。呐，悦子。”

“是啊，”三云悦子抱着胳膊回答，“和马，你现在还喜欢她吧？嘴巴可以骗人，但眼睛不会。不要小看我们三云家的人。”

和马沉默不语。于是，三云尊说道：

“呐，我有个主意。别看我这个样子，我很有钱的，比你想象的有钱。我主要的资产都在海外的账户里，而且还在海外有好几处房产。”

我猜也是，和马心想。三云尊所以能骗过警察的眼睛，与他藏匿财产的地点有很大的关系。在日本国内保管资产风险太高，只能把眼光投向海外。

“然后呢，你想不想舍弃现在的自己？将一切全都抛诸脑后。警察的职业也好，樱庭家的家世也好，全都放弃。你就这样子去机场，和小华一起出国。先去夏威夷比较好，我在那里有一套度假用的别墅。怎么样？主意不错吧？”

面对这样没头没脑的话，和马无语了。就这样去机场，和小华在国外生活。如果真的可以，那也太轻松了。但是冷静地想想，怎么可能办得到呢？马上要举办与桥元艾米丽的婚礼，抛下一切逃到国外，和马做不到。

这时，三云尊从上衣口袋里拿出手机，皱着眉头看了一眼屏幕。

那是和马的手机，应该是趁和马睡着的时候抢走的。三云尊歪着嘴角笑道：

“从刚才起，你的电话都快打爆了。你这个新郎不见了，联系你也很正常。我看看这次是谁？荒川？”

是小松川警署的荒川。他不知道今天和马要结婚，估计是案子有了进展。

“求你了，我可以接那个电话吗？”

“不行，快点决定，你要怎么办？”

“求求你，这个电话和你们也有关系，这样也不行吗？”

三云尊歪着头，与三云悦子视线交流之后，站起身来。他按下接听键，将手机拿到和马耳边。里面传来荒川的声音。

“樱庭吗？是我，荒川。你拜托我的事情，已经查清楚了。”

“谢谢你，那结果是？”

“啊，小松川警署的搜查员没有人符合。然后是警视厅的搜查员，其中有一名符合的，他的姓名是……”

和马听着听着，慢慢说不出话。怎么会——

“喂，樱庭，你在听吗？”

“呃、嗯。荒川先生，我欠你一个人情，这下案件或许能解决了。”

“案件？你……跟我解释一下啊。”

和马转过头去，耳朵离开了手机。看到他的动作，三云尊将手机放回上衣口袋里，说道：

“案件是什么？而且你说跟我们也有关系，究竟怎么回事？”

“嗯，”和马调整好呼吸，“找到杀害二位的亲人——三云岩的嫌疑犯了。”

“你说什么？”

三云尊倒吸了一口气。和马继续道。

“而且，嫌疑人就在今天婚礼的宾客中。”

“找到杀害老爸的凶手了？喂，凶手是谁？喂，回答我！”

三云尊勃然变色，晃动和马的肩膀。和马平静地说：

“还不能百分之百确定，目前没有确凿的证据。”

“是谁？杀害老爸的凶手是谁？喂，快说啊！不说的话……”

“能先帮我解开这个吗？”和马低头看看捆绑自己的绳索，“我发誓绝不反抗，而且我也不是你们两位的对手。”

三云尊用思忖的眼神瞧着和马。终于他点点头，从上衣口袋里拿出小刀，一点一点割断了绳索。和马的手脚终于可以活动，他舒了一口气。

“所以，凶手是谁？”

“在此之前，请告诉我这是哪里。”

床头的数码时钟显示九点四十五分。还有一个小时多一点，婚礼就要开始。三云尊笑着回答：

“别担心，这里是东京帝国酒店本馆十五层的房间。五分钟内就能赶到朱雀阁。”

和马站起来，走到窗边，将窗帘拉开一条缝。确实如此，楼下不远处是山手线的铁轨，对面就是东京站。

“还缺少决定性的证据，但是有一点我可以确定，杀害三云岩的凶手，与伤害我的祖母的暴行不无关系。”

“你的祖母？你奶奶怎么了？”

“小华什么都没和二位讲吗？”

三云尊歪着头，三云悦子也做出同样的动作。和马只好向二人解释樱庭和一与伸枝以及三云岩的不解之缘。本以为能简单地说清楚，结果花了七八分钟。这会儿应该前往婚礼的休息室了。

“还有这种事，我是第一次听说。”听完和马的讲述，三云尊自言自语道。

三云悦子接着说道：

“我也没听说过，不过还是不要告诉婆婆比较好吧。自己的丈夫，为了给曾经喜欢的女人报仇，追查了五十年。她听了一定会难过的。”

“是啊，还是不要告诉老妈了。”

“但是和马，你的爷爷计划让你和小华见面，真是厉害。你们果然注定要走到一起，这是命运呀，命运。”

“这是两码事。话说回来，”和马认真地说道，“为什么二位能随意使用这个房间呢？”

“啊，”三云尊回答，“直到明天都被我们预约了。你小子在计划什么？不会想带小华来这里造人吧？胆子够大的啊，我不同意！就算要造人也得去了夏威夷再说。”

“我没有在想这些。那个……”

和马将心中的计划讲给二人。听完之后，三云尊交叉起胳膊。

“也不是不能做。但是我一个人恐怕有点困难，需要一个电脑高手。不过，这样真的可以吗？如果这样做，你的婚礼就全完了？”

奇怪的人。和马轻轻地笑了，说出了不像是想要搞砸自己婚礼的人说出的台词。

“嗯，我做好准备了。”

“好，我懂了，”三云尊转头道，“喂，悦子，阿涉去哪了？话说他今天的分工是什么？”

“我想想，他负责开车和预订房间。咱们正在被通缉呢，不能暴露身份。那孩子去哪了呢？”

“我在这呢。”

洗手间的门打开，走出了一个男人。他身穿藏蓝色运动服，胸口的号码布上写着“凯文”。是刚才开车的男人，年纪似乎比自己大，又似乎比自己小。

“这是我的大儿子阿涉，因为某些原因，现在他叫凯文。我对电脑也算是精通，但他更厉害。”

听了三云尊的话，和马看着名叫阿涉的男人。也就是说，他是小华的哥哥了。和马轻轻点头打招呼，阿涉害羞地低下了头。

“阿涉，你听到刚才我们说什么了吧，我们需要你的帮助，你能办到吗？”

“嗯，没问题，我需要一个小时。”

听他如此说，和马说道。

“大概正午之前，是第一次换装休息的时间，那时候我会暂时退场，可以利用那个时机。”

“好的，”三云尊回复道，“你要记得，我们帮你，是为了找到杀害我老爸的凶手。”

“我明白，我先回去了。”

和马说着，向门口走去，突然他想起什么事，停下脚步，回头对三云尊说道。

“还有两件事，想要拜托你们。”

“还有啊？你这小子还挺会使唤人的。”

和马快速说完之后，三云尊点点头。

“知道了，包在我身上。”

“拜托了。”

和马走出房间，看看手表，接近上午十点，时间不多，但努把劲还来得及。和马沿着走廊跑了起来。

没有动静，似乎还没有找到和马，小华握着手机，却没有任何消息进来。父母究竟在做什么呢？

小华漫无目的地在休息室外面的走廊上闲晃，看到两位女性从休息室出来。其中一位上了些年纪，另一位年轻漂亮。她们是从桥元家的休息室出来的，那位年轻的女性可能是今天的新娘。小华听到二人的对话。

“妈，怎么办呐，完蛋了。”

“艾米丽，不要泄气，和马一定会来的。”

“还有不到一小时了，他肯定是出什么事了。”

名叫艾米丽的女性表情泫然欲泣。她就是和马的结婚对象。小华装作看手机的样子，暗暗观察两人。

“不要担心，艾米丽。”

“别安慰我了，婚礼如果取消，我就成大笑话了，丢死人了！”

艾米丽五官标致，明媚华丽，如同模特一样。小华很在意她刚才说的话，她担心的不是无法与和马举办婚礼，而是自己恐怕会成为众人的笑柄。可能是自己想法比较古怪吧，小华心想。但也许是无可奈何，新郎去向不明，婚礼有可能取消，没有亲身经历的人是无法体会这种心情的。

两人回到休息室，小华离开了原地。这时，一个熟悉的声音传入耳中。

“艾米丽，对不起。”

是和马的声音。小华不由得身体僵硬，无法挪动。

“和马，你怎么现在才……”

“之后我再跟你解释，快点换衣服吧。呐，服务员。”

小华起初没有以为是在叫自己，但突然想起自己打扮成了服务员，她只得稍稍低着头，小声回答：“什、什么事？”

“我想马上换衣服，请帮我安排一下。”

“我知道了。”

小华瞥了一眼和马的脸，他正一脸担心地看着艾米丽，没有留意自己。小华离开原地，向近处的一位男服务生说道：

“樱庭家的新郎到了，他想要立刻换衣服。”

“是吗？终于到了，”男服务生仿佛心里放下一块大石，抚摸着胸口，“立刻准备吧。哎，你……”

小华快步离去了，她在走廊的拐角处转弯，靠在墙壁上。真是吓坏了，没想到和马会跟自己说话。她大大地呼了口气，这时口袋里的手机震动起来，看到来电显示，小华急忙按下接听键。

“爸，你在干什么？”小华把身体靠近墙壁，小声说道，“快住手，赶紧回去。妈和你在一起吧？不收手的话我要生气了。”

“小华，虽然我也搞不清状况，但我好兴奋呐。”

三云尊在电话那边说道，声音似在憋着笑。

“兴奋……开车把阿和拐跑，是爸干的好事吧？你究竟对阿和做了什么呀？”

“都这时候就不要罗里吧嗦的，已经开始了。话说你现在在哪？”

“现在？我在酒店里。”几位盛装的女性，看着小华的方向，沿走廊走过。小华再度压低声音，“我在休息室附近。对了，刚才我碰到奶奶了。”

“那太好了！听好了，小华，有件事需要你做。”

“我绝对不会帮你。”

“好了，安静听我说。第一件事是……”

小华只得静静地听三云尊说。等他讲完，小华说道：

“这是什么？做这些有什么意义吗？”

“我也不知道，总之拜托你了，小华。这不仅仅是你和和马的问题，作为三云家的一员，你需要亲眼见证到最后。”

“什么……什么见证到最后？”

“快点行动！你忘了吗？踩点、计划、执行。现在进入执行阶段了，懂了吗？”

电话挂断了，还是那么随心所欲。小华一肚子火，沿走廊返回二楼大厅，向连接更衣室的大门走去。刚才祖母帮自己打开过。转了一下把手，没有上锁，小华直接进了更衣室。

她打开存有自己的衣服和手提包的柜子，拿出手提包，从中取出一枚手帕。这是一年前最后一次拜访樱庭家时，樱庭和一交给自己的男士手帕，上面绣着大写字母“M”，是祖父的遗物。那天以后，小华一直将它收在自己的包里。

小华一手拿着手帕，离开更衣室，再次回到二楼大厅。她看到对面走来一位清洁工，正是祖母。果然是她提前帮自己打开的门。小华与她迎面而行。两人擦肩而过时，小华把手帕放在三云松手中。三云松若无其事地收下，装进口袋，向电梯间的方向走去。

将手帕交给祖母，是三云尊交代的第一个任务。小华看看手表，还有四十分钟婚礼就要开始。宾客尚未全部入座，难以执行第二个任务。

会发生什么呢，小华似乎有点丈二和尚摸不着头脑。但是现在只能按三云尊说的去做。他们的目的是掠走和马，为什么又会放掉他呢？很明显，父亲他们的意图往其他方向倾斜了。

小华穿过大厅，走向朱雀阁。

距离婚礼开始还有三十分钟，宾客陆陆续续地进入朱雀阁。小华悄悄搞到一份座位表，对照着寻找目标人物。座席按照植物的名称分开，目标人物坐在枫叶桌，但目前还未出现。

从座位表就能发现，新郎一方的客人三分之二以上都是警察相关人员，因而他们的桌上气氛危险，令人敬而远之。小华自己也感到紧张，毕竟会场里都是警察，周围全是敌人。

“不好意思。”

有人拍拍自己的后背，小华转过身去，瞬间僵住。背后站着的人是樱庭香，她身穿黑色和服，很适合。

小香盯着小华看了半天，小华只得躲避她的视线，整个身体在晃动。“什、什么事，客人？”

“你是三云华吧？呐，是吧？”

“您认、认错人了。”

“虽然你戴着口罩，可别想混过我的眼睛，你在做什么？”

没办法了，小华只得放弃抵抗，坦白地回答：

“我在这里工作，看不出来吗？”

“不要说谎哦，你怎么可能碰巧在大哥举办婚礼的酒店里工作？你有什么意图？”

“我没有任何意图。”

“又来了，你在这里出现，一定有什么阴谋。”

“求你了，小香，不要说我在……”

“放心吧。”小香拍着胸脯保证。她的脸上画着精致的妆容，只要不开口讲话，一定会吸引很多男人前来搭讪。“反正婚礼也很无聊，本来我都不想来的。没想到能见到你，我倒是多了一点乐趣。”

说着，小香笑了，那是发自内心的笑容。过了一会，小香神情严肃起来，小声地说道：

“我只跟你说啊，大哥要娶的人，我总感觉喜欢不起来。那个女人绝对很腹黑，你比她强一百倍。不过现在说什么也是马后炮了。”

说到这里，小香轻轻拍着小华的肩头。

“所以呢，虽然不清楚你有什么意图，但还是祝你顺利。”

小香离开了，她似乎不习惯和服，步伐比平时笨拙。小香坐到了新郎一方后面的圆桌旁。樱庭家的人还没进入会场，只有小香一个人坐在那里。

枫叶桌，不知何时已经坐着几位男宾，估计是刚才谈话的时候进来的。小华再次查看座位表，找准目标人物的席位，向枫叶桌走去。

中途，小华从其他桌上拿走一只玻璃杯。那一桌已经坐着几位宾客，却没有一个人发现小华拿走了玻璃杯。

小华接近了枫叶桌，在目标人物面前，她故意弄掉了手中的玻璃杯。地上铺着很厚的地毯，玻璃杯没有摔碎。

“真是不好意思！”

小华说着，弯下身去，左手捡起玻璃杯，右手将口袋里的纸片掏出来。纸片上是按三云尊的指示写下的文字。她将纸片放入这个陌生男人的上衣口袋里，男人没有发现，向小华说“没事儿，不要在意”，继续和同桌的客人谈笑风生。

小华走出朱雀阁，拿出手机，简短地在邮件里打下“任务完成”几个字，发送给三云尊。估计等婚礼开始以后，才会发生什么吧。总之先去洗手间吧，小华想着，沿走廊走出去。

“双方的亲朋好友们，衷心感谢各位的光临。承蒙抬爱，我十分荣幸地代表女方家属，为两位新人献上祝福。新郎和马是犬子的同事，他工作……”

和马拿起手边的香槟酒杯。婚礼已经开始，进入了致辞环节。在台上致辞的是搜查一科的同事卷荣一的父亲——卷孝辅。卷孝辅是警察厅长官官房的审议官，通过了国家一类公务员考试，也就是常说的走仕途的警察，现在的级别是警视监。他既在警察厅工作，又是新娘的亲属，因而请他致祝词。

“……祝二位新人百年好合，祝双方的亲属和在场的每一位来宾幸福美满，请大家举杯！干杯——”

在场的宾客全都举起酒杯，喝下杯中的美酒。和马喝了一口香槟，将杯子放回桌上。身穿婚纱的艾米丽坐在旁边，笑靥如花。

“两位新人请看这里，可以举起酒杯，摆出碰杯的姿势。”

摄影师说道。和马再次拿起杯子，与艾米丽的杯子轻轻碰在一起。摄影师边看取景器边说：

“新郎的笑容有点僵硬啊，请笑开一点。”

和马重新摆出笑脸，艾米丽笑得百媚千娇。刚才她明明还在不满和马迟到，换衣服的时候心情很差。现在仿佛完全忘记了刚才的事，令人难以相信。

闪光灯又闪了几下。等摄影师离去后，和马喝了一口香槟，索然无味。

和马感觉置身于梦境和现实的交界，情绪高涨。早上从轿车里被绑走，在酒店的房间里醒来，不过是几个小时前的事情。无法相信此刻自己竟然坐在这里。

主持人通知道：“接下来进入畅谈言欢的时间。”和马面前一下子挤过来好多宾客，似乎一直在等待这一刻。第一波过来的是花枝招展的女人们，她们是艾米丽的大学同学。和马一边接受着祝福的话语，一边遭受她们的目光扫射。

由于自己从相亲到结婚的时间很短，和马没有见过艾米丽的朋友。虽然她们的视线像是在估价一般，但和马依然讨好地笑着，听她们说话。

“恭喜你呀，艾米丽。”

“美沙，谢谢你大老远地跑来。”

“没想到我是最后被剩下的。”

“没关系的，美沙，你一定会找到好男人的。”

和马瞥向最后面樱庭家的一桌。和一与伸枝，典和与美佐子，以及小香。五个人坐在同一张桌子边，从远处看也能知道他们情绪不高。小香一个人吃着菜，大声呼唤服务员再上一瓶酒。和马也明白小香根本懒得参加婚礼，但小香完全没有露出这种情绪，大快朵颐地吃着。

“恭喜你，艾米丽。”

“哇，麻美，我们多少年没见了？”

“高中毕业以后就没见了，七年了吧。”

“麻美你一点都没变。”

接着过来的是艾米丽的高中同学。女性往往在这种场合更加积极，每个人手里都拿着手机和数码相机。

罪恶感让和马胸口作痛，我就要毁掉这场婚礼了，和马在想，但是千载难逢的好机会就在眼前，可以利用这个场合抓住真凶。对方是杀人犯，拖得太久恐怕后患无穷。

和马对艾米丽满是歉意。但是一旦真相水落石出，与她的婚姻还是会破裂，必须在登记之前解决这件事。

“拍张照片吧。”

“好啊，大家向后转。”

两人被艾米丽的友人们围在中间。和马感觉呼吸困难，又不得不敷衍地笑着，沐浴在闪光灯中。

婚礼已经开始四十分钟。现在主桌上已不见新人的身影，新娘十分钟前去补妆换装，和马也在五分钟后退席了。

“呐，小姐，再拿一瓶啤酒来。”

“好的，现在为您去拿。”

由于穿着服务员的衣服，宾客们不断找自己要喝的，小华从刚才就和服务员们一起在搬运饮品了。戴着口罩也没人觉得奇怪，每个人都很忙，无暇关心其他人。刚才在饮品吧台附近听到其他服务员的对话，好像今天其他会场在举办研讨会，忙得不可开交。

小华将一瓶啤酒放在桌上，正准备离开时，突然左手腕被人抓住。小华转头，不由得怀疑自己的眼睛，抓住手腕的人正是樱庭典和。

“小华，啊不，你怎么会在……”

这边是新娘一方的酒桌，小华不想被樱庭家的人发现，尽量没有靠近新郎一方。但是她疏忽了，典和一手拿着啤酒，来这边打招呼。

“您认、认错了，我是铃木。”

“不许骗人，休想瞒过我的眼睛，你跟我过来。”

“疼，请放手。”

典和抓着小华的手腕，将她带到樱庭家的坐席上。看到她，正在吃沙拉的伸枝惊讶地说。

“哎呀，这可是稀客呀。”

小华被按在空着的椅子上，应该是美佐子的座位，她现在不在。典和坐下来，将啤酒瓶放在桌上。

“请你解释一下吧，这是怎么回事？为什么你会在这里？”

“我、我在这里工作。”

“别骗人了！你有什么企图？你还对和马念念不忘吗？你是不是想在婚礼上搞破坏？”

“不是的，我没有这么想。”

小华说着，在心里暗暗叫苦。事实上不是我，是我家人在计划着什么。这时斜前方吃着小吃拼盘的小香抬起头来。

“有什么关系嘛，爸，不要问这些了，她也想祝大哥新婚快乐嘛。”

“小香，你在说什么。从刚才就只顾着吃，作为樱庭家的人，你不该去打招呼吗？”

“可是很麻烦啊，”小香对经过的服务生说，“啊，这个小哥，再拿一杯乌龙茶兑烧酒。还有，主菜还没好吗？快点上啊。”

服务生低了下头，离开了。伸枝说道：

“小华，过得好吗？”

“呃，嗯，托您的福。”

“那就好。下次去家里玩吧，东也很想你。”

“老妈你又在说什么？”典和一脸不解地问道。

伸枝不以为然继续说道：

“和马结婚以后就会离开家，那小华不能来的理由就不存在了。是吧，老伴。”

和一听到后，清了清嗓子。

“我觉得可行。还有啊，典和，我觉得今天的婚礼不会顺利。”

“什么意思啊，老爸？”

“你这样也算是和马的父亲吗？你没看到他的表情吗？那是隐瞒了某些重大事情的表情。你想想，今天早上，酒店安排的轿车来接他，然后就不见了。我们都以为他不会出现的时候，他又若无其事地出现了。和马一点也没有解释发生了什么，你不觉得奇怪吗？”

“难道是三云的诡计……”

“我没有这么说。但是典和，接下来会发生点什么的，一定。”

感觉背后有人，小华转过头。穿着黑色短袖和服的美佐子站在身后。小华慌忙站起来，美佐子沉默着坐到椅子上。

“美佐子，我发现了她，她打扮成服务员混迹在里面。”

美佐子没有理会典和，拍拍手叫来了服务生。美佐子对跑来的服务生说道：

“拿一把椅子来。”

“好的，这就去拿。”

服务生将墙边的椅子搬过来，放在小香和美佐子之间。美佐子看着椅子说：

“坐下来吧？”

“好、好的。”

小华坐在那把椅子上。身旁的小香一边喝着乌龙茶兑烧酒，一边说：

“你是不是瘦了？”

“好像是吧。”

“因为和我哥分手吗？哎，没办法啦。下次我们再去吃烤鸡肉串吧，该我请客了。”

“好怀念啊，”伸枝眼睛看着远处，“还不到一年啊，小华来咱们家做咖喱的那次，做得很好吃哦，和马还添了一份。其实那天半夜，有人偷偷地把小华做的咖喱热了吃哦。”

和一咳了两声，略带害羞地脸红了。

“母亲，咖喱不算是菜。”

“美佐子，你那时候也是这么说的，难道不是因为你嫉妒小华？”

“才不是。”美佐子当真地说道。

除了典和之外，大家都笑出了声。

“你们这是在干什么？”典和受不了了，“你们是不是脑子有问题了？大家想想啊，不要忘了这孩子的身份！”

美佐子坐正，对典和说道：

“老公，你还不明白吗？”

“明、明白什么？”

“现在的状况啊。她一来，就仿佛回到了一年前。这一年，咱们家每个人都在看着气氛度日，我实在是太压抑了。刚才这一桌，哪里像是婚礼，根本是葬礼啊。但是这孩子出现之后，氛围就变回以前了。”

我什么都没做啊，小华心想，她只得缩着肩膀坐在椅子上，因为惶恐，她的整个背部缩成一团。

“哎？你来这里干什么？”

抬起头来，一位穿着酒店制服的男性站在面前。身穿服务员的衣服坐在客人席位上，会被责难也是情理之中。男性看着小华的胸牌说道。

“铃木，现在回吧台那边。”

“不用去，她是特例。”美佐子自然地说道。

“但是，客人……”

“没关系的，不用管她。”

男性不情愿地离开了。小华看到典和拿起桌上的空酒杯，下意识地伸手拿起啤酒瓶，递到典和的面前。

糟了，一不小心做出这种事。在小松屋的常客面前时常这么做，一不留意就表现出了职业病。典和犹豫了一瞬，又改变念头，把酒杯靠过来。小华向杯里倒满啤酒，典和也顾不了那么多，拿起酒杯一饮而尽。

“那个，小华，”伸枝搭话道，今天她的头上也绑着束发带掩盖伤痕，“其实，和马第一天带你回家的时候，我开心得眼泪都快出来了。我一眼就看出来，你是阿岩的孙女。阿岩曾经救过我，他的孙女和我们家和马交往，再没有比这更棒的事了。”

伸枝想起了一年前的事，泪眼汪汪。小华说不出话，一个劲地低着头。

小华看到服务生们频繁地交谈，他们脸上的表情，似乎发生了什么突发事件。新郎新娘去补妆，还没有回到座位上。发生什么事了呢？是不是过去看看比较好？小华犹豫着，突然会场的灯光暗了下来。

朱雀阁的右侧，也就是女方宾客的那一侧的墙上，一块巨大的荧幕亮了起来。设置这块荧幕，是用于播放来宾的寄语以及朋友们制作的祝贺视频的。荧幕上出现了画面。

会场一片寂静，大家都以为要播放余兴节目，注视着荧幕。画面上是酒店的一个房间，视频似乎是从房间的斜上角暗中拍摄的。一个男人坐在椅子上，正是和马。

“和马这家伙，不是去换装了吗？”

典和自言自语道。美佐子回答。

“是啊，和马在干什么呢？”

画面左下角出现了“LIVE 影像”的字幕。那群人在想什么？能干出这事的只有三云家的人了。在婚礼现场擅自播放直播实况视频，只有三云尊他们干得出来。

角落里，会场的门被轻轻推开，一位女性从门缝中探出脸，看着荧幕。是新娘艾米丽，她的表情十分不安。

荧幕上的画面发生了变化，又一个男人出现在画面前方。走进房间，男人坐到床上，身子向后仰去，双臂在背后撑住上身。

“什么事啊，樱庭，叫我来这里，是余兴节目的一环吗？”

和马并不作声，只是坐在椅子上。坐在床上的男人正是枫叶桌的目标人物。小华按三云尊的指示，将酒店房间号和时间写在纸片上，偷偷塞进了他的口袋里。这是三云尊吩咐的第二个任务。

坐在床上的男人继续说道：

“但是命运真是不可捉摸啊，没想到你居然会跟我的表妹结婚，我们就要成亲戚了啊。不过，樱庭，我该做点什么？你设计的是惊喜类的节目吧？我还挺喜欢这类型的。”

“不是余兴节目，卷哥。”和马终于开口，表情严肃，“我知道了，我终于知道了。”

“你知道什么了？”

“一年前的案件。荒川河岸的案子，你还记得吗？”

会场一片哗然，宾客们意识到这不是余兴节目，站在角落的女主持人表情尴尬地握着麦克风。

“哪个案子啊，凶手是河边流浪汉的那个？”

“是的，就是那个案子。但是凶手不是他，卷哥，是你干的吧？杀死立岛雅夫，不，三云岩的凶手。”

小华瞠目结舌，这个男人——是杀害爷爷的凶手？她咽了口唾液，聚精会神地盯着荧幕。

和马一动不动地观察着卷荣一的表情，但他丝毫没有动摇。卷荣一假装糊涂。

“樱庭，你说什么？你脑子坏掉了吧？”

“我是认真的，卷哥，告诉我真相吧。”

“我问你知道自己在说什么吗？莫名其妙。走吧，该回去了，婚礼刚到一半。”

卷荣一说着站起身，和马制止了他。

“别着急，卷哥。我们不是都要变成亲戚了吗？没必要藏着掖着。”

“你脑子有病吧，我走了。”

和马从上衣口袋里拿出一块手帕，是那块绣着大写字母“M”的灰色手帕。三云岩遇害当晚，樱庭和一从他的口袋里找到的，为了留作纪念拿走了。后来手帕辗转交到了小华手上，刚刚小华交给了三云松。

和马把手帕放在床上，说道：

“还记得这个吗？”

卷荣一看到手帕的瞬间，便移开了视线。

“不记得。”

“让我们来梳理一下案发当晚的情况吧。那天晚上，我们两个接到发生案件的通知，立刻赶去了荒川的河岸。我到的时候，你已经在那里了。卷哥你家在成城[1]吧，你却比住在东向岛的我还要提前到现场，当时我就觉得奇怪。”

“那是因为，我当时正好在外面，直接就过去了，不是什么大事。”

“好，就算是这样吧。我抵达现场的时候，你去了附近的公厕，还记得吗？”

“不好意思，不记得了。”

那是水泥砌的老式公厕。等卷荣一出来后，两人才一起去的尸体所在地。

“其实上个礼拜，我去了那个公厕。我很吃惊，那里建起了新的公厕，我问了区政府，是大约半年前新盖的，两年前，公厕的下水管坏了，之后就一直停止使用。也就是说，一年前的案发那晚，公厕是无法使用的。卷哥，你怎么进去的那间公厕呢？”

“我怎么会知道这种事。”

看来他是打定主意装傻到底了。和马转换了问题的矛头。

“尸体的面部被钝器一类的物品毁坏，为什么凶手如此执着于

1．成城是东京都世田谷区的地名，位于东京市区的西南部。东向岛是东京都墨田区的地名，位于东京市区的东北部。案发地点的荒川河岸位于东京市区的东部。——译者注

毁掉死者的脸呢？我一直心怀疑问，现在我知道了，其实非常简单。那天晚上，除了死者之外，有两个人到过现场，第一个人杀害了死者，第二个人毁掉了死者的脸。所以当凶手看到尸体的脸被毁坏时十分惊讶。”

卷荣一没有说话，焦躁地咬着嘴唇。和马继续道：

“问题回到这块手帕上。这是第二个来到现场的人，从死者的口袋里拿走的。上面绣着死者姓名的首字母‘M’，第二个人想要拿它作纪念。”

不是立岛雅夫（MASAO）的“M”，是三云（MIKUMO）岩的“M”。祖父樱庭和一是这么想的，所以将手帕带离了现场，最终交到小华手上。但是在一周前，和马在逛新宿的百货商场发现同款手帕的时候，和马心中产生了新的想法，那块手帕真的是三云岩的吗？

三云岩做好了赴死的心理准备，他预备了假的身份，更换了警视厅的数据。如此小心周密的人，无法想象他会带着一块绣着名字首字母的手帕四处游荡。那么这块手帕的主人是谁呢？

“我想，这块手帕不是死者的，是凶手的吧。恐怕死者意识到死期将至，在被凶手袭击的瞬间，使出浑身解数，从凶手的口袋里抽走手帕，装到了自己口袋里。”

“胡说八道也要有个限度，”卷荣一冷笑一声，“跟变戏法似的事情，谁能做得到？”

“他的话，可以做到。”

传说中的扒手之王三云岩，如果是他绝对有可能。为了留下指证犯人的线索，在死前他最后一次使出了独家绝技。但是命运多舛，这块手帕却被好友樱庭和一带走了。

“小松川警署有位名叫荒川的刑警，我拜托他调查了一件事。那天晚上，出入现场的警察当中，谁的姓名首字母是‘M’以及他们的不在场证明。小松川警署没有首字母是‘M’的警察，并且全员都有不在场证明。警视厅的刑警中，仅有一人的姓名首字母是‘M’，而且没有明确的不在场证明。卷（MAKI）哥，就是你。”

“不愧是名侦探，查得这么仔细。但是我有不在场证明，那天我和家人在一起，在浅草的一家天妇罗店吃饭，所以我才能那么快到现场。”

“亲属的证词不足凭信，卷哥你应该清楚。那天晚上，你犯下罪行后离开了现场，但是半路上，你发现自己的手帕不见了。你急忙想跑回原地寻找，但当时已经收到了案情通知，你不能轻举妄动。等我抵达之后，你终于可以靠近了。这时候你看到了公厕。我猜，你行凶之后曾经进去照过镜子，既是为了确认自己身上有没有溅上血迹，也是为了整理乱掉的头发。你是为了照镜子进去的，所以你根本没有注意到厕所无法使用。再次回到现场的时候，你想起或许自己刚刚把手帕掉在里面了，为了确认，你又进了公厕。”

和马伸出手来，托起床上的手帕。卷荣一表情阴沉。和马继续说道：

“除我以外，这块手帕还沾了许多人的指纹。如果送去鉴识，发现了你的指纹，你还要找借口吗？”

“够了，樱庭，”卷荣一仰头看着天花板，“假设我真的是凶手，我的动机是什么？杀了那个老头子，我能得到什么好处？”

“动手的人是你，但指使你这么做的另有其人。现在他就在朱雀阁中，卷英辅，你的祖父。”

每个人都在屏息静气，全神贯注地看着荧幕，没有人发出一点声音。小华感觉自己的唇周渗出了汗珠，但她没有力气摘下口罩。

那个姓卷的男人就是杀害祖父的真凶。和马把自己的婚礼当作舞台，上演着揭开真相的大型推理秀。

突然，传来沙沙的声音。那是打开麦克风时发出的声音。女主持人用不合时宜的明快的语气说道：

“各位来宾，抱歉在如此快乐的时刻打扰您，由于这边的操作出现失误，现在我们会即刻关掉这个画面，请多多包涵。请大家继续把酒言欢，有什么想要的饮品，可以告诉我们的工作人员。”

小华听到椅子倒地的声音，她看到有人猛地站起身来。小香径直走到台上，双手叉腰，说道：

“不行，继续播放这个，这是我的命令。”

小香不用话筒，声音已然响彻会场。女主持人狼狈地拿话筒说道：

“这位客人，请您回到座位上，我们的负责人正在……”

“不管是责任人，还是酒店老板来，都没有用，我不允许你们关掉画面，我是新郎的妹妹。这其实是余兴节目的一个环节，最后有惊喜等着大家，看到最后就清楚了。”

“但是，这位客人……”

“好了，不要让我再重复。”小香转过头，环视会场，大声地说道，“其他人也一样，绝对不许关掉画面，否则我绝不饶他。有意见的话就到我的座位上来找我，我叫樱庭香，就这样。”

小香放下豪言壮语，大步回到自己的座位上。过了片刻，女主持人用难以听清的声音说道：

“那、那么，请大家继续欣赏。”

视频还在继续播放。坐在美佐子身边的典和举起手，将站在墙边待命的服务生叫过来。服务生与典和交谈起来。小华的眼睛盯着荧幕，一边听两人的对话。

“如果有人想走出这个会场，绝对不要放他出去，拜托。”

“这、这恐怕不行，我们办不到。”

“你看这个，”典和把座位表拿给服务生看，“我是樱庭典和，新郎的父亲，在警视厅的警备部工作。请你把这当成是搜查的一个环节，绝对不要让任何人从朱雀阁出去。”

“不行的，也有客人要去化妆室的。”

“那么这样吧，可以允许女性去洗手间，但请男性忍耐一会。这样可以吗？”

服务生思索了一阵，点头说道：

“我知道了，这需要和领导商量一下。”

“希望你们能得出让人满意的结论。”

服务生离开了。典和拿着酒杯，将剩下的一半啤酒喝光，自言自语道：

“和马，我能做的只有这些了，接下来的事我可不管了。”

荧幕位于新娘一侧的墙壁上，有很多宾客的座位是背对荧幕的，他们把椅子朝向荧幕，抬头出神地望着。其中有一个人，依旧背对着荧幕，没有搬动椅子也没有回头，那人是樱庭和一。

他一个人背对着荧幕，双眼微闭，双臂抱着。尽管环境昏暗，小华没有看错，樱庭和一的嘴角正露出满意的笑容。

卷荣一突然笑出声。笑了一会儿，他说道：

“爷爷命令我的？搞笑。”

“不，我给你讲个故事。距今五十年前，有位女性在武藏野的树林中被袭击了。歹徒实施暴行未遂，女性的额头却留下了永久的疤痕，现在仍没找到歹徒。”

“五十年以前？”卷荣一不自然地睁大双眼，“年头也太久了，跟这次的案子有什么关系？”

卷英辅，七十五岁，是卷荣一的祖父，原警视厅的警官。刚才和马联络过警视厅，强迫值班的警察进行了调查，结果表明，卷英辅与祖父和一同为明成大学毕业生。卷英辅比祖父低两个年级，两人在学校期间有重叠的时期。和马得出的结论是，当年是卷英辅袭击的伸枝。

“有这样一个男人，他得到了贸易公司的工作，前途一片光明。在那件事之后，他坚持寻找歹徒。也许是当时没能保护那位女性的内疚和责任感让自己坚持下来的吧。终于，他找到了歹徒，这是他的执念结出的果实。”

确实是执念，坚持五十年追查伤害朋友恋人的歹徒，三云岩的执念终于有了结果。就追查犯人这一点来看，三云岩的所作所为与警察并无两样，可以说令人肃然起敬。

“卷哥，说实话吧。还是说，你以为我会去告发你？”和马说道。

卷荣一露出惊讶的神色。

“你不会吗？”

“当然了，今天开始我就是你的亲戚，我绝对不会做出卖你的事。”

“那是为什么？你为什么想知道真相？”

“小松川警署有位叫荒川的警察，他是个危险的男人，如果放任不管，他很有可能会查出真相。现在知道了实情，还能想办法把他蒙骗过去，所以我希望你告诉我真相。”

卷荣一沉默了片刻，眼睛注视着墙上的一点，在心里盘算着什么。

终于他开口了："我不相信你，樱庭，你是不是还有别的目的？"

"要说没有，也是不现实的。"和马干笑道，"非要这么说的话，其实我想卖你一个人情，为了往上爬，我需要你——不，你父亲的支持。"

听到这话，卷荣一冷笑道：

"哼，原来是这样，我以前都不知道你这么想出人投地。"

"想出人头地，有什么错吗？卷哥，我绝对不会背叛你的，告诉我吧。河岸的案子是不是你干的？是不是受你爷爷指使？"

"算是吧，"卷荣一歪着头笑了，"之前我也说过，我们一家子都是警察。你知道我有个弟弟吧，他比我小两岁，从小体质就弱，还爱哭，但他是个学霸。他考进了东京大学，还通过了国家一类公务员考试，进了警察厅。不知不觉中，我们的地位就发生了转变。"

所谓的要走仕途之路的精英，跟和马这种平庸的人生活在不同的世界中。

"现在也是，我只是个巡查部长，我弟弟是警部。估计他两年内就会升到警视吧。就算我们在警视厅的走廊里打个照面，他也不会看我一眼。所以我很不服气，像小孩子似的。突然，去年刚入秋的时候，我被爷爷叫去。"

祖父卷英辅是这样说的。年轻的时候，他不小心动手打了一个女人，至今仍然耿耿于怀。最近，他被那个女人的朋友缠上了，苦恼不堪。

“说实话，我很开心。爷爷没有找我弟，而是来拜托我。我受爷爷所托，查出了纠缠他的男人的身份，接近了他。那个男人叫立岛雅夫，住处不定。”

自己是卷英辅的孙子，卷荣一以这个身份接近了自称是立岛雅夫的男人，有过几次交流。立岛的要求不是钱，而是谢罪，向那位女性谢罪。

“要是用钱就能摆平的家伙还好说，可是那个老头子很固执。没办法，只好让他尝点苦头。我也不喜欢暴力，但是不这样做，恐怕他不会善罢甘休。然后，那天晚上，我把那老头子叫出来。

“我带去了五十万日元的现金。出乎意料的是，立岛收下了。他又当场拿出一百万给我，要求谢罪。分别的时候，立岛说：‘你有个优秀的弟弟吧，马上要飞黄腾达了，不是吗？如果你不乖乖听话，我就把这件事公之于众。到时，你弟弟会很头疼吧？’

“因为这句，我大为恼火。但我并未表现出来，装作离开了现场。趁立岛放松警惕的时候，我冲出来，袭击了他。等反应过来，我才发现自己拿着附近的石头，对着他的后脑猛砸了一通。

“肯定会死的，一眼就能看出来。我慌慌张张地跑走了。反正他是个居无定所的人，我乐观地以为调查肯定会陷入泥潭。但之后的发展太异常了，我不知道为什么遗体的脸会被毁坏。随着调查的进行，放出被害人照片的时候，我惊呆了。”

卷荣一说着歪起脑袋，流露出不解的神情。和马看着他的脸，感觉有点不对劲。这件案子的背后，莫非还有其他隐情?

“说实在的，我束手无策了，我搞不清楚是怎么回事。只有一点，那就是我绝对不能被抓。我把当作凶器的那块石头，藏到了下游流浪汉住的小屋里。”

“那个男人也是你杀的吗？”

“我没有那么冷酷，我一直在找一个身体虚弱，时日不多的男人。还好，你经常一个人行动，所以我也能自由活动。案发三天以后，我找到了那个人，当时心想，就是他了。我悄悄地进入瓦楞纸搭的小屋，把一直藏着的石头放在了里面。”

卷荣一说着，笑了起来，似乎在嘲讽自己。他站起身，走到和马面前。

“我猜，能查出真相的也只有你了，没想到真的是你。”

“自首吧，卷哥，算我求你。”

“自首？你说什么呢，樱庭？”

“你要偿还自己犯下的罪，作为警察，你杀了人，这是无法原谅的。”

“你刚才果然是在演戏，”卷荣一眼神中已没有笑意，“你假装骗取我的信任，就是为了引我说出真相，这招用得妙啊。但是我绝对不会自首的。”

和马在内心叹气道，真是不见棺材不落泪，绝不能放过这个男人，这个杀害小华祖父的凶手。

和马举起右手，指着卷荣一的背后——门口正上方的天花板。

“卷哥，你看那儿，那里有摄像头。我们的对话，正在朱雀阁直播。”

卷荣一回身，看到了摄像头。那是小华的哥哥三云涉设置的小型摄像头。卷荣一脸色大变：“不、不是吧……”

“是真的，你放弃吧。”

“樱、樱庭，你……”卷荣一嘴唇哆哆嗦嗦地抖动，“你忘了我是怎么照顾你的了吗？我饶不了你。”

说着，他从上衣口袋里掏出匕首，用手指抵着匕首的利刃说道：

“反正我也完了，就算死我也要拉你一起死！”

和马坐在椅子上，抬头看着卷荣一。他的表情像是狰狞的面具。距离太近，已经逃不掉了，和马没有注意到，自己的膝盖在颤抖。

朱雀阁被诡异的静谧笼罩。每个人都屏住呼吸，注视着荧幕。偶尔，可以听到有小孩的席位传来哭声。除此之外，没有人发出一点声音。

“喂，是这个酒店吧。”

“应该是，是哪个房间？喂，快看！”

小华不由得捂住了嘴。荧幕上，卷荣一掏出了匕首。他背对镜头，由于距离较远，无法听清他在说什么。

“跟前台确认一下！”

“啊，好像是十楼以上。”

如此的声音交织着，几个男人从座位上站起来。他们是男方席的宾客，估计是和马的同事吧。他们也看不下去了。

突然，小华放在膝盖的手，不知被谁握住。是美佐子，她伸过手来，将自己的手放在小华的手背上。两人对视，美佐子点点头，似乎在说，没事的。

小华再次看向荧幕，画面发生了变化。一个全身黑衣的男人出现在镜头的下方，洗手间的门那里。男人的鼻子以下全部被黑色覆盖，他的出场让全场哗然。“啊，他要干什么？”“这是谁？”等等议论不绝于耳。

小华一眼就认出那是父亲三云尊，她不可能看错父亲的身影。三云尊踮着脚，小心地靠近卷荣一。

卷荣一扬起了匕首，正在此刻，三云尊举起右手。小华看到他手里拿着一个注射器。卷荣一察觉到背后有人靠近，转过身来。

两人扭打在一起，注射器从三云尊的手里掉在地上。卷荣一意外地强大，两人僵持了一分钟，小华第一次见到能跟三云尊对战这么久的男人。三云尊原本占据优势，却突然不小心踩到从床上滑落的床单，脚底打滑，失去平衡，倒在地上。

卷荣一暗觉形势不妙，趁机逃走，消失在画面中。

“喂，要逃跑了吗？”

“估计是吧，得想想办法啊。”

画面再次出现变化。房间深处的衣柜被打开，出现了一位身穿紫色连衣裙的女人。女人的裙子胸口部分开得很低，很性感，眼睛上带着类似假面舞会的华丽眼罩。不用说，这是悦子。

悦子跑到倒地的三云尊身旁，将他扶起。然后，悦子走近和马，将一块白手帕捂在他口鼻处。和马反抗了几下，最终坐在椅子上一动不动。

这两个人要干什么？小华焦急不已。这时，原本消失在画面里的三云尊，拿着速写本又回来了。他想要摘下马克笔的笔盖，却怎么也摘不下来，一头大汗。他的动作十分诙谐，引得场内大笑不已。小华感觉大家在笑自己似的，缩着肩膀，面红耳赤。

笔盖终于摘了下来，三云尊拿起笔在速写本上挥毫起来。写完之后，他走向和马的方向，和马已经失去知觉。三云尊一脚把和马从椅子上踹下，把椅子搬到镜头前。他站上椅子，将速写本对准镜头。

“事情解决。”

速写本上歪歪扭扭地写着四个大字。三云尊将这页翻过，在下一页继续写着什么。不一会儿，他得意地将速写本举到镜头前。

“新郎到手了，L 的女儿。”

三云尊对着镜头摆出的剪刀手，兴高采烈。看到这一幕，小华的心情跌落谷底，我的父母是在干什么？

“漂亮！”

小华听到旁边有人大叫。转头一看，小香站起身做出胜利的姿势。周围的宾客都不明所以地注视着她。

“干什么，小香？”

典和赶紧提醒让她坐下。小华扫视座位上樱庭家的众人，和一与伸枝也微笑着看向自己，美佐子佯作不知看向远处，小香满脸笑容，只有典和稍显困惑，向周围的宾客赔笑。

灯光亮了起来，同时，荧幕的画面消失了。会场的大门被打开，五个身穿西服的男人走了进来，身后跟着十几个穿制服的警察。年纪最大的西服男，往小华这一桌过来。他对典和敬了个礼，说道：

“樱庭，打扰你儿子的婚礼，抱歉。我们得到信息，说是酒店里潜伏着三云尊和三云悦子两名通缉犯。不好意思，请让我们搜查这里。”

“有、有这种事！”典和极尽夸张地表现出惊讶，“就是那两个盗窃犯吧，我一定全力配合，你们尽管去搜。”

一只警犬也在场，是一只牧羊犬，很像是东，但比东年轻些，表情也更精悍。牵着警犬的年轻女警官身穿藏蓝色制服，她一看到坐在桌旁的伸枝，立刻挺直腰杆敬了个礼。

“樱庭教官，好久不见。”

她的声音有些许紧张。伸枝露出温和的笑容，对女警官说：

“我已经不是教官了。这只狗看起来很聪明啊，名字是什么？”

“它叫麦克斯，是只优秀的警犬。”

“是吗？麦克斯，到这里来。”伸枝向警犬说道。

麦克斯晃着尾巴靠近了伸枝的小腿，伸枝抚摸着它的后颈部，它露出十分舒服的表情。能如此轻易地让初次见面的警犬乖乖听话，不愧是第一位女性警犬训练师。

“加油啦，期待你的表现。”

嗯？小华看到了那个瞬间。伸枝的手在麦克斯的项圈附近有小动作。其他人都没有发现，但没能逃过小华的眼睛。

“谢谢您，樱庭教官。”

女警官再次敬礼。身旁穿着西服的男人说：

“那么我们就开始搜了。”

说着，他转过身，与其他人一起走出会场。等他们走后，小华问伸枝：

“奶奶，您刚才在干什么？”

“哎呀，你看到啦？小华你好厉害呀，”伸枝轻声笑着，露出手中的小瓶，“这个是美佐子的香水。虽然挺对不起麦克斯的，我把这个涂在它的项圈上了，被香水的味道迷惑后，它应该不会发现你的家人啦。”

“奶奶……”

这时，会场入口骚动起来。几名宾客想要出去，拦在他们面前的，是不知何时离开座位的樱庭和一。

“让开，樱庭。”

与和一年纪相仿的男人说道，他的眼神很锐利，身后站着方才上台致辞的男人，他们是卷家的人。不错，这个老人正是年轻时袭击伸枝的歹徒。

“不，我不会让开。”和一挺直脊梁，“你这家伙，知道自己做了什么吗？不光伤害了伸枝，你甚至教唆自己的孙子杀人，你知道这是多么无耻的事吗？”

“我的孙子杀没杀人，还没有定论。总之你让开。”

老人伸出手，刚想要抓和一的肩膀，却被别人挡开了。是典和打掉了老人的手。典和怒目相视。

“不要用你肮脏的手碰我父亲。我再也不想看到你们，你们没有留在这里的资格，出去！不要再出现在我的面前！”

迫于典和的压力，卷家的男人们灰溜溜地退场了。其他的宾客呆若木鸡，看着这一幕，婚礼的欢乐气氛已荡然无存。女主持人无能为力，呆呆地在舞台上站着。一切都是我家人的错，小华心想。

小华站起来鞠躬说道：

“真的很对不起！因为我，因为我的家人，把和马的婚礼搞成这个样子。我真的十分抱歉！”

“不是你的错啦，”小香不以为然地说道，“是我哥自作主张，你不要在意。”

“但是……”

小华看向会场的大门，一直坐在门口的角落观看荧幕的新娘已不在那里。她全程面色苍白地注视着荧幕，小华看到她脸颊滚落的泪珠。人生中的高光时刻就这样泡汤，小华能深刻体会她的痛苦。

“我先走了，”小华又鞠一躬，“真的对不起大家！”

小华转身便要离开。小香在身后似乎说了些什么，但小华置若罔闻，离开了朱雀阁。

“喂，和马，醒醒啊，喂。”

和马觉得有人在晃自己的肩膀。睁开眼，他看到父亲典和的脸，对面是母亲美佐子和妹妹小香。

他想要坐起身，却被典和制止了。

“还没好，再躺一会吧。”

这里是刚才的房间。和马突然被捂住了口鼻，失去意识。今天睡了好多次啊。

“姓、姓卷的呢？”

和马说道，典和遗憾地摇摇头。

“逃走了，还不知道他在哪里。”

美佐子伸出手掌，扇了扇和马鼻子边的空气，凑近细嗅。她点着头说：

“是氯仿，不用担心，再躺一会儿就没事了。”

“我对不起你们，”和马躺着道歉道，“都怪我，婚礼整个搞砸了，还得去跟对方道歉。”

典和笑了，斥责也于事无补，他只感觉空欢喜一场。他笑着说。

“不必担心，不过，你能在婚礼中途找出真凶，很有刑警的骨气，我也为你感到骄傲，你是警察的典范。”

“爸、爸……”

“婚事告吹了也没办法，说明你们没有缘分，一定还有更适合你的人。”

“真不坦诚啊，老公，”美佐子稍显讽刺地说道，“一年前聚餐的时候，你和三云家的男主人脾气那么投得来，还说要一起打高尔夫呢。”

“没这回事，我只是单纯地觉得小华……”

“小华？你说小华？”

和马忍不住起身，一阵眩晕袭来，他没有把握好平衡。这时他看到伸枝站在墙边，一脸担心地看着自己。和马努力撑住上身，这时小香说道：

“小华一直和我在一起哦。”

“什么情况？”

“她打扮成酒店的服务员混进了这里，被我发现了。小华一直在看你的精彩表现呢。”

和马一无所知，但是想想也能明白，三云尊和三云悦子，他们一直在这边，女儿潜入进来也不足为怪。

“樱庭，打扰一下。”

一个男人飞奔进屋内。和马认得他的脸，好像是典和的熟人，也是警察。男人兴奋地说道：

“找到卷家那个逃跑的儿子了，就在刚才，赶过去的人已经逮捕了他。”

“那太好了，”典和点头道，“本以为他会制定逃亡计划的，没想到这么容易就抓到了。”

“是啊，奇怪的是，他当时被一只老牧羊犬追着。在他跑不动的时候，被巡逻的民警发现的。他的脚踝被咬伤，已经送到医院了。”

男人满脸不解地走出房间，和马看到，墙边的伸枝握起右拳，做出了小小的胜利的姿势，难道是东把卷荣一……

“那么，”说着，典和站起身来，“好不容易来趟有乐町，现在会场也回不去，咱们去哪吃点好的吧！”

“好啊，老公。那家店怎么样？一年前和三云家去吃的那家店。正好公公婆婆还没有去过呢，带他们一起去吧。”

“哎？我呢？”

“你也想去？你要是想来，也不是不行啊。”

“什么嘛，这种语气，真让人火大。”

一种怀念的感觉。很久没听到家人无聊的闲谈了，似乎回到了一年前。

“好啦，你也去，”典和对小香说道，“叫老爸进来吧，他应该在外面的走廊。”

“嗯，好。”

小香走出房间，不一会便回来了，身后是樱庭和一。和一看到和马的脸，放下心来，点了点头。

“好，大家都到齐了，现在开始家庭会议。”

典和宣布。这是要讨论什么？和马带着疑问，抬头看着父亲的脸。

“今天的议题，和马擅自行动，毁了自己的婚礼，导致我们樱庭家的社会评价一落千丈。这个责任非常重大，因此，关于是否要与和马断绝关系一事，想听听大家的意见。”

“没有异议。”

美佐子率先举手。

“挺妥当的。本来，这事造成的后果可不是断绝关系就能解决的。”

“我也没有异议，”小香也举起手，“简直丢死人了，圈子本来就这么小，恶评一下子就会传开的。”

“我也没有异议。”

和一举起了手，身边的伸枝也举起来。和一严肃地说道：

“解决了一个案子，干得漂亮，这一点值得称赞。但是，和马，你作为刑警是合格的，但作为一个男人，修行还是不够啊。”

“所有人意见一致啊，”典和满意地点点头，看着和马说，“和马，今天开始，你和我们再没有关系，今后不准再跨进樱庭家的大门，知道了吗？”

“等、等一下，爸！突然说什么断绝关系……确、确实我把婚礼搞砸了，我很抱歉，但这是有原因的，其实三云……”

“这些我都知道，”典和打断他，“我知道三云家的人参与了此事。

关于这一点，我也在反省自己。不只是我，樱庭家的每个人，都有共同的想法。一年前，我们选择把小华赶出家门，仅仅因为她是小偷世家的女儿。但是今天，三云家的人聚在这里，为了小华，他们要带走你。我都被这份心意深深感动了，所以我决定，和你断绝关系。”

满头雾水。为三云家的行为感动，没问题啊，但赶我走又有什么用呢?

“爸，你说得明白一点，为什么要赶我……”

“和马，你还不懂吗？”美佐子说道，“你从出生以来，我们一直是一家人生活在一起，还从来没有一个人生活过吧。你爸的意思是，你该去独立了。”

接着小香开口说道：

“大哥，没想到你那么迟钝啊。你没懂爸爸的心思吗？把你赶出去，你就不得不一个人找地方生活。这时候，有人搬来和你一起同住，也轮不到我们说三道四。那个人可以是小偷的女儿什么的。正式结婚可能会遇到障碍，但是住在一起完全没有问题，不是有个词叫‘事实婚姻’吗？”

和马终于明白了，离开家，跟小华生活，他们在如此暗示自己。典和说道：

“快去啊，和马，她或许还在附近呢。”

听到这话，和马条件反射般站起来。他想迈步，却失去了平衡，用手撑住墙壁。他深深地呼吸，谨慎地迈出步伐，一步又一步。和马扶着墙慢慢地走，和一走了过来，从口袋里拿出一样东西递给他。

“拿着，和马。”

那是一副手铐。和马不清楚为什么退休的和一还会携带手铐，更不清楚他交给自己这个东西的意图。和一强行把手铐塞到和马的上衣口袋。

“对待那孩子，普通的办法是行不通的，毕竟她是三云岩的孙女。”

“爷爷，请告诉我一件事，有关三云岩的。他……”

“有话以后再说，”和一眨了眨一只眼睛，“总之快去，她在等你。”

“啊，嗯，我知道了。”

受到和一的鼓励，和马冲出房间到走廊。走了几步之后，他全力跑了起来，到电梯间按下了按钮，电梯上升是如此之慢。等了好久电梯才缓缓上来。小华究竟会在哪里呢？犹豫之后，和马按下了一层的按钮。

我再也不会对自己的内心说谎，人生只有一次，小华是我真心爱着的人，我绝对不会再放手，我爱她。

到达一楼，和马一边环顾周围，一边跑着，可是哪里都找不到她。走到大堂的茶廊，和马凝神搜索，还是没有找到。你在哪里？你究竟在哪啊——

“小华！”

和马呼喊着，单膝跪了下来。药劲儿还没过，身子还是很沉重。正在这时，一个女性的身影出现在视野一角。她身穿深红色制服，侧脸感觉很熟悉，是小华。

几名看起来像要举家入住的顾客在询问她什么。终于那些人离开了，和马站起身来，向小华的方向走去。

小华暂时回到一楼大厅寻找三云尊，但是他已不在。她不时会察觉到尖锐的视线，估计是便衣警察混入这里，来找父母的吧。或许他们已经逃了。

“Excuse me？”

突然背后有人搭话，小华转过身来的瞬间，不由得怀疑自己的眼睛。站在自己面前的一家人穿着高档，像是外国来的暴发户。但是不能骗过小华的眼睛，他们正是变装后的三云尊一行人。

“这附近有咖啡馆吗？”三云尊用英语问道。

小华也用英语作答：

“我不知道，话说爸爸，阿和怎么样了？”

“没怎么样啊，现在应该在那个房间里醒来了吧。”

“你不是宣称，新郎到手了吗？”

“啊，那是虚张声势嘛。我不那样说的话，大家都不会明白的。而且，这也是他们家的事。”

三云尊坚持用英语交流。身为窃贼，应当具备国际感，这是三云尊的论调，因而他让小华从幼时起就学习英文对话。在大堂说英语，其他人看起来，完全就是来日本旅游的外国人，正与酒店服务员在对话。

“小华，要保重啊，”悦子用流畅的英语说道，“这次闹得稍微有点大，所以在舆论的热度下去之前，我和你爸爸要潜入地下了。”

“奶奶呢？奶奶怎么办？”

小华问道。祖母三云松也用英语回答：

“我啊？还回去养老院，那边只准许我外出一天。我在养老院可是很有人气的呢。”

“哥哥呢？”

“我？”阿涉抬起头，他身穿短裤和藏蓝色运动上衣，打扮得像小学生，“我还有工作，毕竟公司刚刚成立。”

三云尊向前一步，将手搭在小华的肩上。

“就是这样，我的女儿，我们暂时要各走各的路。但是有一点你不要忘记，无论你去到世界的哪一个角落，你都是三云家的人，是我最宝贝的女儿，你身上流淌着伟大的扒手之王——三云岩的血液。”

周围似乎有人看向这边，不过在他们眼里，或许是因为给这家人指了路，他们在向自己致谢吧。

“你的爷爷，三云岩是个伟大的男人。今天，终于查明了杀害这个伟大男人的凶手是谁。这是一个刑警的功劳。我最讨厌警察了，因为那是天敌，但是我不讨厌樱庭和马。我想悦子和老妈，以及阿涉，都是这么认为的。”

“别说多余的话了，我自己的事情自己决定，我又不是小孩子了。”

很久没见到三云尊如此认真地说些什么，小华忍不住热泪盈眶，但嘴里说出的却是违心的话。为什么我就不能再坦率一点呢？她心想。

“行吧，随便你，保重。”

三云尊的手从小华的肩膀上轻轻拿下，从她的身边走过。接着，悦子、三云松和阿涉依次走过她的身旁。小华回头目送家人远去。

“小华！”

听到背后有人喊自己的名字，小华回过头来，和马站在那里。

“我找了你好久，小华。”

和马说着，走近小华。他气喘吁吁，脸色很差。在朱雀阁看到的视频中，悦子用药物迷晕了和马，似乎药物还残留在体内。

“阿和，对不起。”小华低下头，“都怪我们家的人，把你的婚礼搞砸了。我不知道要说什么才能让你原谅我，真的对不起。”

和马抓住小华的肩膀，几乎要把她举起来。

“我没有在意这些，无所谓的，小华，是我错了，我不好。”

“错了”是什么意思呢？小华盯着和马的脸，他还穿着礼服。

“我终于明白了，我只要你。小华，我们在一起吧。”

小华怀疑自己听错了。刚才的话，是求婚吗？肯定是求婚吧。小华感觉周围的视线都集中到了自己身上，低声地对和马说：

“等、等一下，阿和，你突然在说什么？不行的，我们是不能结婚的。”

“话虽如此，但是我们可以住在一起啊。我已经离开樱庭家了，从明天——不，从今天开始，我们一起生活吧。”

和马的眼睛很真诚，不像在开玩笑。他继续说道：

“要什么警察仕途，管什么小偷女儿，这些全都无所谓。我终于明白了一件事，小华，我只想与自己最爱的人构建一个家庭。”

“谢谢你，阿和，我很开心听你这么说。”这是发自肺腑的，和马如此为自己考虑，已经够了，“但是，我们还是不能在一起，障碍太多了。”

警察一家与小偷一家，是水火不容的，是两条无论何时都不会相交的平行线。

“只能这样了吗？”

和马叹着气说，突然抓住了小华的左手腕。下一秒，小华瞪大眼睛，手腕上竟然被铐上了手铐。哎？逮捕？我被逮捕了？

“小华，我是认真的。”和马诚恳地说，“这样，你就永远离不开我了。”

和马将另一只铐环铐在自己的右手腕上，小华的左手与和马的右手被锁在了一起。

小华望向和马身后的酒店入口处，三云尊一行人正好走出门口。退房的客人都在等待出租车，门口排起了长队，三云尊他们站在队伍最后。

“小华，我们在一起吧。”

和马说着，右手握住了小华的左手，两人的铐环碰在一起，发出金属清脆的撞击声。这时，小华的肩膀碰到了什么。一位像是酒店客人的男人，撞上了小华的肩膀，接着向酒店门口走去。那是一位老人，头上的贝雷帽压得很低。

“小华，你在听吗？小华？”

小华像被一团巨大的温暖包裹住，无比安心。是什么？这种熟悉的感觉，小华心下只有一个答案。不对，难道——

她看着远去的老人。老人怡然自得地走出酒店，酒店外面，三云尊他们正在乘车。三云尊和悦子坐到后排，阿涉坐到副驾驶座，车子便发动了。三云松没有乘坐这辆车，准备乘下一辆。

“喂，小华。你怎么了？”

“爷、爷爷……”

“你说什么？”

“对不起，阿和。”

小华说着，摘下发夹，三秒后，小华打开了左手上的铐环。这是五岁的时候，祖母教给自己的开手铐的方法。无论是国内外哪个厂家生产的手铐，全都可以打开。

“小华，你干什么？”和马难为情地说道。

小华摘下手铐的瞬间，惊慌失措地反手把它铐在和马的左手上。和马像是被逮捕的犯人，两只手都被紧紧铐住。经过的中年夫妇吃惊地看着他。

“对、对不起。”

迎面走来一位提着旅行包的白人女性。从她的制服可以看出是位空乘。小华装作擦身而过的样子，迅速从她脖子上摘下了艳丽的丝巾，系在和马的手腕上，遮住手铐。

“对不起，阿和。”

说罢，小华向门口跑去。三云松被酒店的迎宾服务生引导着，坐上了出租车的后排。正当服务生要关门的时候，刚才那位头戴贝雷帽的老人像杂技演员一般，以迅雷不及掩耳之势钻入车里。

车门关了。小华仍向那里跑着。

和马抬头看着面前的塔式公寓，小华站在他身边，三云家住在这栋公寓的最顶层。和马困惑地说：

“怎么办，我感觉紧张得肚子疼起来了。”

“没事的，就是来打个招呼而已。”

“哎呀，话是这么说。”

两人住在一起，已三个月有余。和马依旧是一名刑警，小华也依旧在锦系町的小酒馆工作。他们都很忙，很少共进晚餐，只能每天早上一起吃饭，这是两人无言的默契。

今天是星期日，和马休息。两人吃早餐的时候，聊到要去哪里玩玩。小华突然提议，要去三云家看看。三云家刚刚搬进西葛西的塔式公寓。[1]

和马心里有些发怵。没有经过允许，就自作主张地与小华过上二人世界，他心里有些愧疚。也不能空手而去，和马在途经百货商场的时候，进到和式点心卖场，买了价格最高的仙贝饼干套装作为伴手礼。

小华似乎事先知道密码，在大门口按下按钮之后，自动门无声无息地打开了。两人走了进来，乘上电梯。

“我不会突然被揍吧？”

“谁知道呢，应该不会吧。”

电梯到达顶层，两人沿着走廊，走到尽头的房间门口，小华停下脚步，门口没有名牌。小华按下门铃，里面传来声音。

“门开着呢。”

小华打开门，三云悦子站在面前，手里抱着一只猫。和马挺直身子，深深地鞠躬道：

“久疏问候，我是樱庭和马。”

“和马，好久不见啦，进来吧。”

小华已经脱掉鞋子走进屋内，和马也慌忙脱下鞋。鞋柜上方挂着一张照片，是三云家的全家福。小华是高中生的模样，穿着校服。一家人围在一块石板前，每个人都比着剪刀手。

1．西葛西是东京都江户川区的地名，位于荒川的入海口的高级住宅区，高层能够眺望到东京湾。——译者注

“这个？这是大英博物馆的罗塞塔石碑。”小华兴味索然地解释道，“为了庆祝我高中毕业，全家去英国旅游时候拍的。”

“喔，是这样啊。”

“这张照片是深夜悄悄潜入拍的。要是把罗塞塔石碑偷走，肯定会天下大乱，所以只好拍照留念了。哥哥当时差点踩到红外线，被我爸好一顿骂，还以为那时候会被抓呢。”

和马晃了一晃脑袋，他提醒自己振作起来，三云家的人不是普通人，所谓的常识在他们身上不适用。

“在这边，和马。”

悦子引导二人进入客厅。好宽敞，要赚多少钱才能住这样的房子啊。三云尊和三云松坐在沙发上。现在还是上午，三云尊已经在喝红酒了。

“喔，来啦，和马，好久不见，过得好吗？”

“嗯，托您的福，”和马低下头去，“很抱歉现在才来拜访。我现在跟小华住在一起，我发誓一定会让她幸福，请原谅我的任性。”

没有回答，和马只听到嚼饼干的咔哧咔哧的声音。他才发现，左手的纸袋变得很轻，抬起头，三云尊和三云松早已打开礼盒，吃着自己带来的高级饼干。

“红酒和仙贝不太搭啊，老妈，能泡点茶吗？”

三云松站起身，走向厨房的方向。这时，一位身穿运动服的男人步入客厅，从桌上的盒子里拿起几块仙贝饼干，转身就要回屋。三云尊叫住了他。

“喂，凯文，啊，不是，阿涉，都不打招呼吗？和马是你的妹夫哦。”

穿运动服的男人停下脚步，面向和马微微点头示意，就离开了原地。和马是第二次见到他。虽然他还身穿那件藏蓝色运动服，胸前号码布上的名字已经从“凯文”变成了“三云”。

“阿和，到这边来。”

看到小华朝自己招手，和马离开了客厅。两人沿走廊向里面走，在尽头的推拉门前停下。小华敲了敲门，拉开了门扇。房间大约有十叠大，是间和室，两个男人坐在窗边，围着将棋盘正在对弈。一人是三云岩，另一人是樱庭和一。

“爷、爷爷？”和马踏进和室，忍不住叫出声，“您怎么会在这里？”

“和马，好久不见，我去哪儿，干什么，都和你没关系吧。不过，如果你是来抓三云家的话，那可不行，我绝对不会允许的。”

“和一，不要吓唬孩子。”三云岩微笑着说，“先坐下吧，你们有事情想问吧？”

和马端坐在榻榻米上，小华也在身旁坐下。小华看着三云岩说：

“爷爷，看起来过得挺好的呀。”

“小华你也是啊。”

两人对视了几秒。小华从三个月前发现祖父以来，没能再见到他，只是期间打过几次电话，但这样面对面，却是很久以前的事。小华感觉眼中雾蒙蒙的。

“爷爷，至少……至少让我听听你的声音啊，让我知道你还活着。”

“对不住啊，小华，”三云岩向孙女道歉，“这其中有太多的意外，我不想让你难过。其实我是希望你能幸福，所以才制定的这个计划。”

“请告诉我吧，让我也能明白。”

三云岩是不是还活着？和马生出这个想法是在三个月前的那天，在酒店房间里对卷荣一问话的时候。也就是说，卷荣一以为自己杀死的是立岛雅夫，结果却发现调查资料中的被害者照片是三云岩。卷荣一会惊讶也不无道理。

“起初，是在你们刚开始交往没多久的时候。”三云岩开始解释，“我像往常一样在锦系町喝酒。和一突然跟我说：‘能不能想个办法让这两个人结婚呢？’一般来说，根本是天方夜谭。但是，我觉得值得一试。”

但就这样强迫两人结婚也没有意义。在两人知道全部的秘密——两个家庭的事，伸枝额头的伤痕所隐藏的缘分，在知道一切的基础上，两人根据自己的意愿决定是否结婚。这是三云岩与和一的期望。

“为什么？”和马直白地问道，“为什么这么执着地让我和小华结婚呢？”

三云岩回答：

“警察和小偷的关系，就像油和水，绝对无法相溶。让两者做到相容，是有意义的。要往大了说就是这样，其实当时我们根本没想到这一层。我们只是觉得，警察和小偷的女儿结婚，这不是挺有意思的吗？”

三云岩笑得很豪爽。原来自己只是被老人的一时兴起，或者说是类似消遣的东西捉弄了。但奇怪的是和马并不气愤，他切实地感觉到，三云岩的笑容，有不自觉地吸引别人的魔力。

“就在这个时候，我终于发现了袭击小伸的歹徒。我查到他也曾经是名警察，只怕轻举妄动会很危险。所以我利用了立岛，去接近卷英辅。”

两三年前，三云岩发现了睡在池袋的地下通道里的流浪汉立岛雅夫，他觉得立岛的背影与自己相仿，如果发生什么事，可以作为自己的替身。前年的六月份，三云岩得知立岛身体每况愈下，立刻把他救回来，治疗成功以后，将他作为棋子。

“但是立岛利欲熏心，他擅自去接触卷英辅的孙子，结果意外被杀。我当时就在现场，却没能救他。我担心一旦被卷家那小子发现，就麻烦了。”

三云岩一边追着从现场逃跑的卷荣一，一边思忖，或许可以利用立岛雅夫的死。于是他想到，可以伪装成自己死了。

“我真是想到一个妙计。我很快联系和一，约在现场见面。我在电车中趁机偷走了那小子的手帕，返回现场。”

和一彼时已经到达。和一与警视厅中自己一手栽培的部下联络，点名要求和马的小组负责此案。接下来的进展正中两人下怀，三云家的人坚信不疑三云岩已死，和马则产生了怀疑。

“之后就是静静地观察事态如何发展了。事情开始按我们所想进行。和马怀疑死者的身份，小华将着眼点放在我与和一的关系上，一切都在我们掌握之中。”

“我有两点不太明白。第一，有关警视厅的数据库，记录在里面的立岛雅夫的数据被更换了，换掉的只有照片，是吗？”

立岛雅夫的脸被砸烂，也没有随身携带的物品。警方是以数据库的指纹为依据，确定了死者是立岛雅夫本人。如果照片与指纹都换成三云岩的，就无法判断死者身份了。

“严格来说，不是的，”三云岩笑着回答，“一开始我打算完全利用立岛的身份，所以我让阿涉把立岛的数据全部改成我的。但是事发突然，我们需要让其他人都相信死的是立岛，只让和马一个人产生怀疑。于是我拜托和一，让他把数据库里的指纹复原成立岛的。”

“这事对我来说小菜一碟。”和一挺起胸膛说，“我用典和的 ID 登录进去，改掉数据。我可没有入侵哦，我是东京都防盗协会的名誉理事，每个月都要去警视厅的。九月份的定期会议开完之后，我堂堂正正地，在有一屋子警察的情况下更改了数据。”

真是不可理喻的两个人，和马目瞪口呆，但是一旁的小华听得津津有味。和马转变心情，问道：

“还有一件事。我通过池袋的 NPO 法人向日葵协会得到了立岛的毛发，进行 DNA 鉴定后，结果显示，池袋的流浪汉立岛与河岸的遗体 DNA 不一致。这又是怎么回事？”

三云岩得意地微笑着回答：

“真是服了你了，我做梦也没想到你能搞到立岛的毛发。不愧是和一的孙子。其实很简单，我潜入小松川警署，把你们采集的立岛的毛发偷出来，放进了一根我的头发。”

“对阿岩来说易如反掌。还有一件事我也很佩服，”和一笑容可掬，“和马，就是你和小华分手的事。我没想到，你们真的会分手，更没想到典和他们那样抗拒小华。但我相信会有转机，所以一直安静地旁观。过了一年，和马要结婚了，我们故意设计，让阿涉得知这个消息。阿涉如此在乎妹妹，一定会有所行动。”

听到这里，一直沉默的小华开口道：

“果然是这样啊，我就觉得很奇怪嘛，哥哥突然干劲十足的。”

“就是这样，小华。到了我跟和一这种级别，一定程度上可以预测事情的走向，也就是所谓的经验值吧。我们只是把树叶折的小船放在河面上，看着小船漂到哪去，偶尔吹口气，调整一下路线。我们做的事情不过如此。”

“对啊，和马，你跟典和距离我还差了十万八千里呢，慢慢修行吧。”说着，和一笑了。

和马从未见过祖父气色这么好。在家时略带不快的表情早已一去不复返，现在他是发自内心地享受人生。也许这才是真实的樱庭和一。

话说回来，和马在内心赞叹，这两个人真的了不起。传说中的扒手之王和被称作魔鬼樱庭的老警察两个人联手，可以说天下无敌。

小华用略带挑衅的语气笑着说：

“呐，爷爷，还有和一爷爷。你们二位以为事情尽在掌握，但是有一件事绝对是你们没想到的。你们猜猜是什么？”

三云岩与和一抱着手臂，冥思苦想。和马也毫无头绪。是什么事呢？

“看来你们都猜不到呢。”

小华说着，将双手放在自己的腹部。看到这个动作，和马恍然大悟。难道说——

“天大的好事啊，小华。”

“真的吗，小华？”

两人同时站起身，急急忙忙地。

“不、不能再下棋了，和一。我去跟阿松说，让她准备红豆饭。还要准备头尾完整的鲷鱼来。”

“是、是啊，我也得赶紧通知家里。没想到活着的时候，还能看到曾孙出世啊。”

“生的一定是男孩儿。”

“为什么，阿岩？你怎么知道是男孩呢？”

“直觉嘛，直觉。悦子和美佐子的第一个孩子都是男孩子嘛，就是这种血统。”

“原来如此，很有道理啊。”

两人说着，慌慌张张地走出了和室。和马看向身旁，小华也面带微笑地注视着自己。

和马伸出手，握住小华的手。尽管发生了很多事，能这样和小华在一起，已经足够幸福。和马心中有点忐忑不安，毕竟家里的人都太有个性，难免会担心，不知道他们会怎样教育将要出生的孩子。但是——

和马打消了顾虑，不再忧心。樱庭家与三云家，这两个家庭最棒了。

图书在版编目（CIP）数据

鲁邦的女儿 /（日）横关大著；林南一译 . —北京：台海出版社，2020.6
ISBN 978-7-5168-2587-7

Ⅰ . ①鲁… Ⅱ . ①横… ②林… Ⅲ . ①推理小说－日本－现代 Ⅳ . ① I313.45

中国版本图书馆 CIP 数据核字 (2020) 第 073390 号

版权合同登记号　图字：01-2020-1047

鲁邦的女儿

著　　者：［日］横关大　　　译　　者：林南一

出 版 人：蔡　旭　　　封面设计：MF·mystery Factory 神梦
责任编辑：员晓博

出版发行：台海出版社
地　　址：北京市东城区景山东街 20 号　　邮政编码：100009
电　　话：010-64041652（发行、邮购）
传　　真：010-84045799（总编室）
网　　址：www.taimeng.org.cn/thcbs/default.htm
E－mail：thcbs@126.com

经　　销：全国各地新华书店
印　　刷：北京中科印刷有限公司
本书如有破损、缺页、装订错误，请与本社联系调换

开　　本：880 毫米 ×1230 毫米　　1/32
字　　数：219 千字　　印　　张：11.25
版　　次：2020 年 6 月第 1 版　　印　　次：2020 年 6 月第 1 次印刷
书　　号：ISBN 978-7-5168-2587-7

定　　价：48.00 元